W0183458
KARTIKA VILLAGE 90x
LISTER Edel FISCHSUPPE
Delta SkyMiles
ECKHART NICKEL
2572774111
Boarding Pass
Drukair
Name of Passenger NICKEL/ECKHART MR
From: PBH To: BKK
Flight: KB 140 Date: 31 JAN
Seq. No.: 45 Seat No 8A
Gate:
Economy Class
Brooks Brothers
Merpati
SALICE
Alitalia
CARTA D'IMBARCO / BOARDING PASS
NICKEL/ECKHART
CATANIA/CTA
MILAN/LIN
ECONOMY
NINSULA

Eckhart Nickel
Von unterwegs

Das Buch

Die schönsten Reisen führen mitten ins Blaue. Ihr Ziel: Nichts erwarten und auf alles gefasst sein.

Eckhart Nickel ist schon lange auf der Welt unterwegs und hat dabei Geschichten vom Polarkreis bis zum Äquator-Dschungel gesammelt. Und doch begleitet jede seiner Fahrten die naive Neugier eines Novizen, der erstmals eine Reise unternimmt. Dem detektivischen Blick des flanierenden Enthusiasten entgeht dabei kein noch so kleines Detail, während sein bildungsbürgerlich geprägter Kopf das Ganze im Blick behält.

Nickel verbindet stilistischen Feinsinn mit der diskreten Zurückhaltung eines Gentleman-Travellers, der die bereisten Orte und die Menschen, denen er begegnet, behutsam für sich selbst sprechen lässt.

Geschichten, die als Inspiration und Surrogat beim Lesen zugleich dienen: so absurd, komisch und aufregend wie das Reisen selbst.

Der Autor

Eckhart Nickel, geboren 1966 in Frankfurt/M., studierte Kunstgeschichte und Literatur in Heidelberg und New York. Er gehörte zum popliterarischen Quintett »Tristesse Royale« und debütierte 2000 mit dem Erzählband »Was ich davon halte«.

Nickel leitete mit Christian Kracht die Literaturzeitschrift DER FREUND in Kathmandu. Heute schreibt er vorwiegend für die FAS, die FAZ und ihr Magazin. Bei Piper erschien u. a. die »Gebrauchsanweisung für Portugal«. Beim Ingeborg-Bachmann-Wettbewerb 2017 wurde er für den Beginn seines Romans »Hysteria« mit dem Kelag-Preis ausgezeichnet und stand auf der Longlist des Deutschen Buchpreises 2018. 2019 erhielt er den Friedrich-Hölderlin-Förderpreis der Stadt Bad Homburg.

Eckhart Nickel

Von unterwegs

PIPER

Mehr über unsere Autorinnen, Autoren und Bücher:
www.piper.de/literatur

Von Eckhart Nickel liegen im Piper Verlag vor:
Gebrauchsanweisung für Portugal
Gebrauchsanweisung für Kathmandu und Nepal
Hysteria
Von unterwegs

Das Motto stammt aus *The Inner Light*
M&T: George Harrison

FSC
www.fsc.org
MIX
Papier aus verantwortungsvollen Quellen
FSC® C014496

ISBN 978-3-492-99816-1

Umschlaggestaltung: zero-media.net, München
Einbandabbildung Vorderseite: © Christian Kracht und FinePic®, München
Einbandabbildung Rückseite: @ Eckhart Nickel
Gesetzt aus der der Electra
Satz: psb, Berlin
Druck und Bindung: GGP Media GmbH, Pößneck
Printed in Germany

Für Anneliese, Arnold und Wutzi,
in Dankbarkeit für all die Reisen

Without going out of your door
You can know all things on earth
Without looking out of your window
You could know the ways of heaven
The farther one travels
The less one knows
The less one really knows

Arrive without traveling
See all without looking
Do all without doing

George Harrison

Inhalt

Reisen

Wie beginnt das Reisen? Wer mit Fernseher und Internet aufgewachsen ist, wurde, anders als die meisten Reisenden im 20. Jahrhundert, bereits mit einem überbordenden Repertoire an bewegten Bildern von den letzten Enden der Welt ausgestattet. Wir kennen jeden Winkel der Erde als Foto, als Film oder aus dem World Wide Web, via Google Earth oder GPS, und haben eine Elementartugend verloren: die Fähigkeit, uns auf etwas einzulassen und ein Gefühl der Überraschung zu erfahren. Wer so ins Leben geht, hat vor welchem Aufbruch wohin auch immer zunächst vor allem eins zu tun: Löschen. Vergessen. Den Zähler wieder auf null stellen. Nur so entgeht man der Versuchung, es sich leicht zu machen und in ungesättigtem Strukturhunger nur das aus dem Kopf Vertraute vorzufinden. Wenn wir Key West hören, haben wir sofort Hemingway vor Augen. Bereits Max Frisch konnte nicht umhin, sich selbst von den entferntesten Landschaften stets an seine Heimat, die Schweiz erinnern zu lassen. In seinem immer noch verblüffend zeitgenössischen Roman *Homo Faber* beschreibt er in der Figur des technisch-rationalen Walter Faber den modernen Menschen schlechthin. Nur das Versagen des Systems, im Buch bezeichnenderweise ein Flugzeugabsturz, vermittelt den Einbruch des Schicksalhaften in ein Leben, das auf Reisen seither einen kaum überbietbaren Grad an Perfektion erreicht hat

Wir besitzen knitterfreie Reisehosen von Prada, ein Overnight Kit gegen den Jetlag, Melatonin zur Anpassung an das absurdeste Durchqueren von Zeitzonen. Wenn wir einchecken, dann in speziell abgetrennten Zonen für Business-First wie auf dem apart in Glas und Stahl glänzenden Terminal 2 des Münchener Flughafens. Von dort aus gleiten wir durch ein hypermodern aseptisches Einkaufszentrum in die Lederfauteuils der Wohnlounges, um den Abflug zu erwarten. Drinks, Snacks, Speisen. Zeitungen, Magazine, Videobildschirme. Getönte Scheiben, Teppiche, Ruheliegen. Arbeitszellen mit Computer, Fax und Internet – alles ist dazu entworfen, von dem Umstand abzulenken, dass wir uns in einem Transitzustand befinden, der in sich das größte Abenteuer birgt: eine Abfahrt mit stets offenem Ausgang, ein Risiko. Wer weiß denn am Boden schon, ob nicht ein Hurrikan die Flugbahn kreuzt, der Pilot gerade ein persönliches Problem mit sich ins Cockpit nimmt, das ihn im entscheidenden Moment einen kleinen Fehler begehen lässt, weil er nicht auf das Signal des Funkfeuers achtet, sondern immer noch die geliebte Stimme der Frau im Ohr hat, wie sie eine unangenehme Wahrheit ausspricht.

Uneingedenk all dessen trotten wir durch den Bordschlauch in die Maschine, richten uns auf dem Liegesessel ein, bekommen ein Getränk serviert und bereiten uns auf einen Langstreckenflug durch die Nacht vor. Wir essen ein auf den Punkt gegartes Gericht, trinken wohltemperierten Wein und schlafen später ein. Dann, irgendwo über dem Subkontinent oder der unendlichen Weite eines Ozeans, wenn die Luft in der Kabine immer dünner wird, erwachen wir kurz irritiert aus einem verstörenden Traum. Wir nehmen die Schlafbrille ab, schauen auf, und in der Eiseskälte draußen schimmert der Sternenhimmel, der Mond steht eigentlich genau neben dem Fenster. In diesem Moment wird einem klar, dass es kaum etwas gibt, das schöner und unnatürlicher zugleich sein könnte, als mit unfassbarer Geschwindigkeit im Jetstream dahinzurauschen. Der Bildschirm aus der Armlehne zeigt die genaue Bahn der Maschine in einer breiten roten Linie, die ein unsichtbarer Filzstift in sensationeller Langsamkeit über die grün, braun und blau leuchtenden Erdteile und Gewässer fortzeichnet. Und plötzlich beginnt etwas Unerwartetes: ein schweres Rütteln, aus dem Nichts. Die Anschnallzeichen gehen an, es gibt eine kryptische Durchsage, und das Flugzeug schlingert durch die klare wolkenlose Atmosphäre. Die schweren Flügel ächzen, wir fallen immer wieder tief. An den Manövern des Piloten ist zu erkennen, dass nichts hilft, keine Änderung der Flughöhe, keine Korrektur der Richtung, alles scheint außer Kontrolle zu geraten. In so einem unerklärlichen Moment kommt die Angst zurück, das Unvorhersehbare bricht herein. Wir werden von der Natur in die Grenzen verwiesen. Ein Schmetterling fliegt durch den Regenwald. Sein Schlag verwandelt Wind in Stürme bald. Die Entropie des Vorgangs macht uns klar, wie ausgeliefert wir eigentlich noch immer sind.

In solchen Augenblicken rufen sich die vielen Stationen eines Reiselebens in die Erinnerung zurück. Die Szenen, die sich unauslöschlich in unser Gedächtnis eingebrannt haben, sind nicht grundlos meistens solche, die einen offenen Ausgang hatten. Ob es die schwerste Etappe per Anhalter nach Paris an einer Autobahnabzweigung irgendwo bei Metz ist, da man in einen alten Mercedes steigt zu einer Rockband in dunklen Sonnenbrillen auf dem Weg zum Underground-Gig und sich die ersten Haschischschwaden aus dem Mund des Lenkers ausbreiten. Vielleicht auch eine Nachtfahrt durch die Wüste Sinai im geliehenen Peugeot 504 kurz vor Ausbruch des schwelenden Golfkriegs, wenn irgendwann ein Reifen platzt im Niemandsland. Oder eine Bootsfahrt durch die Molukkensee zur Besteigung eines Vulkans, dessen Scheitelpunkt vor Sonnenaufgang erreicht werden muss, weil sonst die Sonne in tödlicher Hitze jede Bewegung lähmt und alles verbrennt. Fast scheint es so, dass nur noch ein etwaiges Unglück, das uns zustößt, oder eine solche Extremsituation, die wir erfahren inmitten des technisch hochgerüsteten Flugverkehrs, eine Ahnung davon vermitteln, was Reisen einmal gewesen sein muss: der Aufbruch ins Ungewisse, das Abenteuer einer Passage, deren Ziel nicht von vornherein feststeht und deren Weg alles andere als abgesichert ist.

Wie das aussah und sich anfühlte, erschließt sich nur noch durch Lesen. Die Idee davon speist sich aus Worten, zu denen sich im Kopf Bilder addieren. Der zentrale Satz der Verzweiflung, in dem der ganze Irrsinn des Unterwegsseins wie in einem Brennglas gebündelt ist, gab einer Sammlung von Geschichten des Gentleman-Reisenden Bruce Chatwin den Titel: *What am I doing here?* Was mache ich hier, gehöre ich hier hin oder her? In der großen Sehnsucht, die abwegigsten Orte und Landschaften zu bereisen, beschleicht die Sensibleren unter uns ein Verdacht, den wir nie ganz loszuwerden vermögen, ein Gefühl von Schuld. Weil es nicht selbstverständlich ist, seine Scholle Land, auf der man aufwächst, zu verlassen. Mit der Anwesenheit im Woanders ist eine Verantwortung, eine Pflicht verbunden, die nur wenige wahrnehmen: Interesse und Erkenntnis.

Das Vermögen, auch in den seltsamsten Gebräuchen und Sitten, die man vorfindet, ein Gleiches im Menschen zu entdecken, die gemeinsame Wurzel. Sie ist in einem Wort aus dem Sanskrit wiedergegeben, das der Reisephilosoph Schopenhauer in seinen Aphorismen zur Lebensweisheit zitiert: Tat twam asi – das bist du. Der Mensch geht in die Welt, sieht andere Menschen und erkennt: Etwas davon steckt auch in mir, natürlich. Es geht um Respekt vor der Tatsache, dass Reisen ein Privileg ist, das immer noch lediglich einer verschwindend geringen Zahl der Erdbewohner gegeben ist. Bruce Chatwin fuhr nach Australien und widmete den Überlieferungsformen der Mitteilung, mit denen sich die Ureinwohner verständigen, ein ganzes Buch. Die sogenannten »Songlines« so auch der Titel, sind Zeugnis der Tatsache, dass jede Bewegung aus der Heimat hinaus in die Fremde des Protokolls bedarf. Wenn einer eine Reise tut, dann kann er was erzählen, sagt ein Sprichwort, und darauf kommt es an. Chatwin entwirft die Figur den Reisenden im 20. Jahrhundert neu, als Fremden, der sich seiner Fremdheit bewusst ist. Ob er in der verkarsteten Landschaft Patagoniens umherfährt oder im Hindukusch Berge erklimmt – immer erweist er sich bereits formal der Aufgabe gewachsen. Man sieht ihn auf den Fotografien nie in abgewetzten Kleiderresten, sondern stets unverwüstlich elegant, als Botschafter einer Reiseuniform, mit der bereits Fürst Almásy im *Englischen Patienten* seine Expedition nach Ägypten antritt: im weißen oder hellblauen Buttondown-Hemd, beigen Chinos und den unvermeidlichen Desert Boots. Wie Annemarie Schwarzenbach, die in tadellosem weißem Hemd und Pullunder mit ihrem Auto samt Graubündner Kennzeichen durch die kargen Wüstenlandschaften Persiens reiste.

Diese Betonung der Form richtet sich gegen die lange Zeit verbreitete Unsitte, sich den Ureinwohnern optisch angleichen zu wollen, um das Trennende zu verwischen. Dabei trägt man überall seine Geschichte mit hin, das unteilbare Leben, das mit dem Wort Individuum bezeichnet ist. Die Kleidung ist also immer Spiegel der Herkunft und signalisiert, dass sich ihr Träger des Andersseins wohl bewusst ist. Das Travel-Jackett zum Beispiel, das Brioni Ende der Sechzigerjahre auf Anfrage eines amerikanischen Kunden entwarf, gab der Idee des Jetset eine modische Gestalt. Die vielen Taschen für Tickets, Zeitungen und Utensilien verraten das Ideal des Reisenden, alles Wichtige ganz nah am Körper zu tragen, um überall auf der Welt zu Hause zu sein. Die magischen drei Buchstaben TWA auf dem Ticket erzählen noch einmal von der Faszination, die das Fliegen einst hatte. *Trans World Airlines*, die ganze Welt in der Nussschale der Bezeichnung einer Fluggesellschaft, die bezeichnenderweise aufgrund einer Absturzkatastrophe über dem Atlantik aus dem Register verschwinden musste. Ihr Abfluggebäude auf dem New Yorker JFK-Airport ist bis heute in seiner geschwungen-dynamischen Form das ästhetischste Stück Reisearchitektur, das man sich vorstellen kann.

Solche Bilder sind es, die unserer Generation noch bleiben, da fast alles entdeckt ist: eine neue Form des Reisens, die sich vor allem im Nach-Fahren anderer erschöpft. Und doch müssen wir irgendwann erkennen, dass der große Reiz des Sehens, des Ansammelns von Bildern und Länderpunkten, nicht darüber hinwegtäuschen kann, dass etwas Wesentliches fehlt. Durch das Internet besitzen wir zwar die Möglichkeit, mit Menschen in Kontakt zu stehen, die sich am anderen Ende der Welt befinden. Doch die Nähe ist nur scheinbar. Das verlockende Gefühl, die Welt an einem Bildschirm umsegeln zu können, ersetzt die alten Mythen nicht. Finis Terrae, dieser Endpunkt jeder Landpartie, der früher die magische Grenze zu den großen Gewässern bezeichnete, hinter deren gekrümmtem Horizont die Ferne lockte, hat seine elementare Bedeutung verloren. Die präzise Verortung des Augenblicks geschieht heute mit Mobiltelefonen, wir melden uns von überall und wissen manchmal gar nicht, was wir sagen sollen. Weil wir über dem Reisen die tragischen Geschichten vergessen haben, die ihm oft zugrunde liegen. Eine persönliche Not, die zum Überleben notwendige Fahrten motiviert hat, eine Flucht vor Krieg oder mörderischen Regimes.

Und plötzlich müssen wir erkennen, dass es nichts Spannenderes gibt als eine Autofahrt nach Polen, um die Orte kennenzulernen, die ganz persönlich zu uns gehören, weil unsere leiblichen Vorfahren sie bevölkerten. Die Weltläufigkeit hat uns blind gemacht für das Naheliegendste: Familie. Man sitzt an einem Abend mit Freunden in einer Bar und stellt fest, dass eigentlich alle ihre Herkunft, ein paar Generation zurückgedacht, irgendwo in Schlesien oder Ostpreußen haben. Nichts gleicht der Schwere der Erkenntnis, dass es eine entscheidende Lücke gibt, die zwischen den Seychellen, Tokio, Ägypten und San Francisco klafft, die nicht mit dem Sommerurlaub auf Sylt oder den Skiferien in der Schweiz gefüllt werden kann: die des fatalen Umstands, dass wir das Wesentliche noch gar nicht kennen, die Landschaft der Ahnen. Die Sehnsucht danach resultiert aus der immer gleicher werdenden Welt um uns herum. Wenn Shoppingmalls auf allen Kontinenten austauschbar werden, Radiosender in Südindien oder Norddeutschland die gleichen Hits spielen und H&M mit denselben Kleidern überall präsent ist, geht der Impuls nach innen.

Es geht um den verzweifelten Versuch, Maßstäbe zu finden, die dem menschlichen Leben gerecht werden. Und die kann man nur aus der persönlichen Geschichte entwickeln. Dann ist man irgendwann auch wieder dazu in der Lage, die positiven Seiten des Reisens im 21. Jahrhundert genießen zu können. Wie der junge Künstler Doug Aitken, der eines seiner Werke »New Ocean« betitelte und damit eine Gegenwart meint, die möglicherweise am Beginn einer völlig neuen Art von Existenz steht: das Chaos als neues Modell einer Welt unterwegs, in der Menschen sich als Nomaden ohne Sicherheit bewegen, im Selbst allein für sich. Er ist für die Sammlung seines Materials weit gereist, von Alaska über Argentinien bis nach Tokio, und präsentiert Videoaufnahmen von Natur und Menschen. Abschmelzende Gletscher, zerbrechende Eisflächen treffen auf ein japanisches Pärchen vor einer Großstadtmüllhalde und einen Rapper in der Bronx. Und weil er die Bilder aus dem ewigen Eis kaleidoskopartig gegeneinander stellt, formen sich mitten aus der Natur plötzlich Gesichter, während im Gegenzug Großstadtsilhouetten die archaische Anmutung von Naturphänomenen bekommen. Was mache ich eigentlich hier? Das scheinen sich auch die Menschen in Aitkens Werk zu fragen und sind genau in dieser selbstbewussten Ratlosigkeit stellvertretend für einen neuen Typus des Menschen unterwegs. Aitken sieht seinen neuen Ozean als Bild für das 21. Jahrhundert: ein gewaltiges Elementargebiet, in dem die einzige Gewissheit in der Verwandlung besteht, der Bewegung von Menschen zueinander hin und voneinander weg.

Heute, da durch die vermaledeite Pandemie die nächste Abfahrt, wie es bei Zugverspätungen oft so schön heißt, auf unbestimmte Zeit verschoben ist, suchen wir, wenn uns der Aufbruch endlich wieder möglich sein wird, im Reisen all das, was uns im täglichen Leben fehlt: das Ende der Langeweile, die Wahrnehmung des Neuen und den Schatz der Geschichten, den es uns verschafft. Nicht zuletzt aber auch etwas ganz anderes: Wer den Satellitenfilm unendlich vergrößert, kann sie genau sehen, die unzähligen rastlosen Schicksale unterwegs, die versuchen, ihr Leben in den Griff zu bekommen mit Arbeit, Karriere und dem Ringen um Gesundheit. Dabei liegt all dem etwas ganz anderes zugrunde: das Verlangen nach Glück. Das im spannendsten Moment des Films dort entsteht, wo sich inmitten des unglaublichen Durcheinanders zwei Menschen begegnen und das nomadische Prinzip mit einem ganz alten Affekt zu durchkreuzen wagen: indem sie Anteil am Schicksal des anderen nehmen. Denn Reisen ist nicht zuletzt auch die unaufhörliche Suche nach dem einzigen Moment, den man noch mehr ersehnt als die nächste Abfahrt irgendwohin: den der Liebe.

Indonesia mon amour

Fernweh beginnt mit Worten. Mit einem Klang, der die Sehnsucht nach Abenteuer bereits in der magischen Abfolge seiner Wohllaute buchstabiert. Krakatoa zum Beispiel, östlich von Java. Ein Vulkan, so mächtig und gewaltig wie sein Name. Oder Sumatra. Eine Insel, in deren üppigem Dschungel man im Nu einen wilden Tiger vor sich wähnt, Nashörner, Orang-Utans und Elefanten. Oder Bali. Diese grün leuchtende Phantasie aus anmutigen Wellen um die Hügel geschwungener Reisplantagen. Was alle diese Orte eint, ist das riesige Land, in dem sie sich befinden: Indonesien. Kein Land im eigentlichen Sinne. Mehr Kollektion von unzähligen Insel-Juwelen, in einer sanften Kurve aufgeschnürt als Perlenkette geographischer Natur, über 17.000 an der Zahl. Mal links, mal rechts des Äquators. Der Traum des Seefahrers: sie alle zu umrunden.

Doch es sind nicht nur leuchtend schöne Bilder, die sich abrufbar im Kopf einstellen, auch fremde Düfte steigen in die Nase. Die legendären Inseln der Gewürze. Der Tabak. Kaffee und die Pflanze, für die den Kolonialmächten im fernen Europa kein Weg zu weit war und mit der der Wettlauf um den viel zitierten Platz an der Sonne erst begann, die Pflanzereien ihren Ursprung nahmen: Muskatnuss. Zu finden lediglich bei den Molukken, auf den Banda-Inseln, südöstlich von Sulawesi. Ein englischer Ethnologe, George Windsor Earl, kam im 18. Jahrhundert auf einen Namen für das Land, aus dem Griechischen, Indos und Nesos: Indonesien. Indische Insel. Das, was nach Indien ostwärts, immer der Sonne entgegen, irgendwann aus dem Meer auftaucht. Man kann das heute noch auf jedem Flug nach Südostasien mitverfolgen, von oben aus. Und dann das Wappen: Garuda Pancasila. Der Adler ist aus Gold und diente in der Mythologie Lord Vishnu als Vehikel. Schon an dem Motto, das das Wappentier in seinen Klauen hält, kann man lernen, wie das Leben im globalen Zeitalter nur funktionieren kann. Nur dass man in Indonesien mit dieser Einsicht dank der Natur des Landes der Zeit schon etwas voraus war. Kein Wunder bei über 300 verschiedenen ethnischen Gruppen und 742 Sprachen und Dialekten: *Bhinneka Tunggal Ika* ist Altjavanesisch und meint: Einheit in der Vielfalt – viele, aber dennoch eins. Das Motto entstammt einem traditionellen Gedicht aus dem 14. Jahrhundert, das zur Toleranz zwischen Hindus und Buddhisten rät, und zeigt die eminente Bedeutung der Kultur in Indonesien. Ein Wahlspruch, der in Abwandlung seit 2000 sogar die Europäische Union ziert: »In Vielfalt geeint.« Die Symbole, die der Adler dazu als Schutzschild auf seiner Brust trägt, legen nicht nur Zeugnis von den Bodenschätzen des Landes ab, sondern sind programmatisch zu verstehen: Der Stern in der Mitte bedeutet Glaube an Gott, in allen Religionen. Die Kette aus Quadraten und Kreisen (Männer und Frauen) steht für eine grundgerechte Zivilisation. Der Banyan-Baum für die vielfältigen Wurzeln des Landes, die zu einer Pflanze führen. Der wilde Ochse, dieses soziale Nutztier, symbolisiert Demokratie. Reis und Baumwolle schließlich verdeutlichen soziale Gerechtigkeit, den freien Zugang zu elementaren Gütern.

Ein Bild großer Toleranz, wie die zwei einander zugewandten Tabakdreher auf dem Beutel »Javaanse Jongens«, den ich auf meiner ersten Indonesienreise im Handgepäck bei mir trug, als klassischen Wegbegleiter, zum Teilen animierend. Die Grundfreundlichkeit der Bewohner begegnet einem überall, aber ganz besonders an den fernsten Ecken und Winkeln des Landes. Wer mit einer kleinen Twin Otter der nationalen Fluglinie *Merpati Nusantara* im ersten Morgengrauen über die weite Bandasee fliegt und irgendwann den Vulkan Gunung Api aus dem Dunst auftauchen sieht, kann sofort die Begeisterung nachvollziehen, mit der die ersten Entdecker in dem Inselparadies am Ende der Welt angekommen sein mussten. Noch heute gilt, dass, wer das pulsierende Herz des Landes erfahren will, am besten einen seiner Vulkane besteigt. Da es um die Mittagszeit am Äquator zu heiß ist, muss der Aufstieg noch zu nachtschlafener Zeit begonnen werden. Der Moment, in dem der Dschungel dann mit den ersten Sonnenstrahlen unter einem zurückbleibt, macht deutlich, dass es nichts anderes als die zwischen den Schuhen dahinrieselnde dunkle vulkanische Erde ist, die die Vegetation Indonesiens so reich und fruchtbar macht. Das Reiseziel Banda Neira war aber auch abgesehen von dem Vulkan nicht grundlos gewählt. Die Verheißung der Muskatnuss, *Myristica fragrans,* war es, die Portugiesen wie Niederländer im 16. Jahrhundert in die Bandasee brachten. Persische Händler verkauften das Gewächs als Jansi Ban, Bandanuss, und sorgten bereits in der frühen Neuzeit für enorme Popularität als Gewürz und Medizin. Nicht nur die Seltenheit machte sie so besonders, auch die bizarre Form der Nuss, die mit etwas Phantasie einem kleinen Gehirn gleicht, prädestinierte sie für eine nahezu magische Anziehungskraft. In Banda Neira sollte also, wie in der Nuss selbst, so etwas wie der Kern Indonesiens zu finden sein, der Schlüssel zu seinem freundlichen Wesen, den wir auf der Hauptinsel auch fanden.

In Form eines Hotels: dem *Maulana Inn.* Der Besitzer Des Alwi bewirtete uns vom ersten Moment an mit einer selten gewordenen Großzügigkeit und Gastfreundschaft. Bereits am Abend wurden wir nach dem Essen eingeladen, mit der Hotelband zusammen auf Trommeln zu improvisieren, denn Musik wie auch Tanz gehören zu den ältesten kulturellen Traditionen des Landes. Man kann sich gut vorstellen, mit welcher Euphorie Steve Reich in den Sechzigerjahren auf die seriellen Muster der balinesischen Gamelanklänge reagiert haben muss, als er sie, ein Jahrhundert nach Claude Debussy, der die Metallophon- und Gong-Musik aus Java zuerst bei der Weltausstellung 1889 in Paris gehört hatte, kennenlernte. Des Alwi zeigte uns die Fotografien an der Wand, Arm in Arm mit Jacques Cousteau, der wegen des unglaublich klaren Wassers zum Tauchen in den Archipel gekommen war. Als er am nächsten Tag zu einem Inselspaziergang einlud, um den ältesten Muskatnussbaum zu zeigen, der schon seit über 300 Jahren blüht und gedeiht, erzählte er aber auch von den Verwüstungen, die Holländer und Japaner während ihrer Besatzungszeit auf den Banda-Inseln hinterlassen haben. Und das, obwohl überall auch friedliche Spuren vergangener Kultur zu sehen sind. So steht auf der Nachbarinsel Ai, die nur mit einem geschickt die hohen Wellen parierenden länglichen Ruderboot zu erreichen ist, die älteste christliche Kirche Südostasiens. Der Sand auf der Insel ist der feinste, den ich je in meinem Leben gespürt und gesehen habe. Ein Friedhof mit schräg aus der Erde stehenden Grabsteinen wird in den regenfreien Mittagsstunden zum Wäschetrocknen genutzt.

Als wir abends am Hafen das Ablegen des Fährschiffs nach Ambon beobachteten, als einzige Ortsfremde, luden uns Einwohner freundlich ein, ihrem Fest beizuwohnen. Erst als wir saßen und der Essensreigen begann, wurde uns klar, dass hier etwas Größeres gefeiert werden musste als nur ein Geburtstag. Wir speisten Tempe Goreng, frittiertes Sojabohnentofu. Sate Ayam, die berühmten Hähnchenspieße in

Erdnusssoße, dann Ayam Kampung, das Dorfhuhn mit Sambal. Und Mahi-Mahi, der neben dem frischen Sashimi zum köstlichsten gehört, das die Küche zu bieten hatte, fast so gut wie bei *Made's Warung* in Kuta Beach. Und dann begann die Zeremonie. Das Familienoberhaupt hatte seine gerade verheiratete Tochter neben sich sitzen, sie war sehr hübsch. Die nur geringfügig weniger hübsche saß auf der anderen Seite, und als der Tanz begann, wurde deutlich, dass es sich bei der herzlichen Einladung auch um eine Art Hochzeitsvorbereitung auf dem Lande gehandelt haben musste. Wir lehnten höflich den Tanz ab und gingen zurück ins Hotel. Als Erinnerung an die Reise bleibt nicht nur ein wunderbar abgegriffenes hölzernes Schachspiel, bei dem ein verloren gegangener schwarzer Bauer einfach durch eine zurechtgeschnitzte pockennarbige Muskatnuss ersetzt wurde. Und mit dem wir emphatische Turniere auf dem Balkon unter dem Vulkan gegen die lokalen See- und Bergführer spielten. Die Gewissheit, dass Geschichtenerzählen, wie wir es durch Des Alwi kennenlernten, eine subtile Spätform der *oral history* sein musste, die in Indonesien eine große Rolle in der Überlieferung der Tradition spielte.

Es bleiben auch die Erzählungen der malayischen Kolonialzeit von Somerset Maugham, *Ah King*, als Reiselektüre auf dem Nachttisch. Und die Erkenntnis, dass die Freundlichkeit der Indonesier wohl auch dem Umstand geschuldet ist, dass sie selbst nach den unbarmherzigsten Besatzern und dem Regime Suhartos nicht den Glauben an das Gute im Menschen verloren zu haben scheinen. Dabei hat ihnen gewiss auch die Poesie geholfen. Eine ganz neue Generation von jungen Schriftstellern, von denen ich einige einmal beim World Poetry Festival in Kuala Lumpur kennenlernen durfte, legte von der Popularität, die Lyrik in Indonesien genießt, Zeugnis ab. Indonesien kann man überall kennenlernen, in der Neun-Millionen-Metropole Jakarta oder im entlegenen Ost Nusa Tenggara. Aber kein einzelnes Leben reichte jemals aus, alle seine unzähligen Inseln zu bereisen. Das ist, bei allem Fernweh, am Ende vielleicht ein versöhnlicher Trost. Denn es lehrt uns eine der Elementartugenden des Reisens: Bescheidenheit.

Die Pension

Keiner geht einfach so in eine Pension, man nimmt Quartier. Unterschiedlicher könnte keine Ankunft sein. Erwartet wird der Gast auch im Hotel, die Pension aber empfängt. Wer den Begriff heute sofort mit Familienmuff assoziiert, liegt dennoch selten falsch. Wie viele Überreste vergangener Kultur befindet sich die Idee der Pension im Verfall, ihr Wesen in einer Schwundstufe. Eigentlich schade. Noch während der Siebzigerjahre, zu Hochzeiten der Staatsverunsicherung durch die RAF, konnten Familienurlaube in Pensionen wohlklingende Adressen haben wie das *Landhaus Bant* auf Juist. Tisch an Tisch fanden sich dort hysterische Studienrätinnen, Atomphysiker und Heiratsschwindler wieder, aus denen Tag für Tag immer neue Wahrscheinlichkeitsdiagramme dramatischer Ereignisse erwuchsen. Der Gegenentwurf Pension, der dort stattfand, spielte Intimität gegen Weltläufigkeit, persönliche Teilnahme gegen die Anonymität des Hotelbetriebs aus. Angesichts der dadurch implizierten verbindlichen Verknüpfung unterschiedlichster Schicksale und Lebenslinien nimmt es wunder, dass sich nicht mehr Filme und Bücher die Pension als ihren zentralen Schauplatz wählten. Ein Idealfall dieses Genres ist gewiss die Verfilmung von E.M. Forsters Roman *Zimmer mit Aussicht*. Die Pensione Bertolini in Florenz wird für die junge Engländerin Lucy Honeychurch zum Initialort ihrer großen Liebe. Man sitzt zu Tisch mit alten Damen, denen charmante Herren selbst gepflückte Strohblumen als Überraschung um die Metallbetten binden, allein weil sie hörten, dass es ihre Lieblingsblumen seien. Konversation wird gepflegt, aus Gemüseresten zu Tisch werden symbolische Fragezeichen drapiert, um die Dame des Herzens zu provozieren. Es mag an der dort vorgefundenen idealen Atmosphäre liegen, dass George Emerson, in den sich Lucy Honeychurch verliebt hat, bei einem gemeinsamen Ausflug in die Wiesen und Berge von Fiesole übermütig Äste ersteigt, »Liebe, Schönheit, Freiheit« ruft und vom Baum fällt.

Die Pension lässt die Menschen näher zusammenrücken, ermöglicht im Film das Angebot von Vater und Sohn Emerson, Lucy und ihrer als Anstandsdame mitreisenden Cousine ihr Zimmer mit Aussicht zum Tausch anzubieten. Im Esszimmer und dem Salon mit Klavier begegnet man sich unausweichlich wieder und ist zur Auseinandersetzung mit den anderen Gästen gezwungen. Man kommt sich näher, lernt sich fast unweigerlich kennen. Dass die zarten Bande, die dort geknüpft wurden, nach unzähligen Komplikationen doch noch zum Happy End, der Hochzeitsreise nach Florenz, führen, kann einen kaum überraschen. Verbringt man doch in der Pension meistens mehr als eine Nacht, ja ganze Urlaube, die genügend Zeit geben, um sich auf Liebesgeschichten einzulassen. Es mag enttäuschen, dass der Reisende im Florenz der Gegenwart die Pensione Bertolini vergeblich suchen wird. Die gefilmten Räumlichkeiten der Innenaufnahmen sind indes realiter nicht in Florenz zu finden, sondern in der Villa Maiano in Fiesole, die heute für Feste jeder Art zu mieten ist. Die Aussicht von dort oben auf Florenz ist nicht minder spektakulär.

Trieste royale

Es gibt keine absurdere Wetterlage in der Stadt der Winde als die Flaute. Und doch ist es gerade sie, die bei genauerem Hinsehen ihre wesentlichen Merkmale so klar wie sonst nie zum Vorschein bringt. Obwohl die Turmuhr am Palazzo Communale schon halb elf zeigt, brennt sich erst jetzt die milde Herbstsonne wie ein leuchtender Ball am Himmel durch den zähen Morgennebel über dem leise vor sich hin plätschernden Mittelmeerwasser im Golf von Triest. Und gibt so endlich den Blick frei auf die entgeisterten Gesichter der Zuschauer auf den Bootsstegen des Hafens, wo seit Tagen das erhabene hölzerne Schulschiff der italienischen Marine vor Anker liegt, die *Amerigo Vespucci*: Noch am Abend zuvor stand sie feierlich von Scheinwerfern illuminiert in der Trikolore der Nationalfarben Grün, Weiß und Rot. Aber jetzt scheint auch sie eher traurig Tausenden von gehissten weißen Segeln zu salutieren. Was voller Bewegung sein sollte, wird zu einem Gemälde von nahezu abstrakter Schönheit, das von Matisse oder Dufy stammen könnte: ein Meer aus weißen Dreiecken vor überblauem Hintergrund.

Zum Verständnis – wir werden gerade zu Zeugen eines entscheidenden Moments: Der Startschuss für die größte Segelregatta der Welt, die *Barcolana*, im 51. Jahr ihres Bestehens, ist gefallen, und es geht kein Hauch. Da, wo sonst die Bora wütet, jener gefürchtete Fallwind aus dem Nordosten, der von den Dinarischen Alpen über die Höhenzüge des Karsts an die Küste hinabweht und besonders auf seinem letzten Stück durch die Täler wie in aerodynamischen

Testkanälen mörderisch an Fahrt aufnimmt – die stärkste je gemessene Böe würde mit ihren über 300 Stundenkilometern selbst einen Hurrikan in den Schatten stellen –, trübt keine Schaumkrone das spiegelnde Flackern der Wasseroberfläche im Sonnenlicht. Wer auf einem Segelschiff sitzt und in der minimalen Dünung dieses helle Schauspiel ansieht und schaukelnd vor sich hin döst, verspürt seine hypnotische Wirkung. Aber es ist nicht Pan, sondern Boreas, der griechische Gott des Nordwindes, der heute keine Gnade kennt. Er bleibt der meistvermisste Gast des Tages. Die ersten Boote treibt die leichte Strömung sanft rückwärts in den Hafen zurück, als wollten sie eine Abkürzung in die Zielgerade des Rennens nehmen. Dabei werden sie unfreiwillig zum Emblem für ein wesentliches Charaktermerkmal der Stadt Triest: die Melancholie. Lange lag die einst bedeutsame Hafenstadt der Doppelmonarchie nach dem Zweiten Weltkrieg durch ihre grenznahe Lage zu Jugoslawien im europäischen Abseits, fast schon eine Enklave im Ostblock. Aber es war ein produktives Abseits, das eine besondere Geisteshaltung zu konservieren schien, die Robert Musil erstmals in seinem *Mann ohne Eigenschaften* prägte. »Kakanien war der Staat, der sich selbst irgendwie nur noch mitmachte. Und darin war Kakanien, ohne dass die Welt es schon wusste, der fortgeschrittenste Staat.«

Als ich vor über dreißig Jahren zum ersten Mal in die Stadt kam, erfüllte sie dieses philosophische Programm, jene intelligente Feier einer freien, schicksalsergebenen Erkenntnis des Nichts, sofort. Sie schien herrlich leer, alt und weit wie die Piazza dell'Unità d'Italia, jener unglaublich große, zum Meer hin geöffnete Platz, wahrscheinlich der größte in ganz Europa. Fast alle Gebäude waren von einem nahezu magischen Grauschleier überzogen, der vergangene Zeiten besser zu konservieren schien als die in letzter Zeit allerorten vorherrschende Rückkehr zu den ursprünglichen Pastellfarben der Architektur aus der Zeit ihrer Entstehung. Obwohl von diesen durchaus der Charme eines Wes-Anderson-Films ausgehen kann wie dem *Grand Budapest Hotel*, das der geniale amerikanische Eklektizist bevorzugt im frisch renovierten Görlitz drehte. Triest war der ideale Rückzugsort für Reisende auf der Suche nach einer verlorenen Zeit, die hier nun wirklich stehen geblieben zu sein schien. Selbst ein Besuch in den Caffès, die bereits James Joyce während seiner produktiven Dekade vor dem Ersten Weltkrieg, die ihm unter anderem die *Dubliners* und seine Vorarbeiten zum *Ulysses* beschert hatte, regelmäßig aufsuchte wie das *Caffè Stella Polare*, zeigte diese noch weitgehend im Originalzustand, heute ist leider fast nur noch der modernistische Schriftzug an der Hauswand übrig; im Inneren scheint man eine Eisdiele als ästhetisches Programm verwirklicht zu haben.

Der beste Indikator für ein Kaffeehaus, das einen Besuch lohnt, ist die verbriefte Präsenz des Universalgelehrten Claudio Magris, der 2019 mit dem Thomas-Mann-Preis ausgezeichnet wurde und seine Post im *Antico Caffè San Marco* empfängt. Die ursprüngliche Größe des mit einem prächtigen Bronzefries aus mäandernden Kaffeeblättern verzierten Saales wirkt zwar durch eine neuerdings installierte Buchhandlung in der Mitte des Längsflügels etwas eingeschränkt, gewinnt aber dafür umso mehr den Charakter eines verschwörerischen Rückzugsortes als Bollwerk der intellektuellen Elite. Das war dafür schon seit Anfang an so beim *Antico Caffè San Marco*, das der Begründer Marco (sic!) Lovrinovich bereits mit dem Namen als Bekenntnis gegen Österreich-Ungarn zu Italien verstanden haben wollte. Die Wandmalereien in Öl mit italienischen Motiven mussten zwar während des Ersten Weltkriegs angeblich mit Theaterszenen verhängt werden. Das nahm dem Ort aber nichts von seiner subversiven Natur, da man neben seinem Capo in B, der Triestiner Variante eines Espresso Macchiato im Glas, auch auf Anfrage gefälschte Pässe für die Flucht nach Italien unter dem Tresen zugeschoben bekam. Triest ist nicht nur wegen der Weltmarke *Illy*, die vor Ort 2002 sogar eine Kaffee-Universität eingerichtet hat, und des lokalen Marktführers *Hausbrandt* auch eine Kapitale des Koffeins, wo man wie in Wien nicht nur zum Nero, dem Espresso, unaufgefordert ein Glas Wasser dazu gereicht bekommt. Früher saß Magris noch im *Tommaseo*, dem ältesten Caffè der Stadt, dessen cremefarbene Stuckdecken, Fischgrät-Parkett und Thonet-Stühle am ehesten an eines der klassischen Wiener Kaffeehäuser erinnern. Dort soll er als vehementer Verfechter der Idee eines *Mitteleuropa*, das sich in Triest dank der kreativen Mischung aus italienischen, slawischen und deutschösterreichischen Wurzeln entwickeln konnte, auch an seiner stilbildenden Donau-Biographie geschrieben haben. Vor ihm saßen dort zwei andere Großschriftsteller, welche Triest in jüngster Zeit mit bronzenen Statuen in der Stadt geehrt hat, Italo Svevo und Umberto Saba.

Die gebildete Führerin erklärt, dass lediglich das jüngste Denkmal für Gabriele d'Annunzio wegen dessen umstrittenen Rufs immer wieder für Gesprächsstoff sorgt. Die Joyce-Figur mit dem markant nach hinten geschobenen Strohhut auf der Ponte Rosso, der Hauptbrücke über den Canale Grande von Triest, wird hingegen uneingeschränkt geliebt und geherzt. Als ich vorbeikomme, schmiegen sich gerade drei Italienerinnen heiser lachend für ein Gruppenbild gefährlich nah an den Verfasser des *Giacomo Joyce*, in dem der Sprachlehrer an der Triester Berlitz School seine Liebe zu einer Studentin in profunde Prosagedichte verwandelte: »Meine Worte in ihrem Kopf: kalte blanke Steine, die in einem Sumpf versinken.« Auch dem gebürtigen Triestiner

Poeten Umberto Saba kann man in der Innenstadt in der Via Dante beim Gehen zusehen, aber weil er zur Schiebermütze auch noch Pfeife und Spazierstock trägt, wird er immer wieder um die letztgenannten Accessoires bestohlen. Ein Umstand, den der Antiquar Mario Cerne, der die *Libreria Umberto Saba* gleich um die Ecke führt, bedauerlich findet, aber auch gleich eine Lösung vorschlägt: Der Schriftsteller, dem sein Vater als persönlicher Assistent diente, müsse eben vielleicht doch das Rauchen aufgeben, wie es Zeno Cosini einen ganzen Roman lang vergebens versucht, der Held von Italo Svevos gleichnamigem Roman, den der Geschäftsmann, der bekanntlich Ettore Schmitz hieß, auf Drängen von Joyce, deren Frau Nora bei den Svevos bügelte, veröffentlichte und so seinen späten Ruhm als Schriftsteller einleitete. In der Buchhandlung, einem hochaufgetürmten Labyrinth aus Regalen, steht bis heute die Schreibmaschine von Umberto Saba, der im Gedicht auf seine Heimatstadt Triest deren »spröden Charme« beschwor. Cerne erzählt, dass er Saba, der Triest im Poem mit einem Lausbub verglich, als missmutigen alten Mann erinnere, der selbst allerdings für Kinder nicht viel übrig gehabt habe, sodass er als Junge seinem Vater nur kurze Besuche im Antiquariat abstatten durfte.

Was suchen und finden die Schriftsteller bis heute in Triest: einen idealen Ort zum Schreiben und Leben, der den nötigen Abstand zur Welt hält und doch mitten in ihr existiert, das gleiche Verhältnis also, das ein Kaffeehaus zur umgebenden Stadt hat. Als Maria Theresia in der Mitte des 18. Jahrhunderts ihre einzige Hafenstadt zum Marktplatz für das Kaiserreich erweitern wollte, ließ sie weiträumig Salinen am Hafen trockenlegen und machte daraus ein neues, geometrisch angelegtes Viertel, das den Kaufleuten Raum für Geschäfte und Wohnhäuser geben sollte. So entstand eine modern anmutende Stadtstruktur, die aufgrund ihres Fundaments aus dem Mauergitter für das »Salz der Erde« nur ein Manko hatte: es gab keine Unterkellerungen. Also eine Stadt ohne »doppelten Boden«, die nichts unter sich zu verbergen hat als eine gewürzige Grundlage. Die man auch in den kulinarischen Raffinessen der Stadt wiederfindet. Sei es der Wolfsbarsch, den die schreibende Köchin Ami Scabar in ihrem Restaurant zur Perfektion gart, oder die besten Spaghetti mit Tomatensoße der Welt, die ich mit dem seit 1997 in Triest wohnenden deutschen Schriftsteller Veit Heinichen mit herrlichem Blick auf die Bucht im Restaurant des Hotels *Savoia Excelsior Palace* aß.

Aber vielleicht ist es neben der Kulinarik, dem Weinbau, den Oliven und dem Dorf Prosecco ganz in der Nähe auch seine Sympathie für die Verlierer, die Triest zu einem so grundliterarischen Pilgerort macht. Die *Barcolana* begann dieses Jahr eine neue Tradition, nämlich auch das letzte Boot, das die »Regatta de Blanc« beendet, mit einem Pokal auszuzeichnen. 7 ½ Stunden nach dem Startschuss erreichte die *Xeinos*, eine 15 Meter lange Yacht, die von Zahnärzten aus Serbien, Montenegro und Italien gesteuert wurde, das Ziel. Es reichte zwar nur für den 1098sten Platz, aber die Trophäe ist größer und prächtiger als der Siegercup. Der Name der Yacht ist sprechend und spätestens seit Homer bekannt: Im Herzen Europas gewinnt, wenn auch auf geschicktem Umweg: der Fremde.

Die Ansage

In der dünnen Luft der Reiseflughöhe gibt es kein Zuviel an Information. Das mag daran liegen, dass die Transparenz des Elements, durch das man im Idealfall, also bei schönem Flugwetter, nahezu unmerklich dahinrast, geradezu nach spiegelbildlicher Entsprechung in der Kommunikation aus dem Cockpit verlangt. Die Ansage des Kapitäns ist so gesehen die Königsdisziplin rhetorischer Aviatik, eine Kunstform, die dem Piloten mindestens so viel Geschick abverlangt wie das kundige Umfliegen einer Front aus bedrohlich in den Himmel wuchernden Cumulonimbus-Gewitterwolken. Das geht schon mit der Stimmlage los. Die Tiefe des Brummtons, der nach dem elektronisch-technischen Anklicklaut des Mikrofons sonor die Kabine beschallt, sinkt reziprok zum Winkel des Steigfluges: »Ja, meine Damen und Herren, Sie haben es vielleicht schon bemerkt.« So hebt das dann mit dezidiert norddeutscher Intonation an, für die Lufthansa-Piloten bestimmt ein spezielles Sprachtraining auf der Verkehrsfliegerschule in Bremen absolviert haben müssen. »Wir haben es hier direkt unter uns mit ziemlich dichtem Nebel zu tun.« Da ist er, dieser leicht flapsige Tonfall, hanseatisch präzise und doch mit einem professionellen Augenzwinkern verbunden, was nichts anderes bedeutet als: Der Mann hinter der Stimme hier ist jederzeit Herr der Lage, egal, wie schwer die Clear Air Turbulence ausfällt, die ihm das Cockpit der auf der Strecke vorausfliegenden Maschine gerade durchgefunkt hat. »Das wird jetzt für kurze Zeit ein bisschen ungemütlich, deswegen möchte ich Sie dann doch bitten, zu Ihrem Sitzplatz zurückzukehren und den Gurt festzuziehen.«

Es ist immer ein gutes Zeichen, wenn es noch für ausformulierte Sätze reicht und nicht gleich als Imperativ die drei folgenschwersten Worte erklingen, nach denen man sich besser auf ALLES gefasst machen kann: »Crew be seated!« Dann vollführen die Flugbegleiter eine hektische Aufführung der »Reise nach Jerusalem«, und der leere Nachbarsitz wird im Nu von einer entschuldigend lächelnden Stewardess eingenommen, die jetzt so zu tun hat, als ob die gigantischen Luftlöcher, die da kommen mögen, keinerlei Grund zur Sorge bedeuten. Aber meistens sind es ja die schönen Dinge, auf die uns der Kapitän oder »sein« erster Offizier hinweisen möchten: der Service an Bord, das herrliche Wetter am Zielort, ein besonders toller Blick auf die Golden Gate Bridge »für die auf der linken Seite« oder die dank Rückenwind atemberaubend kurze Flugzeit über den Atlantik. Wird es aber auch ein ruhiger Flug? Da gibt es in letzter Zeit eine neue Faustregel: Je weniger Worte vorne, desto häufiger Anschnallzeichen hinten. Oder, als anderes Extrem, ein Pilot der TAP, der schon bei der Begrüßung nicht über die Lautmalerei seines goldig genuschelten »Senhores Passageiros« hinauskam, samt Copilot in schallendes Gelächter verfiel und seine Ansage heiser abbrechen musste. Wie beruhigend hingegen, dass im deutschen Cockpit sogar noch Platz für christliche Moral und Mitmenschlichkeit ist, was wir gerade auf einem Flug am Heiligabend von Frankfurt nach Paris erleben durften. Der war dank Jetstream so kurz, dass der Kapitän erstens höflich darum bat, »dass sich jetzt jeder Passagier einmal zur Seite dreht und seinem Nachbarn Frohe Weihnachten wünscht« und zweitens »nur ein Getränk bestellt, damit alle noch was zu trinken bekommen, bevor wir landen«. Cheers!

Das verpflanzte Bergdorf bei Shanghai

Es war einmal ein modernes Märchen, und es beginnt wie folgt: Ein junger Mann aus einer entlegenen Gebirgsprovinz in China, nennen wir sie Jiangxi, kehrt, früh im Leben von beruflichen Erfolgen gekrönt, zurück in die Heimat zu seinen Eltern. Aber das Dorf, in dem er seine glückliche Kindheit verbrachte, nennen wir es Fuzhou, befindet sich in Aufruhr: Der Verwalter der Provinz plant, zum Wohle aller, einen gigantischen Staudamm zu errichten. Indes, ausgerechnet das kleine Tal, in dem Fuzhou liegt, soll von den gestauten Wassermassen geflutet werden und mit ihm auch jene wunderbaren alten Häuser aus der Ming- und Qing-Dynastie, in denen der junge Mann, nennen wir ihn Herrn Ma, als Kind gespielt hatte. Noch dazu hatten zum Schrecken von Herrn Ma die Vorbereitungen für den Dammbau bereits begonnen: Manche Häuser waren schon abgerissen, und man schickte sich an, alle Wälder der Umgebung, teils jahrtausendealte Kampfer-Bäume, zu roden. Als Herr Ma die ersten gefällten Bäume sah, erfasste seine Seele eine tiefe Traurigkeit. Es war furchtbar genug, dass seine Familie und ihre Nachbarn Haus und Hof verloren, aber Bäume zu vernichten, die schon auf der Welt waren, noch bevor der erste Kaiser Qin Shihuangdi sein Reich errichtet hatte, war ein Frevel, den man nicht mehr würde wiedergutmachen können.

So wuchs in seinem Herzen ein kühner Plan: Er würde versuchen, so viele Häuser und Bäume wie möglich zu retten und den Wald und das Dorf einfach anderswo wieder zu neu errichten, weit weg, vor den Toren der Metropole, der er seinen unermesslichen Reichtum zu verdanken hatte. Doch als er ein Stück freien Landes gefunden hatte, das groß genug war, die Heerscharen von Kampfer-Bäumen und alle intakten Häuser zu beherbergen, begann das eigentliche Abenteuer erst: der Transport von Wald und Dorf aus dem unwegsamen Gebirge in die Stadt. Herr Ma ließ Straßen bauen und Brücken errichten, um Flüsse zu überqueren, er bestellte die besten Architekten des Landes ein, um die Häuser Stein auf Stein, Balken an Balken, Säule neben Säule auseinanderzunehmen und zu nummerieren, um sie später exakt so wieder aufbauen zu können. Doch die höheren Gewalten schienen gegen sie zu sein: Unwetter fluteten die Straßen, die Laster mit den riesigen Bäumen rutschten in Gräben ab und mussten immer wieder aus den Schlammlawinen geborgen werden. Botaniker waren besorgt, ob die Bäume ihre viel zu lange Reise überleben würden. Schon bald aber trieben Bäume in ihrer neuen Heimat Wurzeln in die Erde, während das erste Haus seinem Richtfest entgegensah. Und als gelte es, das berühmte Zitat von Konfuzius auf ein Neues unter Beweis zu stellen, war der Weg für jene Bäume und Häuser in der Tat das Ziel, die Bewältigung der unwegsamen Reise ein glorreicher Sieg über die Elemente.

Aber das schönste an diesem modernen Märchen ist, dass es kein Märchen ist, sondern eine wahre Geschichte, aus der ein Hotel entstanden ist, in dem man nun in jenen historischen Häusern übernachten kann, umgeben von teils jahrtausendealten Kampfer-Bäumen. Die Rede ist vom *Amanyangyun*, dem neuesten Aman-Ressort in China, das 2018 im Minhang-District vor den Toren Shanghais seine Pforte den ersten Gästen geöffnet hat. Was diese dort erwartet, ist weitaus mehr als ein Hotel. Es ist eine subtile Komposition aus historischen und hochmodernen Gebäuden, dessen intellektueller Mittelpunkt ein dem kaiserlichen Lesepavillon der Verbotenen Stadt in Peking nachempfundenes Lehrgebäude namens Nan Shufang ist, das selbst früher ein antikes Schulhaus war und in dem interessierte Gäste eine Einweisung in die wichtigsten Disziplinen der Hochkultur Chinas erfahren können. Von der Teezeremonie über Kalligraphie, das Weihrauch-Ritual, Tai Chi und chinesische Philosophie bis zur Malerei reicht das Spektrum der angebotenen Kurse. Dort erfährt man auch mehr über die Geschichte des Projekts, seinen philanthropischen Urheber Mister Ma und das kostbare Holz, dem er weite Teile seines Reichtums zu verdanken hat: Nan Mu.

Bereits im alten China wusste man um die herausragenden Qualitäten des Baums, der wie die 10.000 von Mister Ma geretteten Bäume zur Familie der Kampfer gehört. Das weiche knotige Holz ist so unempfindlich gegen Feuchtigkeit und Temperatur, dass selbst Stämme, die über Hunderte von Jahren im Flussbett lagerten, noch verwendbar blieben. Mister Ma entdeckte das Nan-Mu-Holz, aus dem traditionell die wertvollsten Möbelstücke gefertigt wurden, unter anderem in den Balken von verwaisten Farmhäusern der Szechuan-Provinz und präparierte sie für die Verwendung als Material für Nachbildungen der schönsten Modelle aus der Ming- und Qing-Dynastie, deren Preis für Normalsterbliche unermesslich scheint: Manche der Stücke, die man im *Amanyangyun* sehen kann, werden für umgerechnet 180.000 Euro verkauft. Da das Holz, wenn es einmal getrocknet ist, seine Form behält, wurde es schon in der Frühzeit zum Boots- und Hausbau verwendet. Die Möbel sind, wie die fünfzig geretteten antiken Villen, von denen Mister Ma Dadong gemeinsam mit Aman insgesamt 26 wieder aufgebaut hat, in der über 6000 Jahre alten sogenannten »mortice and tenon«-Bauweise gestaltet. Sie kommt ohne Nägel und Schrauben aus, weil die Elemente durch eine Art Schlitz und Zapfen zusammengehalten werden, eigentlich ein Bild des Ineinander von entgegengesetzten Elementen, wie es vom Yin und Yang der chinesischen Symbolik her bekannt ist. Wer das sich über zehn Hektar erstreckende *Amanyangyun* betritt, dessen Namen man in etwa als »nährende Wolke« übersetzen kann, sieht als Erstes auf dem Rasen vor dem Eingangsgebäude ein natürliches Heiligtum thronen, den über tausend Jahre alten Emperor Tree. Wer dem weit über 80 Tonnen schweren Baum, der trotz seiner Verpflanzung bereits bis zur Krone üppig grünt, ganz nahekommt und ihn zur Begrüßung mit seinen Armen zu umspannen sucht, spürt unmittelbar die archaische Energie, die von dem Kampfer-Baum ausgeht und die Mister Ma nicht dem Untergang preisgeben wollte.

Als Adrian Zecha, Gründer von Aman, im Jahr 2009 zum ersten Mal von der Herkulesarbeit des Mister Ma hörte, wollte er ihn sofort kennenlernen. Da Zecha zur gleichen Zeit auf der Suche nach einer Idee für das nächste Aman in China war, kam ihm das, woran Mister Ma da arbeitete, wie die perfekte Vorlage für ein noch nie da gewesenes Konzept vor: die Geburt eines neuen Hotels aus Elementen der ältesten Zeit. Mit einem Konservierungsprojekt als wahrer Geschichte dahinter, dessen Wagemut und Beherztheit unweigerlich an *Fitzcarraldo* denken lässt: jenen Film von Werner Herzog, dessen ehrgeiziger Held die Oper in den Dschungel des Amazonas bringen will und dabei vor keinen natürlichen Hindernissen haltmacht, nicht mal vor einem Hügel, über den er seinen Raddampfer hieven lässt. Kein Wunder, dass im Nan Shufang auch traditionelle chinesische Kunqu-Opern regelmäßig zur Aufführung kommen werden.

Für die Gestaltung der architektonischen Details, mit denen Mister Ma und Aman die 26 historischen Villen des Hotels, von denen zwölf auch als private Residenzen mit komfortablen Unterbauten zum Verkauf stehen, auf das höchste Niveau zeitgenössischen Luxus heben ließ, zeichnen wie in Tokio und Bhutan wiederum Kerry Hill Architects verantwortlich. Sie gingen sehr behutsam und mit großem Respekt vor dem minimalistischen Geist der Ming-Dynastie vor und schufen, gemeinsam mit Landschaftsgestaltern vom Dan Pearson Studio, eine Art sinologisches Refugium aus Stein, Holz und Bambus mit einem nahezu 3000 Quadratmeter großen Spa, drei Restaurants (Japanisch/Chinesisch/Italienisch), organischen Gärten, die mit Kräutern und Gemüse den Restaurants zuarbeiten, und modernen Ming-Courtyard-Suiten, die als Ergänzung zu den antiken Villen gedacht sind, deren Mastersuite und drei Einheiten mit Brunnen, Innenhöfen, Esszimmer, Lounge und Pool an der Längsseite ca. 1000 Quadratmeter umfassen.

Was Konfuzius damit meinte, als er sagte, im Lehren solle kein Unterschied zwischen den Klassen gemacht werden, kann der Gast an vielen Details während seines Aufenthalts kennenlernen. Wer durch die mystisch aufsteigenden Dampfnebel aus den Wassergräben vor den antiken Villen zu seiner Suite schreitet, befindet sich bereits in der »nährenden Wolke«, jenem Gegenbild der digitalen iCloud, und auf dem besten Weg in den Zustand der Kontemplation, den die berühmten chinesischen »Literati« mit ihrem Lebensstil zu perfektionieren suchten. Konfuzius war der Erste, der die Struktur der Gesellschaft zu durchbrechen versuchte, indem er Studenten aus jeder Schicht annahm, wenn sie nur schlau genug waren. Das Prinzip der Meritokratie, dem die Literati des 17. Jahrhunderts ihre einflussreiche Stellung am kaiserlichen Hof verdankten, war das Ergebnis einer strengen Beamtenprüfung, die nicht durch Geburt zu Ruhm, Wohlstand und Macht führte, sondern durch das Meistern schwerer akademischer Aufgaben, Intelligenz und vollendete Erziehung.

Selbst Dschingis Khan machte sich dieses Prinzip zu eigen. Wer den Ausführungen von Jonathan Wolfberg lauscht, dem amerikanischen Direktor des Nan Shufang Cultural Center, der mit seinem kahl rasierten Schädel ganz in Schwarz im Nehru-Jackett und gleichfarbigen Converse HiTops und Nanmu-Amulett wie ein moderner Hohepriester anmutet, versteht, warum, wie er sagt, die chinesische Kultur so tief ist, dass ein Mensch in seiner Lebenszeit es eigentlich nie zum Meister bringen kann. Überall ist Bedeutung: in Relief und Ornamenten. An den dreizehn Stegen der klassischen Guqin-Zither, die den lunaren Kalender zitieren. In der Zitronenfrucht Fo Shou, die als Buddhas Hand zur Inspiration auf dem Schreibtisch liegt, weil sie wie zwei andere Wort klingt: Fu (Reichtum) und Sho (Langlebigkeit). Oder der Maserung des Wurzelholzes, in dessen Struktur der wandernde Geist hineinlesen kann, was er will: von Wolken bis zu ganzen Landschaften, über die man dann ein Gedicht schreiben kann. Im Weihrauch als Maß der Zeit und ästhetische Inspiration. Alles Beispiele für den raffinierten und eleganten Lebensstil der Literati, deren Gelehrtenleben das *Amanyangyun* feiert. Als Hommage an die Natur und die Menschen von Jiangxi, jener Provinz, die nicht nur Porzellan und Taoismus hervorgebracht hat, sondern auch ein Hotel, dessen Geschichte schon vor der Eröffnung wie ein Märchen klingt.

Mit Tim und Struppi um die Welt

Die prägenden Stilvorlagen für das Leben liefert die frühe Kindheit. So gesehen kann neben Eltern mit gutem Geschmack die rechtzeitige Lektüre von *Tim und Struppi*-Bänden als ausgesprochener Glücksfall gelten. Denn angesichts dieser Comics prägt sich jedem lesefähigen Heranwachsenden ein Umgang mit Kleidung ein, der mit dem Wort maßgeblich nur unzureichend beschrieben ist

Der Elementargeist, den Tim, der weltreisende Reporter mit Tolle und Hund, bei der Auswahl seiner Mode stets walten ließ, soll in dieser längst fälligen Würdigung einmal zitiert und erklärt werden. Kein zweiter gezeichneter Held betrat die Bühne seines Wirkens von Anfang an so tadellos gewandet wie er. Tim, Kind der frühen Dreißigerjahre, trägt als Grunduniform einen Anzug mit Knickerbocker in Braun und dazu ein weißes Hemd mit schwarzer Krawatte, an den Füßen schwarze Socken und an jedem Ort dieser Welt tadellos geputzte braune Halbschuhe.

Das war der Look, den er trug, als ich ihn kennenlernte. Damals, im ersten Band, den mir eines Tages mein Vater aus der Stadt mitbrachte. Er hieß *Die schwarze Insel* und entführte meine kindliche Phantasie nach Schottland, wo es »Loch Lomond«-Whisky gab und wo Tim sofort auch seine modische Anpassungsfähigkeit auf großer Fahrt unter Beweis stellte. So tauscht er auf der Spur von Geldfälschern seine klassische Garderobe gegen einen lokalen Kilt, um unentdeckt zu der geheimnisvollen Insel zu gelangen. Und wie würdig, wie weltmännisch er darin wirkte! Es war sofort eine willkommene Abwechslung zu den Geschichten der Ducks, die bis dahin mein Leben geprägt hatten. Selbst Donald, so liebenswert er auch war, blieb zeit seines Lebens letztendlich Ente. Auch als Wunderheld *Phantomias* oder im besten der lustigen Taschenbücher, betitelt *Donald in Hypnose.* Das ist der Band, in dem Donald seine Begeisterung für Mode entdeckt und von den Panzerknackern als Model gecastet wird, um ihn im Scheinwerferlicht zu hypnotisieren und ihm so den Zugangscode für Onkel Dagoberts Geldspeicher zu entlocken. Nach etlichen gescheiterten Versuchen, die richtige Garderobe für das Casting auszuwählen, entscheidet sich Donald für einen schwarzen Rolli mit gelber Blume in der Mitte nebst Baskenmütze und spricht zu sich selbst, er gehe nun einfach ganz lässig als Twen. Während Donald in seinem stilsichersten Moment zum jung gebliebenen Beatnik wird, bleibt Tim stets dem einmal gewählten Look treu. Man könnte ihn am ehesten als »Reporter-Stil« bezeichnen.

Der Begriff Reporter überhaupt. Kein Journalist, sondern Reporter, bei Tim noch ein ausnahmslos ehrenwerter Beruf auf der moralisch richtigen Seite gegen das Verbrechen. Wie so einer auszusehen hat, gewann durch den Jungerwachsenen auf Lebenszeit seine entscheidende Fixierung. Ein Reporter trägt sachlich-elegante Kleidung und bleibt dem einmal gewählten Stil so treu verbunden wie seinem Hund, dem Foxterrier Struppi, für den er in drohenden Gefahren sein Leben zu geben bereit ist.

Der Profireisende passt sich dabei, wie bereits erwähnt, den Zielen seiner Abenteuer diskret mimetisch mit einigen wenigen entscheidenden Teilen an, um bei der Aufklärung der Kriminalfälle nicht unnötig vor der Zeit aufzufallen. Sei es der Chinesenanzug im Opiumabenteuer um den *Blauen Lotos,* der arktische Parka auf Polarexpedition im *Geheimnisvollen Stern* oder der Cowboy-Look mit kariertem Hemd auf Amerikafahrt – immer wählt Tim pragmatische Klassiker, um auf alle Unwägbarkeiten vorbereitet und so perfekt gerüstet zu sein.

Das Beste aber ist die Kompromisslosigkeit, mit der Tim nie von seiner einmal gewählten Alltagsgarderobe abweicht. Nur minimale Varianten gestattet er sich, wenn er sein Hemd in den frühen Abenteuern ab und zu in Gelb wählt, wozu er eher eine rote Krawatte, Schiebermütze und einen klassischen Zweireiher kombiniert, den er später souverän gegen einen zweireihigen Staubmantel in Beige eintauscht und dann einfach dabei bleibt. Ganz bei sich angekommen ist er aber erst in den späten Geschichten, im weißen Hemd mit hellblauem Rundausschnitt-Pullover, weißen Socken und grauen Halbschuhen. Er tritt damit den Beweis dafür an, dass ein Mann neben einem schlauen Hund eigentlich nur einen Lieblingspullover braucht, um die Welt zu retten. Die Hose – am *Haifischsee* und bei den *Picaros* auch endlich einmal ganz lang statt der störrisch gegen den Fortlauf der Zeit verteidigten Knickerbocker – bleibt schlammbraun.

Als Reporter bleibt Tim das Urbild des weltläufigen Vielreisenden, der auf dem Schloss Mühlenhof seines Freundes Kapitän Haddock genauso zu Hause ist wie in allen Verkehrsmitteln seiner Zeit. Und auch sein Inneres, sein Charakter, strahlt stets wie poliert. Die Verlässlichkeit, mit der Tim seinen Freunden verbunden bleibt, macht ihn selbst zum besten Freund, den man sich nur wünschen kann. Und eine alte Regel besagt, dass es diese besten Freunde sind, denen man auf kurz oder lang immer ähnlicher wird, auch äußerlich, stilistisch.

Wer ein Stück der schönen Welt, die Hergé mit seinem »Tintin«, wie der Name im Original lautet, für uns gezaubert hat, in seinen eigenen Alltag retten will, greift heutzutage am besten zu den Alben im Original, die es zu immer noch erschwinglichen Preisen auf Flohmärkten zu kaufen gibt. Man kann auch auf den alten Trick zurückgreifen, den Kleidungskauf mimetisch in Anlehnung an Tim zu gestalten. Brauner Anzug, vielleicht von Ralph Lauren, dazu einen hellblauen Kaschmirpulli von A. P. C., ein weißes Hemd von Uniqlo, Socken von Burlington und dazu graue Maßschuhe von Hermès. Oder all dies von ganz anderen Marken. Es geht ja nicht um die Marke, sondern um die Klassiker unter den Kleidungsstücken, die dazu in der Lage sind, den vielen Reisen auf der Jagd nach Verbrechern und den damit verbundenen Abenteuern zu trotzen.

Allein die Tolle bleibt Tims ewiges Frisurgeheimnis. Wie beruhigend.

Der ICE Sprinter

Jede Zeit hat den Zug, den sie verdient. Bereits im Sommer des Jahres 1933 verband ein »Fliegender Hamburger« genannter Luxustriebwagen die Städte Hamburg und Berlin mit damals rasanten 160 Kilometern in der Stunde. Der wagnerianische Zug überlebte das Dritte Reich nicht.

In den Fünfzigerjahren zeigte sich das internationale Bewusstsein der jungen demokratischen Bundesrepublik im Trans-Europa-Express. Er brachte den Deutschen nicht minder luxuriös, ganz sachlich als VT 601 bezeichnet, Europas Metropolen näher. Der Zug führte ausschließlich Wagen der ersten Klasse. Denn wer damals tagsüber auf Fernreise ging, war in Geschäften unterwegs oder wenigstens wohlhabend. Das Weinrot und das Flaschengrün, in dem die Polster mit weißen Kopfkissen gehalten waren, markierte deutlich einen Unterschied zu den meist braunen Sitzen der Touristenklasse.

Mit Recht kann man nun den ICE der Neunzigerjahre als Siegeszug des wiedervereinigten Deutschlands bezeichnen. Nicht nur, dass die erste Klasse, von etwas mehr Beinfreiheit und Sitzspielraum einmal abgesehen, der zweiten Klasse so täuschend ähnlich sieht, dass es häufig zu Verwechslungen kommt. Auch führt die sprichwörtlich gewordene Überfüllung während der Hauptverkehrszeiten dieser Züge zu echten Verbrüderungsorgien, wenn die Reisenden beider Klassen – in den Gängen stehend – ihre Gemeinsamkeiten entdecken.

Das geschieht sonst meistens im Restaurantwagen, wo die Schnellküche ebenfalls keine Klassenunterschiede kennt.

Weil aber die Bahn bei den betuchten Reisenden nach der Konkurrenz zum Flugverkehr schielt, mussten die ohnehin schnellen ICE-Züge im innerdeutschen Verkehr noch bessere Fahrzeiten anbieten, vor allem in die neue Hauptstadt. Der ICE-Berlin-Sprinter war geboren. Mit diesem Zug fand endlich die Berliner Republik ihr Pendant. Alle wollen nach Berlin, und zwar schnell, ohne Umweg. Nonstop von Frankfurt nach Berlin, und das in dreieinhalb Stunden: So prangt die Nachricht von unzähligen Plakaten, aber auch an Nackenstützen in den Taxis der zwei Finanz- und Politikmetropolen.

Damit der gestresste Erfolgsmensch nicht unter den üblichen Nachteilen des Bahnverkehrs zu leiden hat, führte die Bahn auch gleich eine neue erste Klasse ein: Vom französischen TGV entlehnte man die Reservierungspflicht, um den Sitzplatz zu garantieren. Und der Unterschied zum Flugzeug verwischt sich mithilfe von Serviceleistungen am Platz: Zeitungen und Getränke, alles in dem Dreißig-Mark-Aufschlag zum üblichen First-Class-Fahrpreis enthalten. Auch sämtliche Speisen werden direkt, ohne den beschwerlichen Gang ins Bordrestaurant, serviert. So weit die Versprechungen der Bahn.

Neugierig geworden, besteige ich an einem gewöhnlichen Donnerstagabend in Frankfurt den Vorzeigezug. Bereits am Bahnsteig kann ich mir ein Bild meiner Mitreisenden machen: Telefonierende Menschen in feinem Zwirn, die meisten mit viel Presse aus den Bahnhofsbuchhandlungen unter dem Arm, treten zitternd ob der Kälte auf der Stelle und hauchen ihren Atem in die hereingebrochene Dunkelheit. Bei der Einfahrt in den Bahnhof rauscht der hell erleuchtete leere Speisewagen vorbei, in dem das freundliche Mitropa-Team gelangweilt in die Nacht starrt. Noch jedenfalls. Der Zug ist einer jener kürzeren ICE 2, die sonst in

Doppelformationen die Münchner Strecke bedienen. Man erkennt sie bereits an den roten Leuchtdioden, die an den Türen Zugnamen und Ziel anzeigen.

Beim Einstieg nicht das übliche Gerangel, jeder hat ja reserviert. Schnell sind die Mäntel abgelegt, die Taschen ausgepackt, überall werden Laptops installiert. Im Privatzug »Metropolitan«, der zwischen Hamburg und Köln hin- und herrast, heißt das »Office-Class«, im Unterschied zur Zigarrendunst-umwölkten »Club-Class«. Noch steht der Zug im Bahnhof, da liegen schon Geschäftsberichte zur Korrektur ausgebreitet, Notizen von Meetings zur Überprüfung dicht daneben. Die Klapptischchen gleichen im Nu hochmodern präparierten Schulbänken kurz vor der Klassenarbeit.

Stille Menschen mit Kopfhörern machen es sich in den lila Schalensesseln bequem, zum Arbeiten. Da ich im Raucherteil an der Spitze des Zuges sitze, dauert es eine Weile, bis der Trolley mit den Getränken uns erreicht. Es gibt dank der ebenfalls wiedervereinigten Mitropa Rotkäppchen-Sekt und ein Kaltgetränk der Wahl. Weil die Neubaustrecke erst hinter Fulda beginnt, wirkt die stolz auf den roten Anzeigetafeln präsentierte Geschwindigkeit von 118 km/h etwas müde. Die Arbeitswelt um mich herum schraubt beiläufig ihren Sekt auf und beginnt mit dem Trinken.

Eine junge Dame im grauen City-Kostüm äugt immer wieder sehnsüchtig von ihren Unterlagen nach dem *Geo Special New York*, das sie am weitesten entfernt auf dem Tisch liegen hat. Dann kommen die Zeitungen. Die Auswahl: *Frankfurter Rundschau am Abend* oder *Handelsblatt*. Ob das an meinem ungünstigen Platz liegt? Weil es abwegig erscheint, in einer solchen Umgebung zu dinieren, begebe ich mich in das Bordrestaurant. Ein dicker, bleicher Mann ist über seinen Unterlagen eingeschlafen und hat sein Bein dabei in den Gang geschoben.

Ich bin mitten in einer voll besetzten hektischen Intercity-Gaststätte gelandet. Ein letzter Platz an der Tür ist noch frei. Die zwei Purser, eben noch mit dem Trolley an meinem Platz unterwegs, balancieren im Trab Teller und Getränke in die erste Klasse. Neben mir sitzt ein Herr im karierten Sakko mit randloser Brille und führt ein sehr leises, stockendes Selbstgespräch mit einer Flasche 1997er Macon Supérieur. Mir gegenüber eine ältere Dame, die über das Warten auf ihren Salat schon den Inhalt des Brotkorbes aufgegessen hat. Mein Versuch, bei den Kellnern etwas zu bestellen, misslingt: »Da kommt gleich jemand …« Die Kellnerin ist verschwunden. Als sie endlich aus der Küche kommt und den Salat serviert, weist sie mich scharf zurecht: »Ich habe im Moment keine Zeit, Sie sehen doch, wie voll das ist!« Dabei wollte ich lediglich bestellen. Am Nachbartisch mitleidige Blicke.

Hinter mir jedoch macht sich echter Unmut breit, und als ich mich umdrehe, um zu sehen, wer da so lautstark am Nörgeln ist, erkenne ich zwei prominente Mitglieder aus dem linksintellektuellen Kulturleben. Der Kunstmacher und sein Journalistenfreund empören sich: »Das gibt es doch gar nicht, dass hier die ganzen Gerichte in die erste Klasse getragen werden, und wir warten schon seit einer Stunde!« Für kurze Zeit spüre ich so etwas wie die Stimmung kurz vor Ausbruch eines Klassenkampfs, doch schnell ist man wieder bei Persönlichem. In der Lautstärke aber geht es gerade so weiter: »Und weißt du noch, wie Unseld uns beim Rowohlt-Empfang vom Tisch hat weisen wollen, weil er mit dem Becker da sitzen sollte? Seine Frau hat er geschickt, von der Ranicki ihm ja mal offen ins Gesicht gesagt hat, er könne nicht verstehen, wie er als guter Verleger so schlechte Bücher verlegen würde wie die seiner Frau …« Großes Gelächter.

Mit dem Warten auf das Essen fallen langsam die Schranken des guten Geschmacks. Wahllos werden Professoren, Chefredakteure, Kultursponsoren durchgehechelt, ein Theaterkritiker in Rente geschickt und ein Nobelpreisträger bei seinem traurigen Leseauftritt demontiert. Kurz bevor die beiden hungrigen Kulturmenschen zu »Kannibalen« werden, wie der eine meint, kommt das Essen.

Nach einer Stunde darf auch ich bestellen. »Rotwein ist aus, wie wäre es denn mit Pinot Grigio?« Inzwischen rast der Sprinter auf der Neubaustrecke. Gläser klirren immer wieder, wenn der Zug mit 250 Kilometern in der Stunde im Tunnel an einem anderen ICE vorbeidonnert. Ein Schaffner kommt, und die Dame mit dem Salat muss Aufpreis bezahlen, weil ihr der Schalterbeamte die Fahrkarte zu billig verkauft hat. Selbst die Tatsache, dass ihr die Karte exakt zu der ausgedruckten Verbindung ausgestellt wurde, lässt den Zugchef kalt: »Sehen Sie, in Hanau, wo Sie herkommen, hält der Sprinter ja nicht. Da hätten Sie den normalen ICE nehmen müssen.« Und stolz fügt er hinzu: »Wir hier sind ja die schnellste Verbindung.« In Zukunft, so erklärt sie mir, wolle sie wieder ihren eigenen Wagen nehmen.

Als wir durch einen Bahnhof rollen, melden sich die Kulturmenschen abermals zu Wort: »Was ist denn das hier jetzt, Braunschweig, Göttingen, Magdeburg?« Plötzlich steht es wieder im Raum, das Transit-Phänomen. Man rollt in unglaublicher Geschwindigkeit durch ein Land und hat nichts mehr mit dem Geschehen dort zu tun. Kein Halt bis Berlin Zoo, nirgends. Als mein Tafelspitz serviert wird, sieht er aus wie eine Frikadelle. Die Köchin hat sich nicht die Mühe gemacht, die zwei Scheiben auf dem Teller zu verteilen, sondern sie aufeinandergestapelt. Die Bouillonkartoffeln verwässern, auf dem gleichen Teller serviert, die Krensauce arg. Hastig schlinge ich die lauwarme Mahlzeit herunter und will nur noch zahlen. Kurz zuvor verabschiedet sich der Galerist in die erste, sein Journalistenfreund in die zweite Klasse. Es geht zu irgendeiner Großveranstaltung, da sieht man sich ja ohnehin wieder.

Auf dem Rückweg zu meinem Platz bemerke ich die vielen Rotweinflaschen neben den Sitzen. Die erste Klasse hat sowohl den Macon als auch den Dornfelder leer getrunken. Der dicke, bleiche Mann schnarcht mit offenem Mund. Als ich ein paar Minuten später meine Sachen zusammenpacke, höre ich einen dumpfen Schlag hinter mir. Es ist eines von diesen unglaublichen Geräuschen, bei denen man, ohne den eigentlichen Grund zu kennen, schon weiß, dass sie nichts Gutes bedeuten.

Zwei Sitze entfernt liegt der dicke, bleiche Mann ohnmächtig am Boden. Er ist seitwärts hingeschlagen. Einige Menschen umringen ihn, und als er wieder aufsteht, winkt er lässig ab: »Ich wollte nur eine Zigarette rauchen.« Draußen huscht ein Schild »Spandau« vorbei. Willkommen in Berlin.

Smarte Reisehandschuhe

Wenn es einen Grund gibt, die kalte Jahreszeit frenetisch zu feiern, dann ist es der Umstand, dass sie uns erlaubt, die traurig im Sommer auf ein gerade noch erträgliches Minimum zusammenschrumpfende Garderobe für unterwegs um hinreißend kleidsame Details zu erweitern.

Endlich Schals, die nicht nur beim Fahrradfahren poetisch im Wind flattern. Westen zum Sakko, in deren Uhrentaschen lästiges Kleingeld für Kofferkulis verstaut werden kann. Kopfbedeckungen, die nicht nur vor der Kälte schützen, sondern auch Bekannten wie Fremden zum Gruß auf dem Bahnsteig entbietet werden dürfen. Rundhalspullover, die diskret etwaig präventiv angesetzten Winterspeck kaschieren.

Und, last but not least: Handschuhe. Jene eng anliegende zweite Fingerhaut, die nicht nur beim Reisen direkten Kontakt genau da vermeiden hilft, wo er das Ansteckungsrisiko einer lästigen Wintergrippe unnötig erhöht: an zu oft angefassten Türgriffen, Armlehnen, Handschlaufen, Geländern oder mit der zur Begrüßung gereichten Hand selbst. Und noch dazu jeden Koffergriff gleich leichter und weicher erscheinen lässt.

Außerdem erlaubt der Lederhandschuh vor allem beim Ausziehen jene elegante Zupfbewegung, die pantomimisch sanft mit Daumen- und Zeigefinger der jeweils anderen Hand jeden Finger einzeln seiner temporären Schutzhülle entledigt.

Auf Reisen gab es also bis vor Kurzem eigentlich keinen vernünftigen Grund, die Handschuhe abzulegen, doch Halt:

Wer in letzter Zeit, genauer gesagt seit Einführung des tastenlosen Smartphones, unterwegs einen vertrauten Klingelton hörte und daraufhin versuchte, den lange erwarteten Anruf von zu Hause oder Übersee mit angezogenen Handschuhen anzunehmen, machte in der Regel eine zutiefst frustrierende Erfahrung: selbst obstinates Drücken der Oberfläche auf den grünen Punkt führte zu keinerlei Erfolg.

Umständlich schnell musste man den Handschuh ausziehen, oft unter verzweifelter Zuhilfenahme der Zähne, um dann doch in letzter Sekunde den Anruf zu verpassen. Selbst wenn schon vorher die Oberflächensperre mit Digicode oder Face ID entriegelt worden war, galt bislang: Wischen impossible. Nichts aber ist so anachronistisch wie eine unbenutzbare Benutzeroberfläche. Um hier Abhilfe zu schaffen und die Berührungsangst des Handschuhs mit der Technik aus dem Weg zu räumen, gibt es seit einiger Zeit Smartphone Gloves.

Ohne auf den Komfort weichen Schafleders und Kaschmirfutters in Preußischblau, so beim Herrenmodell, das im Gegensatz zum Damenmodell im Moment ausverkauft ist, Stichwort: »Inspektor Gadget«(!), zu verzichten, hat die Firma J. Crew aus Amerika das bislang günstigste und zugleich schönste Modell auf den Markt gebracht. Klassisch in der Form, aber unsichtbar ausgestattet mit der patentierten UR-Powered-Technologie, die es erlaubt, mit allen fünf Fingern dank einer leitfähigen Micro-Oberfläche wie gewohnt den Touchscreen zu bedienen. Vom gespreizten Vergrößern eines Bildes über launiges Scrollen durch die neuesten Instagram-Einträge bis zum Verfassen einer Whatsapp-Nachricht an das Schulkind auf dem Heimweg oder das Verschieben einer Datei in den Papierkorb geht so ziemlich alles, ob auf Tablet oder Smart Watch. Die UR-Powered-Technologie wurde von der 1777 gegründeten Handschuhdynastie der

Fownes Brothers im britischen Worcester entwickelt. Und wer einmal den Tipp-Kick im Finger gespürt hat, verreist von da an nur noch so: Daumen hoch.

Cabo de São Vicente

Man muss sich das Cabo de São Vicente als einen traurigen Ort vorstellen. Wer zu Zeiten Heinrich des Seefahrers im 15. Jahrhundert auf Entdeckungs- oder Eroberungsfahrt ging, sah vom Schiff aus dieses Kap als letztes Monument der vertrauten portugiesischen Welt am Horizont schwinden. Wie es aussieht, wenn das Land endet und das Meer beginnt, mag sich überall auf der Welt ähneln. Doch nirgendwo sonst gibt es ein 60 Meter hohes Felsplateau mit einem Leuchtturm, dessen Feuer über 35 Kilometer weit in der rauen See des Atlantiks zu sehen ist. Am südwestlichsten Punkt Europas ist vom goldenen Zeitalter portugiesischer Weltherrschaft nicht mehr viel zu spüren. Die Ruine der Seefahrerschule von Sagres, die damals die führenden Kartographen und Astrologen zusammenführte, beeindruckt vor allem durch eine gigantische Windrose aus Stein, deren grasüberwachsener Horizontalkreis oft unter dichten Seenebelschwaden verschwindet. Das Hochplateau, an dessen Ende das Kap liegt, wirkt heute in dem karstigen Gestrüppbewuchs in der Tat wie die gespenstische Klippe vor dem Nichts. Den Römern war sie der Ort, wo die Götter nächtigen, das Vorgebirge von »Finis Terrae«, dem Ende der Welt. In dem kargen Mauerbau der Fortaleza de Beliche kurz vor dem Kap gibt es noch heute zwei lange im Voraus zu buchende Zimmer zu vermieten. Die Krähen, die das Boot begleiteten, mit dem der Leichnam des Heiligen Vinzenz hier der Legende nach angespült wurde, wachen noch heute vor dem Fenster über den tiefen Schlaf.

Der Schneider von Bangkok

Eine Rundumerneuerung in sieben Schritten

1. Totalausfall

Es wurde Winter, und ich fühlte mich nicht wohl. Dafür gab es vielerlei Gründe. Das Jahr neigte sich spürbar, und ich bekam den gebeugten Gang. Nennen wir ihn doch den Nachmittagsgang. Jeder, der am Morgen unwiderruflich das Haus für einen langen Tag verlässt und Stunde um Stunde schmerzlicher feststellt, dass die Entscheidung am Kleiderschrank eine falsche Richtung vorgegeben hat, kennt ihn. Kolossales Unwohlsein ist die Folge. Es wäre schön, wenn alle Probleme so einfach gelöst werden könnten wie das Kleiderproblem einer vorgerückten Nachmittagsstunde. Man geht irgendwann nach Hause, entledigt sich der zermürbenden Kleidungsstücke und gibt den Tag anheim. Neuer Morgen, neues Glück.

Doch dieser Fall lag komplizierter. Die Zigaretten schmeckten nicht mehr, jede Handlung hatte einen schalen Beigeschmack, und das Tagwerk ging nur mehr schleppend von der Hand. Kurzum, mein Leben selbst wollte neu angezogen werden. Nur wie? Ich saß in der Bar des Hotels *Europäischer Hof* und grübelte über einem »White Russian«. Meine Gedanken drehten ins Leere wie Sommerreifen auf einer frisch verschneiten Straße. Aus sich selbst heraus, ohne einschneidende Veränderung, ging es nicht. Einkehr im Kloster? I wo, so viel war sicher: Von draußen, aus der Welt musste er herkommen, der Impuls. Mechanisch griff ich in die Sakkotasche meines Nadelstreifenanzugs. Eine gefaltete Visitenkarte kam zum Vorschein. »Beethoven« stand in dunkelblauen Lettern über dem rot ziselierten Wort »Suit«. Es war das handliche Bestellformular eines Schneiders aus Bangkok, bei dem ich den Anzug vor einigen Jahren hatte fertigen lassen. Der Wahlspruch des Ausstatters auf der Karte lautete: »If you can wear it, we can match it.« Vor dem Hotel jaulten die Keilriemen der Wagen, die seit einigen Tagen mit schwarzfelgigen Winterreifen über die Straßen rollten. Gewiss, ein neuer Reifen hat jedem rundumerneuerten eine Frische voraus, die dem Menschen in seinem einen Leben nie gelingt. Er bedarf vielmehr einer äußerlichen Zäsur, um sich wieder in den Griff zu bekommen, Halt zu finden. Hierbei wendet der Europäer gerne reflexhaft den Blick gen Osten. Im Angesicht der Morgenröte mochte sie vielleicht glücken, die Rundumerneuerung. Beethoven sollte es richten. Ich buchte Bangkok und flog auf zehn Tage.

2. Zeitsprung, sonnenwärts unterwegs

Der Jumbo dröhnte und gewann allmählich an Höhe. Ich lag angewinkelt in meinem Sitz, eingewickelt in zwei nachtblaue Wolldecken, und versuchte zu schlafen. Über dem Iran wütete der erste Wintersturm, starke Winde schüttelten die schwere Maschine dem Morgengrauen entgegen. Meine Lider zuckten unter der Schlafbrille, zwischen den Ohrstöpseln ein heiseres Pfeifen. Die 5571 offiziellen Meilen des Überlandshuttles aller Fernostreisenden dehnten sich zu knapp elf Stunden Flugzeit, weil Krieg war in Afghanistan. 33.000 Fuß über dem Arabischen Meer wurde es ruhiger, kam irgendwann der Schlaf. Einige Stunden später verwandelte sich der rote Streifen der Flugroute auf dem blaugrün leuchtenden Weltkartenbildschirm in einen geriatrisch gekrümmten Reisefinger auf dem Atlas. »Now Sir, would you care for some yoghurt on your fresh fruit salad?«

3. Am Vorabend des Geburtstages

In Bangkok angekommen, nahm ich ein Taxi zum Schneider Beethoven. Noch irritiert von der Landschaft beim Landeanflug, die an ein überflutetes Niedersachsen gemahnte, blätterte ich zerstreut in der *Bangkok Post*. Dort las ich vom bevorstehenden Geburtstag des Königs. Rama IX. Bhumibol Adulyadej (sein Name bedeutet in etwa »Stärke des Landes« und »unvergleichliche Macht«), fast immer mit einem Photoapparat in der Hand fotografiert, hatte seine traditionelle Geburtstagsansprache in diesem Jahr schärfer als sonst formuliert. Der Artikel dazu war mit einem missgelaunten Bild des Premierministers illustriert, unter dem ein Zitat des Königs stand: »Der Premierminister macht ein langes Gesicht, weil ich von der Katastrophe in unserem Land spreche.« Und das Gesicht des Premierministers auf dem Bild war wirklich lang. Was waren die Probleme hier? Das Taxi rumpelte über den Tollway, und eine Art spätkapitalistische *Blade Runner*-Kulisse mit blinkenden Leuchtschriftzügen an bizarren Hochhäusern zog vorüber. Die eisige Klimaanlage pustete einen würzigen Duft von Zwiebeln durch den Fahrgastraum. Die rote LED-Anzeige des Taxameters veränderte sich nur geringfügig. Der König sprach: »Heute möchte ich nicht von Entwicklung reden, sondern von der Katastrophe. Zwei Menschen, die unterschiedliches Wissen, unterschiedliche Ideen und Erfahrungen haben, kann man schwer dazu zwingen, das Gleiche zu denken. Wenn jemand von einer Idee überzeugt ist und ihm ein anderer widerspricht, hat er das Recht zum Widerspruch. Ein jeder sollte sein Ego zurücknehmen, damit die Verschiedenartigkeit der Ideen nicht kontraproduktiv wird.« Damit einher, so die Ausführungen des Königs, gehe das, was man im Englischen »Double Standards« nennt. Wenn jemand nicht zu dem steht, was er sagt, oder etwas, das gesagt wird, nicht nach dem Gesagten beurteilt, sondern nach der Person, die es sagt, oder das selbst Gesagte am nächsten Tag widerlegt, sei es, als geräte beim Laufen das eine Bein in den Weg des anderen. Der natürliche Gang behindert, komme man ins Stolpern. Die Welt schien zusammengerückter denn je.

4. Warten auf Mr Tong

Endlich hielt der Wagen an der Sukhumvit Road. Der Feierabendverkehr schob sich friedlich auf der vierspurigen Straße entlang. Über dem Mittelstreifen erhoben sich die ypsilonförmigen Betonpfeiler der Hochbahn »Skytrain«, die alle paar Minuten über dem leuchtenden Dunst der Straße dahinsauste. Auf den Gehwegen am Rand brutzelten die Garküchen im Scheinwerferlicht. Die eine Hälfte der Thais schien ausschließlich mit der Zubereitung von Essen beschäftigt, während die andere sich dem Verzehr widmete. Wie auf einem Sushiband folgte zwischen den Limousinen Taxi auf Taxi, einige Menschen stiegen aus, andere wieder ein. Gleich einem Schaufelrad des Lebens in gutem Tritt. Als ich durch die Tür des Eckhauses das Atelier Beethoven betrat, dunkelte es bereits. Ein junger Mann in weißem Hemd mit grauer Hose kam auf mich zu und schüttelte meine Hand zur Begrüßung. Mr Tong, der Meister, sei kurz außer Haus. Ob ich warten oder lieber in einer halben Stunde noch einmal vorbeikommen wolle? Ich erinnerte mich vage an einen Friseur in der Gegend und verließ das Geschäft. Zur Oberfläche, dem Teil des Körpers, der den anderen Menschen im zivilisatorischen Umgang zugewandt ist, nach deren Erneuerung ich mich sehnte, gehörte ja schließlich auch der Kopf. Und der ist immer so gut wie die Frisur, unter der das Gesicht sich zeigt.

5. Unter den Messern Hawaiis

Von der Straße aus war vom Salon *Aloha Barber* lediglich ein Segment Schaufenster mit zugezogenem Vorhang zu sehen. Allein die blauweiß gestreifte Säule wies auf den Charakter der dort verrichteten Tätigkeiten hin. Ich nahm in dem braunen Kunstledersitz Platz, während der Friseur seinen Mundschutz anlegte. An der Wand hing ein vergilbtes Diplom aus Japan mit einem Jugendporträt von Mr Charoey Pethmanee, so sein Name. Ich signalisierte ihm mit den Händen den gewünschten Schnitt: Seiten kurz und oben länger lassen. Eine junge Dame im dunkelbraunen Kostüm nahm vor mir Platz und begann sogleich, meine Hände zu baden. Mit jedem Haarbüschel, das der wortkarge Mr Pethmanee unter gelegentlichem Husten mit der Maschine von meinem Kopf abschor, wurde ich ruhiger. Meine Nagelhaut verschwand unter dem halbrunden Wulst der Fingerspitzen. Nach fünfzehn Minuten hatte ich einen englischen Offiziershaarschnitt, polierte Fingernägel und fühlte mich der Aufgabe gewachsen, die bei Beethoven auf mich wartete.

6. Tropical Wool

Mr Tong hatte sich nicht verändert. An seiner Brille erkannte ich ihn wieder. Noch immer trug er Stifte in der Hemdbrusttasche. An den Wänden des verschachtelten Verkaufsraums stapelten sich Stoffballen, und es roch nach Scheren. Da ich mir sicher war, nicht mehr die gleichen Maße zu haben, ließ ich mich neu vermessen. Für den Notfall hatte ich als Modell meinen Lieblingsanzug, einen dreiknöpfigen Einreiher, dabei als Schablone. Ich befühlte Stoffe, hielt Farben an meine Hemdmanschette. Ein Rauschzustand, wie wenn der Kellner kommt und man nicht weiß, was bestellen. Im Prinzip war alles denkbar und doch nichts. Leinen? Zu manieriert. Dieses Grau? Spielt doch vielleicht ins Lila. Ganz in Blau? Eine Spur zu konservativ möglicherweise. Und Grün, das braun schillert? Das Wort glamourös nicht einmal mehr denken wollend. Wie viele Anzüge sollte es brauchen, um der zu werden, der ich war, nur neu, nur anders? Nur nicht mehr müde, leidend, träge und klagend. Die Feinheiten dann, wo sitzt die Brusttasche gut? Warum sind Paspeltaschen so heikel? Die Ärmel: durchgeknöpft, doch niemals den Knopf offen im Stil des Außenministers. Welches Material ist zu schwer, fällt dann nicht gut? Mr Tong geriet ins Überlegen, holte einen weiteren Stoffballen hervor. Beim dritten übereinandergelegten Grau erst erkannte ich, was Grau meint, nämlich die reine Farbe, die in sich selbst verschwindet, ohne Erinnerung an den Rest der bunten Welt. Zurücknahme des Ego, wie in der Ansprache des Königs.

Allein, im Paradox, dem Ich in dieser Situation den größten Tempel zu bauen. Ich gab alle drei Farben in Auftrag. Schließlich stellte Mr Tong die entscheidende, die ultimative Frage: Reißverschluss oder Knopfleiste zur Hose. Mr Tong riet rasch zum Reißverschluss. Manchmal müsse es schließlich schnell gehen, merkte er noch an und lächelte. Schaute die Umherstehenden an in der Erwartung, dass der Scherz zünde. Brach, als die anderen die Mundwinkel zu verziehen und zu schmunzeln begannen, in ein sympathisch meckerndes Lachen aus. Weil er es nicht SO gemeint hat? Weil er sich einfach nur die Mehrarbeit mit den Knöpfen sparen wollte? Weil er selbst gar eine schwache Blase hat und eine augenzwinkernde Anspielung auf seine bekannte Malaise machen wollte? Nichts gleicht bisweilen dem Charme unbeantworteter Fragen.

7. Ode an die Freude

Die Woche verging schnell. Ich sah ein abendliches Lichtermeer, die Parade zum Geburtstag am Königspalast. Ging ins Kino, wo vor dem Hauptfilm die Hymne für den König gespielt wird und alle Zuschauer zu Ehren des Regenten aufstehen und andächtig dem Lied lauschen. Aß das schärfste Rindfleisch mit Chili und Thai-Basilikum meines Lebens. Trank eiskaltes Heineken aus der Flasche. Ließ meine Füße beim Aromatherapeuten massieren. Immer wieder fuhr ich aber auch mit einem der vielen Taxis bei Beethoven vorbei und erhaschte einen Blick auf den erleuchteten ersten Stock, wo die Schneider ihr Werk verrichteten. Ob sie wohl Musik bei der Arbeit hörten? Am Abend des Abfluges nahm ich die Bestellung in Empfang: Als ich in den ersten Anzug, den grauen, schlüpfte, der tadellos saß, suchte ich etwas sentimental nach Worten, die mein Glück und meine Dankbarkeit auszudrücken imstande sein könnten. Aber alles, was mir einfiel, war ein Satz von Thomas Bernhard. Er sagt alles, was man im Prinzip über ein hervorragendes Kleidungsstück sagen kann, es geht um Hemden: »Sie haben den guten Schnitt, passen mir.« Mr Tong lächelte und verriet mir die Nummer meiner Maße für die Zukunft: 700. Ich ließ den Anzug gleich an, fuhr zum Flughafen und flog zwölf Stunden durch die beginnende Morgendämmerung. Der Klassikkanal in meinem Kopf spielte eine Aufnahme der Neunten Sinfonie, die Berliner Philharmoniker unter Herbert von Karajan. Allein die Liebe zu dieser Musik hatte den Gründer des Bangkoker Ateliers zu seiner Namenswahl inspiriert. Hingabe war es wohl, Leidenschaft. Bei der Ankunft in Frankfurt betrug der Temperaturunterschied zu Bangkok 40 Grad. An diesem nasskalten grauen Dienstag im Dezember begann für mich in schillernden Farben das neue Jahr.

Iguazú-Wasserfälle

Gischt verströmt die Weiße nie gekannter Landschaftsbilder. Es ist Nacht. Die Sterne stehen am Himmel. Der Vollmond löscht die Farbe aus, und man belichtet automatisch die Szene mit den Augen knapp zu lang. Schon stürzen Sterne, lichtpunktlang, ins Weite, werden Streifen, malen Linien in die klare Atmosphäre. Am Boden sammelt sich die Feuchtigkeit, schäumt bald schon auf, stürzt in das Standbild des Porträts. Der Popmusiker Neil Hannon aka The Divine Comedy textete dazu: »A butterfly flies through the forest rain and turns the wind into a hurricane.« Wer hier nicht anfängt, an die Verlässlichkeit des Zufalls zu glauben, aus der Schönheit entsteht, bleibt ästhetischer Atheist für immer.

Am Mythenquai der Schweiz

Die Zivilisation, ein großes Rätsel. Und dieses die Aufgaben, die zu lösen sind: die Welt vermessen, die Natur bändigen, den Menschen zu geeigneter Nahrung verhelfen, dem Leben eine Gemeinschaftsform geben, das Reisen ermöglichen und den Reisenden Herbergen stellen. Das geschah vielerorts, und immer anders: Länder am Meer zum Beispiel schickten ihre Seefahrer aus, um die Weltmeere schiffbar zu machen. Wüstenvölker kultivierten Oasen, um das Leben zu ermöglichen.

Und die Schweizer? Sie standen, wie andere Gebirgswesen, immer vor dem Berg als Herausforderung, der zur Bezwingung einlud. Da gibt es keine Unterschiede. Nur die Art, wie sie die Herausforderung annahmen und den Berg zum Prinzip, zum mythischen Urbild ihres einzurichtenden Lebens und Handelns machten, ist bemerkenswert.

Der Berg stellt naturgemäß den Menschen in seinen Schatten. Aber die Ehrfurcht, die von ihm ausgeht, liegt nicht allein in seiner Größe. Es ist die Richtung, die er weist: gen Himmel. Nicht umsonst galt den Anrainern des Hochgebirges die schneebedeckte Spitze stets als Sitz der Götter. Der Berg, das ist die Erde, die sich nach dem All ausstreckt. Der Gipfel der Ort, an dem man den Sternen am nächsten ist.

Nun gibt es viele Möglichkeiten, in direkter Nachbarschaft zum Hochgebirge, zum Absoluten zu leben. Am Eingang zum »Dach der Welt«, dem Himalaja, gründeten die tibetanischen Mönche ihre Klöster. Und am Fuß der Alpen, am Vierwaldstättersee, sammelten sich die Vertreter der drei Waldstädte Uri, Schwyz und Unterwalden zum eidgenössischen Bund, dem sagenumwobenen Rütlischwur.

Der Held dieser Zeit, den Schiller fünf Jahrhunderte später dramatisch in Szene setzte, glänzt in der Legende bereits durch ein zivilisatorisches Glanzstück: Der Armbrust-Schuss des Wilhelm Tell trifft nicht den Falschen, und auch kein Tier. Ein Apfel ist das Ziel seines geübten Schusses, bevor er bei Küssnacht dann wehrhaft den Richtigen erledigt, den Tyrann.

Er bleibt das Urbild eines Heldenmutes, der von der Bergwelt begünstigt ist: Die hohle Gasse aber, dank Schiller sprichwörtlich geworden, wird das Sinnbild eines Weges, den die Natur noch vorschreibt und der Mensch geschickt zu seinen Zwecken nutzt. Dass dieser sich dann in der Natur die Wege selber bahnt, interpretiert ein Schweizer in ebendieser revolutionären Schillerzeit auf bahnbrechende Art: Der Genfer Horace Bénédict de Saussure erklimmt 1787 als Erster den Mont Blanc und kehrt sogar noch einmal zurück, um ihn zu vermessen.

Das Messinstrument, ein weiteres Utensil, ohne das die Bezwingung unmöglich ist. Nicht grundlos ist einer der berühmtesten Mitbürger de Saussures Sohn eines Uhrmachers: Jean-Jaques Rousseau. Sein *Contrat Social* ist das philosophische Pendant zur Gipfelbesteigung. Es ist die gedankliche Bewältigung eines Gesellschaftsproblems: Das soziale Gefälle sollte begradigt werden, die Pyramide der feudalen Welt bezwungen, gleich der pyramidenförmigen Spitze des Matterhorns.

War man bis dahin beim Passieren der Alpen eher geneigt, den niedrigsten Pass zwischen den Gipfeln ausfindig zu machen und so die gefährlichen Höhen zu umgehen, war nun der Berg selbst Ziel des Weges geworden. Die Freiheit, sich das, was unerreichbar scheint, zu unterwerfen und durch Kartographierung dem Geist zugänglich zu machen, begründet eine Tradition im Bezwingen mythischer Größen. Mithilfe der technischen Reise-Errungenschaft des 19. Jahrhunderts, der Eisenbahn, war es den Ingenieurskünstlern der Schweiz möglich, die Kühnheit der Bergbezwingung motorisiert zu wiederholen.

Nur, dass die Richtung bereits verändert ist: Wer auf den Berg kann, muss auch in ihn vordringen können und ihn sozusagen von innen bezwingen. Und selbst, wer um ihn herumkommt, muss bisweilen durch ihn durch: Keine Kehre im Berg ohne den Tunnel. Die vielen kurzen Tunnel am Bergesrand nehmen schon potenziell den einen großen Tunnel vorweg, der den Berg auf der Landkarte als gestrichelte Linie überquert und als Gerade unten im Gestein durchmisst. Aus dem Land der einsamen Gipfel wird das Land der dunklen Tunnel, der schwarzen Löcher im Massiv.

Die Überhöhung der Gipfel zur Götterwohnstätte findet ihre Entsprechung in der Mystifizierung der Tunneltiefe. Dürrenmatt erkannte die Bedeutung des Tunnels für die Schweiz und schickte in seiner kurzen Meistererzählung *Der Tunnel* einen dicken Studenten mit Sonnenbrille und einer Zigarre im Mund auf die Reise in einen nicht enden wollenden Eisenbahntunnel. Der Zug, in dem er sich befindet, stürzt mit immer höherer Geschwindigkeit auf das Erdinnere zu. Dürrenmatts Landsmann Hermann Burger schrieb gar einen ganzen Roman über den Sankt Gotthard und nannte ihn, ganz psychoanalytische Schule, *Die künstliche Mutter.*

Der Berg hat bis zur vorbildlichen Untertunnelung durch die Schweizer eine lange Geschichte zurückgelegt: Vom unwirtlichen Koloss, dem umspukten und gefürchteten Hindernis über die abgrenzende Funktion als natürliche Burg zum Trutz gegen den Feind, ist er über die Erschließung durch die Bergsteiger im 19. Jahrhundert zum Objekt der Touristen geworden. Die wohlhabenden Exzentriker, die damals den Berg stürmten, brauchten natürlich Herbergen zur Übernachtung, und die Bedürfnisse dieser Schicht lernte der junge César Ritz in Zermatt kennen. Der spätere Erfolgshotelier begründete den legendären Ruf der komfortablen und eleganten Schweizer Ruhestätten: der Grandhotels.

Aber nicht nur als Gäste kamen die Menschen, sondern auch als Patienten. Die heilende Wirkung der Bergwelt, besonders auf Lungenkrankheiten, bewirkte den Ausbau der Luftkurorte. Die Sanatorien in den Hochalpen, wie in Thomas Manns *Zauberberg* beschrieben, atmen dabei den Geist von Grandhotels, die Zivilisation mitten im Hochgebirge ermöglichen. Gerade, wo die äußerlichen Umstände besonders widrig sind, im Schnee, im Eis, im Angesicht der Bergspitze, verlangt der Mensch den Überfluss, um seine Überflüssigkeit zu ertragen. Thomas Manns Held, der dort in den Bergen seine Erziehung zum Weltmann erhält und gleichzeitig zum Gralssucher nach den tieferen Geheimnissen des Lebens wird, kann nichts anderes als ein Bürger sein.

Denn die Schweiz ist das Land des Bürgers schlechthin. Die bourgeoise Atmosphäre ist es auch, die den anderen Großschriftsteller des Jahrhunderts, Vladimir Nabokov, in die Schweiz als Wohnort lockte. Er verlebte seine letzten Jahre bis zum Tod in der Luxussuite eines heute verfallenen Hotels in Montreux. *Durchsichtige Dinge* heißt sein hellwaches Buch über die fatale Liebe zur Hochalpenwelt, verkörpert durch die Gletschersirene Armande Chamar, Kunst, die am und auf dem Berg entsteht, spiegelt Gipfel und Abgrund zugleich. Der Engadiner Maler Segantini beispielsweise fasst in drei kargen Alpenlandschaften das Gesamte der menschlichen Existenz. Sein Zyklus *Werden-Sein-Vergehen* stellt in fast buddhistischer Einfalt das ganze Leben durch drei Ausschnitte aus der alpinen Bauernwelt dar. Und auch die Literatur der Schweiz erfährt diese Polarisierung. Die Richtungen, in denen die Aufspaltung ins Extreme geschieht, sind, wie beim Tunnel, entgegengesetzt.

Auf der einen Seite steht Dürrenmatt mit seiner kosmisch-universellen Ader der *Physiker*, der in seinem Haus in Neuenburg am See ein Teleskop ins Weltall installierte, um die Gesamtheit der Welt in seiner Kunst zu spiegeln. Andererseits der Innerlichkeitsklassiker Max Frisch, dessen Weltläufigkeit ihn immer wieder nur die Schweiz entdecken lässt, so die Gegend um Davos am Popocatepetl und den Gotthard in Epidauros. Er suchte seine Erkenntnisse in der Psyche, im Inneren der Schweizer Seele: *Mein Name sei Gantenbein.*

Das Innen und Außen, das Oben und Unten und die Brechung des Ganzen in der Perforation der Tunnel, sie alle zusammen begründen ein semiotisches Grundmuster der Schweiz, nämlich das Loch. Es findet sich in den Gärungsblasen des Emmentalers wie in den Erdhöhlen der perfekt ausgebauten Tunnel und auch in den Schächten der Tresore, die tief in den Verliesen unterhalb der Zürcher Banken untergebracht sind.

Diese Löcher sind allesamt Durchgangsstationen, sie sind Membranen der Gase, des Geldes und des Verkehrs. Die vorbildliche Organisierung des Verkehrs, die den Schweizern durch die sagenhaften Tunnel ermöglicht wurde, ist Teil des Transit-Charakters, den die Schweiz besitzt. Im Transit geschieht ein Übergang, eine Verwandlung. Aus Milch wird der Käse, der Zug gelangt auf die Südseite der Alpen und aus dem Geld auf dem Nummernkonto wird ein Vermögen. Das bedeutet nichts anderes, als dass in diesem Bild die gastronomische, touristische und wirtschaftliche Überlegenheit der Schweiz zusammengefasst ist.

Wer einmal *Swiss* geflogen ist, weiß, was mit dieser Überlegenheit gemeint ist: Höflichkeit und Gastlichkeit als höchste Form der Kultiviertheit. Schnellzüge, die mit Verspätung aus Deutschland Basel erreichen, werden vom Lokführer mit atemberaubender Geschwindigkeit über die Gotthardstrecke gefahren, damit in Chiasso wieder der Fahrplan stimmt. Und das Serviermädchen im *Café Hanselmann* in St. Moritz verliert auch am überfülltesten Tag des Jahres nicht ihr charmantes Lächeln, wenn der Gast seine Enttäuschung über die ausverkaufte Schokoladentorte nicht verbergen kann.

Es hat den Anschein, als sporne die dauerhafte Allanwesenheit des Absoluten in Form des Hochgebirges die Schweizer zu einem unglaublichen Perfektionismus an: Das Uhrwerk muss das genaueste sein, die Schokolade die köstlichste, die Eisenbahn die pünktlichste und die Zürcher Bahnhofstraße die sauberste. Und jeder Bürger muss zur Not in Uniform allzeit bereit dafür sorgen, dass ein unerwarteter Überfall auf die Demokratie pariert werden kann. Als warte hinter dem Dunkel der Transit-Membran, dem Schwarz der Tunneleingänge das Böse, in jedem Fall etwas Ungeheures, uneingedenk der Tatsache, dass man sich dieses Dunkel selbst geschaffen hat.

Aber wenn durch diese Zwanghaftigkeit solche Höchstleistungen erreicht werden, wen stört das, außer vielleicht die Schweizer selbst? Und der Gipfel der Zivilisation ist noch nicht erreicht. Ein Großprojekt des 21. Jahrhunderts sieht die komplette Untertunnelung der Schweiz vor, um die Fahrzeiten im Inneren des Landes auf Bruchteile des heutigen Standards zu verkürzen.

Doch der Berg hat, wie erwähnt, auch seine Schattenseite. Es scheint schwer zu ertragen zu sein, in einer seit über 175 Jahren perfekten Demokratie zu leben. Neben dem

Gewehr im Schrank und dem Armeefahrrad in der Garage hat nämlich die Schweiz auch eine fast so hohe Pro-Kopf-Dichte von Psychiatern wie Amerika. Das Land, das neben der Fahne mit dem weißen Kreuz auf rotem Grund auch noch durch seinen Bürger Henri Dunant das Rote Kreuz ins Leben gerufen hat, ist eben kein leichter Ort zum Leben.

Aber wer hat je behauptet, die Zivilisation sei leicht zu haben? Sie ist das Ergebnis langer Arbeit an den Aufgaben, die sie den Menschen gestellt hat. Und alle Lösungen, die auf den Berg führen, hat die Schweiz gefunden: Eine auf die Millisekunde exakt laufende Uhr zur Orientierung, den Zug zur Bergstation, die nationalen Genussmittel Schokolade und Käse, Nervennahrung des Wanderes, und das Grandhotel, wo man sich nach der Besteigung ausruht. Für erfolglose Bergsteiger hält die ortsansässige Pharmaindustrie immer noch ein Betthupferl bereit.

Dichter im Hotel

Schreiben, das erledigt sich auch für den phantasiebegabtesten Schriftsteller selten ganz wie im Schlaf. Nur der Dichter Saint-Pol-Roux hängte angeblich, bevor er zu Bett ging, ein Schild an seine Tür, auf dem die drei großen Worte standen: Le poète travaille. Aha. Der Dichter arbeitet. Meinte er also, was einem nicht im Traum einfallen würde, verdiente kaum, aufgeschrieben zu werden? Inspiriert von Sigmund Freuds *Traumdeutung*, begann der Verleger Wieland Herzfelde, seine Träume zu notieren und machte ein Buch daraus, die von George Grosz illustrierten *Tragigrotesken der Nacht*. Um die Probe aufs Exempel zu machen, behauptete Herzfelde, genau einer der Träume im Band sei komplett frei erfunden und fragte Freud-Schüler, ob sie als professionelle Traumdeuter herausfinden könnten, um welchen es sich dabei handele. Die gaben zurück, das sei unmöglich, da auch die Phantasie den Gesetzen des Traumes folge. Also, schloss Herzfelde, sei im Grunde »jeder, wenn er schläft, ein Dichter«. Aber nicht jeder, wenn er dichtet, ein Schläfer, der problemlos die Augen schließt, wenn es darauf ankommt.

Vor allem auf Reisen, aber nicht nur unterwegs, haben Dichter ein gestörtes, wenigstens problematisches Verhältnis zum Schlaf. So notierte Thomas Mann im *Waldhotel National* in Arosa in sein Tagebuch: »Nachts tadelnswerte Störung durch lärmende Gäste.« Das kommt nicht nur daher, dass Schriftsteller kraft ihrer überreizten Empfindsamkeit für Schwierigkeiten beim Einschlafen prädestiniert sind. Es liegt auch in der Natur der Sache selbst. Das Hotel ist die temporäre Wohnform schlechthin: an keinem anderen Ort ist die Erfahrung der Fremde so elementar. Weil das Hotel sich eben nicht bewegt wie all die anderen gastlichen Reisevehikel vom Zug übers Schiff bis zum Flugzeug. Sondern wenigstens rein äußerlich so tut, als ob es unser Zuhause sei: ruhender Mittelpunkt des Lebens – man soll sich im Zimmer wohlfühlen können, aber auch arbeiten, seine Mahlzeiten (Room Service!) genießen und sogar Gäste empfangen. Das Hotel, so lehren seine fiktionalen Darstellungen von Vicki Baum (*Menschen im Hotel*) bis zu Wes Anderson (*The Grand Budapest Hotel*), ist geprägt von einer Vielzahl an zufällig versammelten Schicksalen und den dazugehörigen Geschichten, die sich perfekt eignen, »gesellschaftliche Strukturen und Beziehungen nachzubilden, in einer Art Mikrokosmos ein verkleinertes, überschaubares Abbild, Spiegelbild oder Zerrbild des Gesellschafts- oder gar Weltgebäudes zu geben«, so der Literaturwissenschaftler Thomas Müller.

Was unter einem solchen Zerrbild zu verstehen sein könnte, lernte ich auf meiner ersten völlig allein unternommenen Reise kennen, die mich direkt nach dem Abitur auf den Spuren Georg Trakls nach Salzburg führte. Ich hatte mich in einer eher günstigen Pension hinter dem Mozartplatz einquartiert und bekam schon in der ersten Nacht zu spüren, warum es keine gute Idee ist, wenn das Kopfende des Bettes, lediglich von einer dünnen Wand getrennt, unmittelbar an die einzige Etagentoilette grenzt. Woher sollte ich auch wissen, dass ich mein Quartier mit blasen- (was noch geht) und leider auch willensschwachen Alkoholikern teilte, die als Dauergäste ausgerechnet auf meinem Flur hausten. Die Geräuschkulisse der über allen Durst vollgetrunkenen Österreicher war so markerschütternd furchtbar, dass ich schon in der ersten Nacht des auf zwei Wochen (mit Abstecher nach Wien am Schluss) geplanten Aufenthalts kein Auge schließen konnte, sondern voller Ekel wach lag. Meine verzweifelten Versuche, das Kopfkissen so fest an die Ohren zu drücken, dass von dem Höllenlärm nichts mehr zu hören war, blieben vergeblich. Die stehende Luft im Zimmer war zudem auch nachts kaum kühler. Tagsüber saß ich, um der Sommerhitze zu entfliehen, mit dunklen Augenrändern im ersten Stock des *Café Tomaselli* und schwärmte ein wunderhübsch blond gelocktes Mädchen an, das dort als Kuchendame bediente. Ich schrieb Gedichte an die blauäugig (mich an-?) lächelnde »Beauté Tomaselli«, erst auf die Rückseite von Liberto-Jeans-Pappschildern, dann, als korrigierte Reinfassung, an die Muse selbst, auf einen papiernen Kaffeetassen-Untersetzer. Aber all meine zugesteckten Zeilen blieben unerwidert. Vielmehr kippte die Stimmung im Café: Erst blieb das zuvor so geliebte Lächeln aus, dann die Kellnerin selbst. Auf Nachfrage erklärte man mir, dass es sich bei der Schönen sogar um ein Mitglied der Familie gehandelt hatte, eine Tochter des Hauses auf Kurzpraktikum in den Sommerferien, das nun leider zu Ende war. Nie werde ich herausbekommen, ob es an der mangelnden Qualität der Gedichte lag, die ich meiner Schlaflosigkeit abgetrotzt hatte, oder ob sie sich einfach nur nicht für mich interessierte.

Was blieb, waren die nölenden Alkoholiker, und nach der dritten Nacht ohne Morpheus' Gnade brach ich die Studienreise kurzerhand ab. Wie ein Zombie wankte ich über den Friedhof von St. Peter, stierte im Trakl-Haus das Farbeninferno seines an Kokoschka geschulten Selbstporträts an und suchte ohne Erfolg in den Altstadtantiquariaten die Werkausgabe aus dem Otto-Müller-Verlag (die gebundene natürlich, die in dem schönen Grau). Ich investierte den gesamten Rest meines Reisegelds in einen marinebauen Walkjanker mit Silberknöpfen aus dem Hause *Geiger* am

Domplatz, packte meinen Koffer, stornierte das Zimmer und nahm den nächsten Schnellzug zurück nach Frankfurt. Seitdem war mir klar, warum der suchtkranke Schriftsteller Ernst Herhaus seine Trilogie zum Alkoholabusus ausgerechnet *Der zerbrochene Schlaf* genannt hat. Selbst das Chinin im Gin Tonic auf der Hotelterrasse half mir einige Jahre später im *Old Cataract* in Assuan nicht gegen ein beginnendes Wüstenfieber, das ein rauchender Kinderarzt an meiner Bettseite mit der Empfehlung der sofortigen Abreise nach Kairo quittierte. Im billigsten Flughafenhotel von Bombay sorgten Einschusslöcher in der Wand und Blutspuren am Kopfende dafür, dass die schlaflose Nacht nur durch das vor die abgeschlossene Tür geschobene Bett im Verrammlungszustand einigermaßen erträglich war, bevor wir am nächsten Morgen übernächtigt nach Goa weiterflogen. Selbst im *Hotel Sugat* am Durbar Square in Kathmandu, wo die Redaktionswohnung des Literaturmagazins DER FREUND untergebracht war, fiel herbeigesehnter Schlaf allzu oft den jaulenden Hundemeuten auf dem Platz vor dem weißen viktorianischen Königspalast zum Opfer. Wenn nicht gerade eine Lebensmittelvergiftung oder die tantrischen Rituale des Travellerpärchens im Nachbarzimmer selbst die kläffenden Hunde übertönten.

Eine Nacht im *Maulana Inn* auf der Molukken-Insel Banda Neira verbrachte ich nach einer Knochenbrecher-Massage in großen Schmerzen absolut regungslos und hellwach an die Decke starrend. Am besten schlief und schrieb ich, neben dem *Hotel Savoy* in London, dessen ausgezeichnete Matratzen man sich sogar nach Hause bestellen kann, im *Mercer Hotel* in New York in einem Zimmer mit Blick auf die Mercer Street. Weil man bei geöffnetem Fenster problemlos die absurden Gespräche der Clubgäste des *Submercer* belauschen und so eigentlich den Komfort des Hotelzimmers mit dem Erkenntnisgewinn des Ausgehens verbinden kann. Es gibt keine bessere Inspiration als das Gefühl, nichts zu verpassen und trotzdem Teil einer Jugendbewegung zu sein.

Gewiss, der *complimentary Sherry*, den das *Hotel Boheme* in San Franciscos North Beach jeden Nachmittag auf dem mit schweren Teppichen ausgelegten Etagenflur bereitstellt, ersetzt keine Hotelbar, aber er hilft gegen das Herzrasen, das der ultrastarke Espresso im *Caffé Trieste* nebenan zurücklässt, und trägt natürlich so zum Gelingen eines willkommenen Sekundenschlafs bei.

Meine letzte Reise führte mich, zum Jubiläum des 140 Jahre währenden Bestehens, in das *Oriental Hotel* in Bangkok, an dessen berühmter Bar Joseph Conrad bereits 1888 als Kapitän der *Otago* Abend um Abend Geschichten erzählte, während er auf die Gesundung seiner Crew wartete. »Wir sprachen von Wracks, gekürzten Rationen und Heldentum … von Zeit zu Zeit verstummten alle und starrten auf den Chao Praya.« Später folgten Somerset Maugham, Noël Coward, Graham Greene und all die anderen Kolonialreisenden. Maugham hatte sich mit Malaria infiziert, was dazu führte, dass seine Wahrnehmung der hochkomfortablen Zimmer unter dem Moskitonetz eine fiebrige Verzerrung ins Surreale erfuhr. In *A Gentleman in the Parlour* schrieb er: »Ich lag da hechelnd und schlaflos, und die Umrisse monströser Pagoden und riesiger vergoldeter Buddhas stürzten auf mich ein. Die hölzernen Räume mit ihren Veranden ließen jedes Geräusch furchterregend in meinen gefolterten Ohren dröhnen.« Sein Zimmer im Altbau des »Author's Wing«, in dem spätere Generationen nächtigen und ihre eigenen Tropenerfahrungen machen konnten, ist nun mit dem Umbau Teil der sogenannten »Author's Lounge« geworden, in dessen weiß lackierter Lobby man zwar, sicherlich günstiger als die Übernachtung, vor seinem gerahmten Konterfei

High Tea einnehmen kann. Aber es ist eben nicht mehr die Atmosphäre eines mit Geschichte gefüllten Hotelzimmers. Immerhin erlaubt es der hochelegante seidene Schlafmantel auf dem Zimmer, sich kurz wie Tennessee Williams zu fühlen, der im Morgenmantel mit Zigarettenspitze seine besten Stücke schrieb.

Natürlich gibt es Grund genug für einen Schriftsteller, ein Hotel zu seiner Wahlheimat zu erklären, wohltuender Schlaf spielt dabei aber in der Regel eine zweitrangige Rolle, wie das Beispiel des notorischen Kurzschläfers und Nachtarbeiters Vladimir Nabokov im *Montreux Palace Hotel* belegt. Die aus sechs zu diesem Zweck verbundenen Räumen komfortabel eingerichtete Suite Nr. 60, die Nabokov von 1961 an bis zu seinem Tod 16 Jahre später bewohnte, bot alles, was er brauchte: ein Schachspiel, Besucherzimmer für Sohn Dimitri und einen Raum, der die Ausgaben und Übersetzungen seiner Werke beherbergte. Nabokov, der unter schwerer Schlaflosigkeit litt und die menschliche Existenz als »eine Serie von Fußnoten in einem gewaltigen, düsteren und unfertigen Meisterwerk« bezeichnete, schrieb mit einem Bleistift auf Karteikarten oft im Bett die ganze Nacht durch und schlief dann spät am Morgen ein. Vor allem Sonntage verbrachte er gern schreibend in der Horizontalen. Marcel Proust schrieb *À la recherche du temps perdu* nahezu ausschließlich im Bett, die Innenwände seines Schlafzimmers waren zur optimalen Geräuschdämpfung von der Außenwelt mit Korkplatten ausgekleidet. Dennoch war er im Ernstfall auf den »Room Service« des nahe gelegenen *Hotel Ritz* angewiesen. Mit einem Nachschlüssel durfte Chauffeur Odilon Albaret, falls Monsieur Proust um vier Uhr morgens die Lust darauf befiel, ein eiskaltes Bier in der Hotelküche besorgen. Franz Kafka brauchte zum Schreiben absolute Ruhe, die er oft nur spät in der Nacht fand. Truman Capote bevorzugte ebenfalls das Schreiben im Liegen: »Ich bin ein vollständig horizontaler Schriftsteller. Ich kann nicht denken, wenn ich nicht liege: sei es im Bett oder ausgestreckt auf einer Couch. Zigarette und Kaffee sind stets zur Hand.« Wenn er ein Buch begann oder beendete, dufte das nicht an einem Freitag sein. In Hotels wechselte er das Zimmer, wenn die Durchwahl eine 13 enthielt, und im Aschenbecher durften nie mehr als drei Zigarettenstummel liegen – waren es mehr, ließ er sie diskret in seiner Jackentasche verschwinden.

Der Schriftsteller Joseph Roth (*Hotel Savoy*) bezeichnet sich in seinem berühmten Hotelfeuilleton *Panoptikum* als »Hotelbürger«, ja »Hotelpatriot« und erklärt seine bevorzugte Lebensform wie folgt: »Ich liebe das ›Unpersönliche‹ dieses Zimmers, wie ein Mönch seine Zelle lieben mag. Und wie andere erfreut ihre Bilder wiedersehen mögen, ihre Teller, ihre Löffel, ihre Kinder und ihre Bibliotheken, begrüße ich die billige Tapete, das schimmernde, unschuldige Porzellan der Schüssel, die weißen, metallenen, blinkenden Hähne der Wasserleitung und das weiseste aller Bücher: das Telefonbuch.« Joseph Roth fasst den Zustand, den der Dichter im Hotel erlangt, wie eine Art erste Bewusstseinsetage wie folgt: »einsam … und nicht vereinsamt, allein und nicht verlassen, abgesondert und nicht getrennt. Wenn ich das Fenster öffne, ist die Welt bei mir zu Gast.« Und, wie es bei Stammgästen so üblich ist: »Mein Fenster geht natürlich nie in den Hof.« In seinem Vorwort zu *Flucht ohne Ende* schreibt er folgerichtig: »Das Wichtigste ist das Beobachtete.« Siegfried Kracauer hingegen hat in seinem Essay zum Detektivroman im Kapitel mit der Überschrift »Die Hotelhalle« die Gäste in einem Hotel als die »schlechthin Beziehungslosen« bezeichnet: »Als bloßes Außen aber entschwinden sie sich selber und drücken ihr Nicht-Sein durch die schlecht-ästhetische Bejahung der zwischen ihnen gesetzten Fremde aus.«

Er bezeichnet daher folgerichtig das Hotel als »negative Kirche«, wo die Menschen zwar wie im Gotteshaus einen Kontrapunkt zum Alltag setzen und finden, aber keinen Sinn zu stiften vermögen, der über ihr reines Tun hinausginge. Am Ende ist es gerade diese Sachlichkeit, die eine so große Anziehungskraft auf Dichter ausübt und sich auch in deren Schlafgewohnheiten zeigt.

Manchmal verrät schon der Titel eines Werkes den Wachrhythmus seines Verfassers: Ernest Hemingway als notorischer Frühaufsteher begründete seine Praxis, mit der Sonne aufzustehen (»The Sun also Rises«) und dann sofort mit dem Schreiben zu beginnen, lakonisch und präzise: seine Augenlider seien eben nun mal zu dünn, um vor dem Tageslicht zu schützen.

Reisegepäck

Am Ende beschleunigt der indische Zug seine Fahrt unerbittlich, und die drei Brüder, die ihm auf dem Bahnsteig hinterherrennen, müssen sich entscheiden: Reise oder Gepäck? Damit sich der Filmkreis des *Darjeeling Limited* poetisch schließen kann, fliegen also all die wunderschön monogrammierten Leistenkoffer und Ledertaschen mit Giraffen, Zebras und Elefanten durch die Luft und bleiben am Gleisrand liegen, damit die Fahrt weitergehen darf. Und mit dem Gepäck bleiben auch all die bizarren Ingredienzien zurück, aus denen sich das Drama von Wes Anderson entwickelt: Vom Phantasieparfum »Eau Voltaire« über Ledergürtel, Sonnenbrille und Autoschlüssel aus dem Nachlass des verstorbenen Vaters bis zum Pfefferspray, den *Air Italiana*-Rückflugtickets oder der subtilen Drogenapotheke aus Hustensirup, Muskelentspanner und Schmerztabletten. Was Anderson uns hier zeigt, ist nichts weniger als die wahre Natur des Gepäcks: Koffer sind, so man ihre formale Herkunft aus der Truhe (französisch *coffre*) berücksichtigt, moderne Schatzkisten unserer Existenz, die all die Preziosen zu fassen imstande sind, jene persönlichen Gegenstände vom Reisebuddha über das Travel-Plaid bis zur Miniduftkerze, die wir benötigen, wenn wir die Sicherheit des täglichen Lebens hinter uns lassen, um uns in das Abenteuer einer Reise zu stürzen. Der Rückhalt, den ein frisch gestärkter Pyjama in der Fremde bedeutet, oder das Aroma einer vertrauten Lemongrass-Seife am Ende der Welt ist durch nichts zu ersetzen. Natürlich sieht das Notwendige, schön gefasst im nonchalanten Begriff des Reisenecessaires, für jeden anders aus, aber die Ästhetik eines gut erdachten Amenity Kits begeistert eigentlich ausnahmslos.

Bereits als Kind lernen wir, dass Habseligkeiten, die Siebensachen, die uns etwas bedeuten, ihren natürlichen Platz in einem kleinen Koffer haben, wo wir sie aufbewahren, bis es auf große Fahrt geht, getreu dem Pfadfindermotto »Allzeit bereit«. Das nimmt dann bei Erwachsenen bisweilen exzentrische Formen an: So wollte der Graf Pierre Savorgnan de Brazza nicht ohne seine geliebte Rosshaarmatratze nach Afrika aufbrechen, sodass er sie täglich aus einem handlichen Koffer ausklappen ließ. Und der Dirigent Leopold Stokowski mochte vor Ort stets sein Kofferbüro bei sich wissen, um an vertrautem Tisch mit Schreibmaschine seine Korrespondenz zu erledigen. Alle beide übrigens, wie Jahre später das Gepäck im *Darjeeling Limited*, Sonderanfertigungen aus dem Hause Vuitton, wo Verpackungskünstler und Gründervater Louis im 19. Jahrhundert überhaupt erst mit der stapelbaren Kofferform begann: weil die Truhen nicht mehr gewölbt sein mussten, damit unterwegs das Regenwasser auf dem Kutschdach an ihnen ablief. Was Vuitton mit all seinen pittoresken Auftragsarbeiten gelang: dem Umstand Form zu verleihen, dass kein Behältnis der Welt geeigneter ist, um Träume zu transportieren, als der Koffer. Und das gilt für den Inhalt nicht minder. Denn jedes Kleiderensemble, das wir den vier Wänden unseres Gepäcks anvertrauen wie ein Geheimnis dem besten Freund, erzählt von einer Phantasiesituation, die wir am Zielort vor Augen haben. Seien es weiße Hosen auf einer eleganten Uferpromenade oder ein beiges Safarijackett für den Himmel über der Wüste.

Überhaupt, Kleidung. Was man in Wes Andersons perfektem Reisefilm auch noch lernen kann, ist, wie sich Koffer und Taschen subtil der Garderobe ihrer Träger anpassen oder umgekehrt. Natürlich sieht ein Rimowa Classic Flight, seit über einem Jahrzehnt die verbriefte Barbourjacke der Gepäckwelt, selbst als XXL-Rollkoffer gut aus, wenn ihn ein sauber gescheitelter Lufthanseat in blauer Uniform samt mattschwarzem Boardcase durch den Flughafen vor sich herschiebt. Aber das gewellte Aluminium, das so hübsch dem Chassis der Junkers Ju nachempfunden ist, bekommt als Statusangst-Accessoire mit dem roten Senatoranhänger leicht einen Hauch von geschäftsmännlicher Beliebigkeit. Überhaupt scheint es nur noch eine Frage der Zeit, bis jeder reisende Erdenbürger seinen Rimowa besitzt. Dann, in naher Zukunft, werden sich an Flughäfen epische Ballettszenen, eine Art *Holiday on Ice* auf Rollen mit dem Fliegengewicht Salsa Air aus Polycarbonat, abspielen, wie sie eigentlich nur Baz Luhrmann in einer von schwerem Reisefieber geschüttelten Nacht imaginieren kann.

Aber zurück zur Form beziehungsweise dem Inhalt. Da kann man, wie so oft, wenn es um die Notwendigkeiten für unterwegs geht, von den Reiseschriftstellern lernen. Ein Rucksack soll mit: na gut. Aber hätte Bruce Chatwin, der sich gerade dort extrem gut auskannte, je zu einem Modell von Patagonia gegriffen? Wohl eher nicht. Es gibt doch zum Beispiel das mit einem Aluminiumgestell versehene beige Marschgepäck der französischen Armee aus den Fünfzigerjahren, das auf Flohmärkten inzwischen günstig erhältlich ist. Das passt auch besser zu den von Chatwin als Reiseuniform (nebst Chino und Oxford-Hemd) etablierten sandfarbenen Clarks Desert Boots. Ähnlich schwierig ist die Lage beim sogenannten Weekender für die Kurzreise ins europäische Ausland. Wäre Paul Bowles je in die heikle Situation geraten, sich auf eine einzelne Reisetasche beschränken zu müssen und sich ausnahmsweise nicht, wie so oft, zum Aufbruch erst einmal perfekt frisiert im Anzug mit Zigarettenspitze vor einem veritablen Kofferberg fotografieren zu lassen, wäre es kaum ein praktisches Modell von Tumi gewesen, sondern eher eines jener Leinenmodelle mit Lederapplikationen, wie es sie von Holland & Holland gibt, von Ernest Alexander in New York oder gleich bei Ralph Lauren beziehungsweise günstiger bei J. Crew. Seit Samsonite sich den amerikanischen Klassiker Hartmann einverleibt hat, ist es überfällig, auch noch einmal an die große Zeit des gestreiften Gepäcks zu erinnern, wie es eben Paul Bowles benutzt hat und das sich nach der Rückkehr von einer Reise an der Wand dekorativ stapeln lässt, als semiotisch gesättigtes Möbelstück, ein Abstellplatz für Teetassen und alte Ausgaben von *National Geographic*. Was all die hier beschriebenen Gepäckstücke eint, ist der Umstand, dass sie dank ihrer Farbigkeit, ihrer Materialien und der Form in jeder beliebigen Naturlandschaft verschwinden oder diese lediglich als diskretes Zeichen der Zivilisation ergänzen. Womit wir beim wichtigsten Aspekt des Reisens wären, der Tugend. Demut und Dankbarkeit gehören als wichtigste Reisebegleiter in jedes Handgepäck, denn dass wir reisen dürfen, um unsere Neugierde auf die Welt zu stillen, und nicht reisen müssen, weil wir vor einer ausweglosen Situation fliehen, ist ein unbezahlbares Geschenk, das wir dort, in der Fremde, nicht oft genug zurückgeben können. Und sei es manchmal nur, indem wir, wie die drei Brüder im Film, allen Ballast von uns werfen und das Gepäck an sich hinter uns lassen wie eine schlechte Angewohnheit. Denn ein gut gepackter Koffer berücksichtigt immer die Grundregel des Reisens: Nichts erwarten und dennoch auf alles gefasst sein.

Ostia Marina

Am Strand wird jeder normale Mensch verrückt. Also besuchen Normale besser die verrückten Strände, zum Beispiel diesen: Schwarzer Sand, junge Römerinnen und eine Ruinensiedlung in der Nähe, Ostia Antica, machen diesen im Sommer wahnsinnig heißen Küstenzug zum einzig richtigen Aufenthaltsort der Jahreszeit. Schnell mal ins Wasser gehen und schwimmen, dann rauchen und bloß nicht dumm rumliegen und verbrennen lassen, sondern stattdessen humanistische Ahnenforschung betreiben. Die Überreste vergangener Kulturen sind besonders in der Hitze inspirierend, weil man mit leicht angeglühtem Schädel auch die Brennweite des Blicks für die eigene Gegenwart erhöht. Im verblichenen Gras umherschlendernd, wird deutlich, was unserer dekadenten Kultur blüht, wenn alles so weitergeht wie bisher: »All together down«, wie der Modeschöpfer Stephan Schneider postulierte. Bis es dazu kommt, trifft sein anderes Motto zu: »Fun Fun Fun.«

Im Azoren-Hoch

Es gibt kaum einen guten Grund, sich mitten im Atlantik aufzuhalten. Es sei denn, man ist auf der Suche nach etwas Neuem, von dem keiner weiß, wie es aussieht. Und ist bereit, sich überraschen zu lassen. Manche nennen einen solchen Ort der Sehnsucht Amerika, andere sprechen von Atlantis. Irgendwo dazwischen liegt die Wahrheit, und die heißt Açores. Abgeleitet vom portugiesischen Habicht (Açor, der aber gerne mit dem Mäusebussard verwechselt wird), der wohl damals öfter als andere Tiere über den noch unbewohnten Inseln mitten im Ozean kreiste, als im 15. Jahrhundert die ersten portugiesischen Seefahrer an den vulkanischen Felseninseln andockten, liegen die Azoren ungeschützt, weit weg von jedem Festland, den Stürmen und Wellen ausgesetzt, irgendwo zwischen Lissabon und New York. Das gleichnamige Hoch, das Europa immer wieder eine Reihe schöner Tage beschert, wenn es sich ostwärts Richtung alter Kontinent ausdehnt, ist freilich vor Ort eher der Garant für ein gemäßigt-feuchtes semitropisches Dauerklima zwischen 14 und 24 Grad das ganze Jahr über. Ein idealer Ort also, um weit weg von allem Ruhe zu suchen, die Ruhe eines Klosters als Hotel.

Warum ein Kloster? Weil man sich auf nicht viel verlassen kann auf den Azoren (nach unserer heftigen Landung an einem Apriltag mit peitschenden Regenböen meinte der schwedische Honorarkonsul, bevor er in seinem angerosteten alten Nissan davonfuhr, nur augenzwinkernd: »Wir hatten ein paar Monate Sonne, jetzt darf's auch mal schütten«), waren die vorwiegend portugiesischen Siedler gläubig und abergläubisch von Anbeginn. Der Reichtum der Seefahrer spülte seit jeher zahlreiche Glaubensgemeinschaften auf die Insel, so auch den Franziskanerorden auf die größte Azoreninsel São Miguel. Sie eröffneten ihr Kloster gleichzeitig mit den ersten Siedlern im südlichen Teil der Insel, ein Marktflecken, aus dem bald die erste Hauptstadt der Azoren, Vila Franca do Campo, entstehen sollte. Das Erdbeben von 1522 vernichtete die prosperierende Stadt, und deren Kloster, Ponta Delgada, wurde zur Hauptstadt. Obwohl der wieder aufgebaute Bruderorden noch die Größe der Kapitale und ihren Einfluss reflektiert, erholte sich die Stadt erst mit dem Export von Orangen und Ananas im 18. Jahrhundert von der Zerstörung.

Die Franziskaner, deren Rolle für die christliche und weltliche Erziehung der Einheimischen über die Jahrhunderte gewachsen war, wurden im Zuge der Religionsreform als Orden insgesamt vom Marques de Pombal 1832 zerschlagen und mussten ihr Kloster verlassen. Als ob die Brüder es erst gestern übereilt hinter sich gelassen hätten, ist das alte Gemäuer bis heute fast unangetastet erhalten geblieben. Eine der wohlhabendsten Familien am Platz, die Camaras, erwarben das Anwesen und hielten es über fast zwei Jahrhunderte als Stammsitz. Ihr Reichtum führte zu großer Ehrfurcht unter den Einheimischen, bisweilen zu nackter Furcht. Weil sie die Kinder aus dem Dorf als Diener anstellten und einige von ihnen, so die Legende, nicht wieder zurückkamen, hieß es bald: Geht nicht zu nah zu den Camaras im Kloster, passt auf euch auf! Ein Reflex, den man noch heute unter abergläubischen Einheimischen findet. Die Familie zerfiel, die Erben konnten sich nicht auf einen Modus Operandi einigen, und Ende der Achtzigerjahre stand das Kloster für knapp 130.000 US-Dollar zum Verkauf. Der schwedische Honorarkonsul, der in den darauffolgenden Jahren hier und da eine Bentley-Rallye vom Kloster aus organisierte, ärgert sich noch heute, dass er damals nicht zugeschlagen hat. Dafür erwarb der Lissabonner Rechtsanwalt Dr. Baião do Nascimento das Anwesen, ließ es von der Architektin Teresa Nunes de Ponte sanft renovieren, um den minimalistischen Geist des Klosters zu erhalten, und füllte die Zimmer mit Antiquitäten, die er und seine Frau aus ganz Portugal und auf ihren Reisen um die Welt zusammenkauften. Das Resultat ist beachtlich, denn der Kunstliebhaber Dr. Baião hat einen ausgezeichneten Geschmack. In jedem der zehn großen Zimmer findet sich ein französischer Steinkamin der Marke La Chenaie, darüber oft alte Ölportraits, auf den Nachttischen nichts außer dem Haustelefon, die schwarzen Stahlfenster blicken starr hinaus auf den Atlantik. Die honigfarbenen Dielenböden sind frisch abgezogen, die großen alten Holztüren in Dunkelgrün gestrichen, harmonischer Kontrapunkt zu den prominenten Farben Kalkweiß und Mauergrau. Draußen rauscht das Meer. Und das Azorenhoch wartet auf seinen nächsten Einsatz.

Nachtflug nach Kairo

»Nefertiti« steht unter der schwarzen Schnauze der Boeing 767, Bombenwarnung, scharf duftend schwebt das Abendessen an den Wartenden vorüber, Kofferkontrolle, Computerfehler und Free-Seating-Chaos, im Bordschlauch betet eine Gläubige auf dem Boden, fremde Klänge, Sitzgerangel, Skarabäen an der Innenwand, Stunden später steht die Maschine noch immer auf dem Rollfeld.

Was das zu bedeuten hat? Es ist der *EgyptAir*-Nachtflug MS 766 Frankfurt–Cairo, dessen Vorbereitungen sich gerade ereignen. Und es sind darin bereits alle wesentlichen Elemente des ägyptischen Alltags enthalten, die den Reisenden dort erwarten: Chaos, Verwirrung, Fremde und das wahre Abenteuer jenseits von Strandurlaub oder Survivaltrip. Der Nachtanflug in das Lichtermeer aus Staub und Sand genügt, und man ist dem Bann der »Siegreichen«, Al-Quahira, erlegen, überwältigt von der größten Stadt Afrikas und des Islam.

Im Taxi dann an verstörenden Autoruinen entlang, mit einer Innenausstattung, die selbst das kitschigste Wohnzimmer-Interieur verblassen lässt: Glühlampen blinken beim Bremsen, der Rückwärtsgang lässt die ersten Takte von Beethovens Neunter Symphonie ertönen, und die Papierservietten Marke *Carmen* stehen nach alten Rosen duftend auf der Heckablage zur Gesichtsreinigung bereit für den Fall, dass ein zufällig geöffnetes Fenster Dreckschwaden hereinwehen lässt. Diese schwarz-weiß lackierten Taxis machen mindestens die Hälfte aller Fahrzeuge auf den Straßen aus, mit der

Lizenz verdient sich der Ägypter auf dem Weg zur Arbeit sein Zubrot. Das zweite Zuhause auf Kairos Straßen ist allerdings fast immer ein schrottreifes Ostblock-Modell der Marke Zastava, das die Fahrt zum Lokaltermin in eine Zitterpartie verwandelt, die fast immer mit der obligatorischen Frage nach dem unausweichlichen Besuch bei den Pyramiden endet.

Die magische Beziehung dieser Pyramiden zur Zahl Drei gewinnt gleich in dreifacher Hinsicht programmatischen Charakter für den Aufenthalt am Nil: Drei Lebenswelten schmelzen hier zusammen, nubisches Afrika, der islamische Orient und das moderne Europa im Zentrum der Zivilisation, im Stadtkern der 16- und mehr Millionen-Metropole Kairo. Drei Zeitalter, antike Pharaonenkultur, anglophiles Kolonialambiente und technologieorientierte Neuzeit-Euphorie existieren in friedlichem Chaos nebeneinander. Und nicht zuletzt sind es *drei* Reiseziele, die dem Reisenden die wichtigsten Aspekte Ägyptens im Fin de Siècle des 20. Jahrhunderts offenbarten: Kairo, Dahab auf dem Sinai am Golf von Akkaba und Assuan am Nil in Oberägypten beschreiben zusammen auf der Landkarte das imaginäre Dreieck einer zeitgenössischen Reisepyramide im Bau, deren Steine die Pilger darstellen, welche *europamüde* ins Cyberspace-Mekka Kairo und Ägypten reisen.

Wer inmitten von alldem eine seit 1904 nur unwesentlich veränderte Atmosphäre zu schätzen weiß, wird sein Zimmer im *Windsor Hotel* in der Alfi Bey Street beziehen (bis heute noch ab nur 37 USD inkl. Frühstück), dessen blank polierte Holzflure mit federnden Teppichen zu klassisch und schlicht eingerichteten Räumen führen. Hier findet das Auge an verblichenen Fluglinien-Plakaten in alten Rahmen aus den Fünfzigerjahren mit Hochgebirgs-, Atlantik- und Wintermotiven die Ruhe, nach der es sich sehnt nach all den schrillen Kinowerbungen, neongrün erleuchteten Moscheen, irr verzerrten Straßenhändlergrimassen und herabfallenden Insassen aus überfüllten Bussen.

Im ersten Stock befindet sich die international bevölkerte Hotelbar, hinter der ein dezent uniformierter Keeper mit Fes die coolsten Aperitifs in ganz Kairo mixt. Doch zunächst ist immer ein Stella Local zu empfehlen, da es den Effekt von fünf normalen Bieren bewirkt, hat man sich erst einmal an den zunächst fremdartig-wässrigen, fast asiatischen Geschmack gewöhnt. Hier diskutieren arrogante amerikanophile Literaten aus der Kairoer Intelligenzia die neuesten Ereignisse der ewig andauernden Golfkrise, und die liberalen Ägypterinnen nippen an ihrem Arrak. Das diskrete Mobiliar besteht aus historischen Canapés unterschiedlichster Provenienz, um die zwischen den Fenstern schreinartige Nischen bestimmten Ländern gewidmet sind: so gibt es z. B. eine DDR-Nische mit Zinkbecher, auf dem Hammer, Zirkel und Ähre abgebildet sind, und eine Schweizerecke mit Bergmassiven hinter Glas und Nationalfahne. Herren- und Damentoilette sind mit Erkennungspostkarten unterschieden, die äußerst attraktive, aber leider längst vergessene B-Schauspieler der Hollywood-Fifties zeigen.

Ein Ausflug zu den Pyramiden sollte unbedingt, falls es das noch geben sollte, im zitronengelben alten Peugeot-504-Taxi von Mohamed M. El Wahlili unternommen werden, der sicher über die stadtgrößte Visitenkartensammlung im Windschutzscheibenbereich verfügt und am liebsten stolz von der deutschen Lackierung seines Wagens schwärmt, also im Gegenzug unbedingt eine deutsche Visitenkarte als Zeichen der Dankbarkeit überreichen. Ein eiskalter Drink in der Panoramabar des *Oberoi-Hotels* entschädigt für erlittene Reitstrapazen in der Wüste von Gizeh, denn dort begegnet einem zum Lunch manchmal die unerträglichste Spezies an Touristen: Engländer in Shorts und sichtbar durchnässten Muscle Shirts, die in den unschuldigen Nachmittag der Sphinx ein selbst auf Ibiza nur selten gehörtes Cockney-Brimborium erschallen lassen.

Stille hingegen herrscht im Ägyptischen Nationalmuseum mit seinen braun-beigen Hochdecken. Am Vormittag ist es ein Ort des Schlenderns durch ein Pharaonenscherbenkabinett, in dem bisweilen Masken so eindringlich zurückschauen, dass die Erinnerung an ein gesehenes Gesicht in der Menschenmenge rund um die Kairoer Ramses Station plötzlich offenbar wird und ein Flüstern durch den Saal schwebt, dessen Ursprung unerklärlich bleibt. Oder eine schon öfters geschmolzene Milka-Tafel liegt angebrochen auf einem Sargdeckel und verschwindet in dem Moment, da man kurz wegsieht.

Nach gestillter Schaulust empfiehlt es sich, ein Club-Sandwich in der Kaffee-Lounge des zentral am Nil gelegenen *Semiramis Hotels* zu verspeisen, da es den gewürzgereizten Magen versöhnlich stimmt und mit dem unvermeidlichen Stella Local zur Delikatesse gerät. Außerdem liegt hier die großartige englischsprachige Tageszeitung *Egyptian Gazette* aus, die seit über hundert Jahren auf sechs bis acht Seiten alle wichtigsten Ereignisse des Tages zum Preis von umgerechnet 50 Cent ausbreitet. Es ist wohl zugleich die einzige Tageszeitung von Weltrang, die man während einer einzigen Mahlzeit ganz auslesen kann. Hier finden sich auch die Wetternachrichten wieder, die für die Halbinsel Sinai nicht nur im Oktober fast täglich mit den gleichen Aussichten aufwarten: Sonne und Nordostwind tagsüber, Wärme und Windstille nachts.

Dieses Wetterphänomen macht Dahab am Golf von Akkaba zwischen Taba und Scharm-El-Sheik zu einem besonderen Platz. Eine Bucht am Rande des Sinaigebirges aus wilden Palmen und selbst gezimmerten Hütten, gesäumt von kalkweißen Beduinen-Camps als kargen Unterkünften für junge Neo-Hippies aus aller Welt, wird zum Refugium für selbstvergessene Glückssucher, über denen wie ein guter Geist die Grasschwaden schweben und Pink-Floyd-Klänge mit Reggaetakten wie auf einem Jahrmarkt verhallen. Hier verliert sich irgendwann auch die Zeit selbst im monoton-glücklichen, immer gleichen Tagesverlauf. Der Engländer, dem die einzige House-Disco am Platz gehört, das *Napoleon*, versammelt auf seinem Bretterverschlag aus verblichenen Holzbohlen die hübschesten Mädchen am Platz. Dunkel geschminkte Nachwuchsraverinnen tanzen sich hier neben Israelis mit Filz-Dreadlocks für die kommende Nacht zu den neuesten Hardtrance-Beats in Ekstase. Andrew, so sein Name, weiß nach so vielen Tagen und Monaten und Jahren in der Sonne mit Tauchen, Trinken und Rauchen nicht mehr, wann er kam, wohin er geht und was auch immer. Wer hier seine Armbanduhr verliert, kauft sich keine mehr nach. Er raucht das Gras der ruhigsten und zuvorkommendsten Menschen vor Ort und überhaupt, das gute Gras der Beduinen, und wird jeden Abend den Abend erleben und jeden Tag den Tag. Er wird ihren starken, süßen Tee trinken und eine Weile stumm neben ihnen sitzen. Die Ägypter betreiben am Strand Restaurants, auf deren Teppichen die Gäste liegend ihre Mahlzeiten serviert bekommen.

Der Local Hero nennt sich Al Capone und ist bekannt für ein nahezu perfektes Backgammon-Betrugssystem, bei dem immer nur er gewinnt, aber immer anders. Das hat zur Folge, dass die zahlreichen Herausforderer beim Spiel bald seinen exzellenten Pancakes aus Bananen, Honig und Schokolade verfallen und dem dicken vollbärtigen Schlitzohr, der sie zubereitet, wenn er nicht gerade die nächste Partie Backgammon mit einem unkundigen Novizen beginnt, ewig die Treue halten. Wer hier wieder wegfährt, dem muss irgendwie das Geld ausgegangen sein, nicht leicht bei den Minimalpreisen, die der komfortable *New Oxford Supermarket* anbietet, dessen Besitzer immer wieder zu einem freundlichen Gespräch Zeit hat und im Idealfall noch darüber zu kassieren vergisst.

Oder man muss ein neues Reiseziel vor Augen haben: Assuan zum Beispiel.

Messerschmidt-Bölkow-Blohm, Donaueschingen. Wer dieses metallene Schild im Wagenübergang des Nachtexpresszugs Kairo–Assuan zwischen Clubcar Nummer 7 und den angrenzenden Schlafwagen übersieht, dem bleibt eine Pointe des deutschen Ägyptenreisenden vorbehalten, die darin besteht, dass er im selben Moment, da er das sachlich-klassische Bauhaus-Design der Mies-van-der-Rohe-geschulten Ägypter preist, ein über Bande gespieltes Selbstlob ausspricht: Der schönste deutsche Zug fährt eine wilde Nacht am Nil entlang. Denn auch hier fließt es wieder in Strömen, das inzwischen vertraute Stella Local, nur diesmal im Clubcar, hinter dessen *Shining*-artig von unten erleuchteter Bar zwei strahlend weiß livrierte Keeper ihren Dienst tun und doppelte Scotch im Akkord mixen. Währenddessen zieht das einfache Leben der Nil-Bauern unter der sternenklaren Nacht unbemerkt vorbei, und gen Süden schlingert der trunkene Zug am Fluss entlang. Bis spät in die frühen Morgenstunden klirrt das Gekicher durch die ausschließlich mit Touristen bevölkerten Gänge des Luxuszuges. Die Phantasie lässt einen Fememord geschehen, der in einem anderen Zug in den Orient geschah.

Agatha Christie stieg in Assuan im Hotel *Old Cataract* ab, und wer nicht weint, wenn einmal sehr viel mehr Geld auf der Rechnung steht, der sollte es ihr gleichtun, denn es lohnt sich. Die Suite, in der Agatha Christie logierte, während sie für *Death on the Nile* recherchierte, ist für einen hohen Preis zu mieten, etwas mehr als 100 US-Dollar (letzte Nachfragen ergaben stolze 8000 USD): Doch dieses Zimmer mit Aussicht bezaubert. Wer spätnachmittags auf der Nilterrasse bei einer frisch gepressten Limonade sitzt, mag denken, alles sei friedlich. Doch der Tod hat sich nur versteckt und ist nie weit weg bei 40 Grad Celsius im Schatten. Das rotbraune Hotel ist ein Zauberberg-Sanatorium am Rande der Wüste, in dem das Fieber unsichtbar am Abend steigt und nachts die Körper schüttelt, der Süden ist Gefahr.

Wer ernsthaft erkrankt, muss als Patient in der Regel für raschen Klimawechsel ausgeflogen werden. Ein Abendflug mit *EgyptAir* aus dem Wüstenflughafen Assuan und eine Sonne, die den Spektralfarbhimmel in den tiefsten Schattierungen von Rot über Sand, Sand, nichts als Sand verglühen lässt – und man ist für immer der Sehnsucht nach jener Krankheit anheimgefallen, die einen hierher geführt hat, nur um diesen Flug zu erleben. Unten leuchtet Luxor blinkend in der Dämmerung.

The Canadian

Jede ernst zu nehmende Eisenbahnreise, also eine, die sich über mehrere Tage und Nächte erstreckt, beginnt lange vor der eigentlichen Abfahrt, im Kopf: weil sie automatisch die Geschichten von Zuglegenden mit der imaginären Kraft ihrer Namen gedanklich in Bewegung setzt, vom Orient-Express bis zur Transsib. Der Canadian ist anders. Er unterscheidet sich vom Luxus totrestaurierter Über-Züge schon angenehm dadurch, dass er von ganz normalen Passagieren als Alternative zu Auto und Flugzeug benutzt wird, um quer durch Kanada zu reisen. Bereits vor Beginn der mythischen Fahrt durch das Land auf den Spuren der Siedler von Ost nach West betritt man historisches Terrain. Gleich gegenüber der Union Station in Toronto, wo der Zug mit der symbolischen Nummer 1 auf der in Gelb und Rot in den Farben der *ViaRail* leuchtenden digitalen Abfahrtstafel der Great Hall schon Stunden vorher angekündigt wird, steht das *Royal York Hotel*. 1929, im Jahr seiner Einweihung, galt das 28 Stockwerke in den Himmel ragende Monument als größtes Hotel nicht nur Kanadas, sondern des gesamten British Empire. In der *Library Bar*, die jüngst zum wiederholten Mal für den besten Martini der Stadt ausgezeichnet wurde, verrinnt der Rest der Wartezeit bei einem *Classic Birdbath* mit Hendricks Gin und Cucumber, zu dem Nüsse und Chips gereicht werden, und dem Überfliegen der Abendausgabe des *Toronto Star*. Da der Zug um 22 Uhr abfährt, gibt es kein Dinner an Bord, sodass man am besten in der Bar auch gleich zu Abend isst. Zurück am Bahnhof, tragen sich die Reisenden in der

Panorama Lounge zu einem Schluck Canada Dry Ginger Ale für den Lunch Service am nächsten Mittag ein. Der erste Blick in die Runde der Mitreisenden lässt erkennen, dass im Winter eher betagtes Publikum unterwegs ist. Um halb zehn ertönt der Boarding Call, und die Karawane macht sich auf zum Bahnsteig. Und da steht er dann, der Canadian, in geripptem poliertem Stahl auf dem nächtlichen Gleis, wie ein erhabenes Reisemonument aus einer anderen Zeit, und Porter helfen beim Einsteigen über ausgeklappte Treppen. Das leise Singen der Elektronik mischt sich mit gedämpften Schritten und dem Verstauungsklopfen des Gepäcks. Graham, der für den Manor Dawson zuständig ist, wie mein Wagen nach dem berühmten kanadischen Geologen und Landvermesser George Mercer Dawson benannt ist, trägt zur schwarzen Uniform passende Doc Martens mit Stahlkappen und gibt, etwas außer Atem, ein kurzes Briefing: Im Park Albert Car am Schluss des Zuges, zwei Wagen weiter hinten, gibt es später welcome drinks, und die Dusche auf dem Gang ist von Abteil F zum Glück nur einen Schritt entfernt.

Das Bett ist bereits gemacht, und auf meinem Kopfkissen liegen zwei Schokoladentäfelchen der Marke Galerie au Chocolat, wie alles im Zug aus Kanada. Als Waschutensilien gibt es Cucumber Grapefruit Seife und Eukalyptus-Rosmarin-Shampoo, beides von OrganiQ, und ein Set Handtücher liegt in einem weißen *ViaRail*-Beutel bereit. In der Kabine selbst ist neben einem von Spiegeln flankierten kleinen Stahlwaschbecken auch separat ein WC untergebracht. Das Karo des Teppichs scheint in Grün und Schwarz ein schottisches Tartan zu zitieren, und lederne Taschen an der Wand in Hermès-Hellbraun bieten Stauraum für Reisenecessaire und mitgebrachte Lektüre. Wie in einer Bootskabine lernt man, geschickt mit dem wenigen Platz hauszuhalten. Nach einem gellenden Pfiff setzt sich der Canadian pünktlich um 22 Uhr mit sanftem Ruck in Bewegung, und die Räder rollen mit schwerem Schwellenschlägen an. Bald nimmt der Zug ordentlich Fahrt auf, und hinten im Park Car wird zur Aufbruchsstimmung kanadischer Bubbly gereicht. Der »Secco« vom Pelee Island, dem südlichsten Weingebiet Kanadas im Lake Erie, aus 85% Pinot Blanc und 15% Auxerrois, löst die Zungen, und erste Gespräche beginnen an der Bar. Neben mir steht lachend und scherzend Wes, Mitte siebzig, charismatisches Gesicht mit Adlernase und grauen Robert-Redford-Haaren, im grünen Polohemd (St. Patrick's Day, sure, zu Ehren seiner irischen Vorfahren). Sein Arzt hat ihm verboten zu fliegen, wegen Thrombosegefahr, und so macht er die Reise mindestens einmal pro Jahr, um seine Verwandten an der Westküste zu besuchen. Wes war vor dem Ruhestand Sport- und Mathematiklehrer, überhaupt sind erstaunlich viele Lehrer unterwegs, was dem intellektuellen Niveau der Gespräche ganz gut bekommt. »Die können sich die Reise leisten wegen der hohen Pensionen«, verrät Colin, glatzköpfiger Mittvierziger und Wall Street Broker in New York, der mit Onkel Arnie und Tante Helen nach Vancouver unterwegs ist, die seit 52 Jahren verheiratet sind und die Reise immer wieder machen, »weil es jedes Mal aufregend neu und anders ist, von Jahreszeit zu Jahreszeit«. Dann verebbt die Party bald, und man zieht sich in die Kabinen zurück.

Und während der Zug sich am nächtlichen Lake Simcoe und der Georgian Bay entlangschlängelt, vorbei an so poetisch benannten Stationen wie Washago oder Parry Sound, wächst der kanadische Himmel im Traum vor allem nach Norden hin, in die unendlichen Weiten der arktischen Landesteile. Die endlosen Eisfelder, die man immer sehnsüchtig aus 39.000 Fuß Höhe vom Flugzeugfenster aus betrachtet, wo jenseits der Zivilisation eine kalte Schönheit existiert, in die man sich hinunterwünscht, obwohl sie dem Überleben so zuträglich ist wie die Frostbeulen Leonardo DiCaprios in *The Revenant.* Das frühe Erwachen kurz nach Sudbury gibt die Gelegenheit dazu, sich in die essenziellen Reiserituale einzuüben. Erste Lektion: Ein Fernglas ist nicht nur wegen der wilden Tiere am Wegesrand von Vorteil, sondern auch, um zu prüfen, ob der beleuchtete Riegel an der Tür zum Shower Room endlich wieder Grün zeigt. Zweite Lektion: Pyjama und Morgenmantel sind überaus nützlich beim manierlichen Überqueren des Flurs zur Dusche. Dritte Lektion: Das heiße Wasser aus dem Hahn reicht nach Drücken des Brauseknopfs genau für eine ausgiebige Kopfwäsche. Vierte Lektion: First Come, First Serve im Dining Car zum Frühstück lässt schon kurz nach Servicebeginn eine kleine Schlange entstehen, also am besten Punkt 6.30 Uhr am Eingang sein. Fünfte Lektion: Der Maître de Plaisir setzt einzelne Gäste immer direkt an den nächsten freien Platz, also am besten ausspähen und bei unliebsamen Nachbarn anderen Wartenden dementsprechend höflich den Vortritt lassen. Sechste Lektion: Die Kunst des Tischgesprächs wird auch bei Dämmerungsanbruch schon unbedingt erwartet. Siebte Lektion: Unbedingt die Blueberry Pancakes bestellen, wenn sie auf dem Menu sind, weil die nur einmal auf der Fahrt zum Frühstück angeboten werden.

Arnie im Puffer Jacket mit Baseballkappe und Helen im schlammfarbenen Safari-Zweiteiler sind am ersten Morgen, der grau vor den Fenstern heraufzieht, schon ohne Neffe Colin zu Tisch und erklären die wichtigsten Modalitäten des Zuges: Die Frontplätze im Dome des Park Car sind schon kurz nach Frühstücksende besetzt, also keine lange Pause im Abteil machen. Das ausgezeichnete Breakfast wird wie Lunch und Dinner auf weißem Tischtuch und Porzellan serviert, der Kaffee ist extrem frisch, schwarz und stark und präpariert perfekt für den nötigen Vogelkundlerblick im rundum verglasten Aussichtswagen. Dort laufen etwas später die Gespräche eher langsam an: »Schau mal, eine Fuchsfamilie.« Das monotone Rauschen der mächtigen Klimaanlage. Der Geruch von Leder und Stahl. »Foleyet ist eine Station, die nach den Fole-Brüdern benannt wurde.« »Ach ja?« »Sie hießen Fole, aber Fole gab es schon als Dorf. Dann hat einer zum Dorf davor gesagt, sag doch einfach, sie sind noch nicht in Fole. Not in Fole yet.« »Haha.« Das langsame Abbremsen des Zuges vor einem Signal. Jemand legt eine Ausgabe *Reader's Digest* zur Seite. »Ein ziemlich trostloser Tag, von den Farben her.« »Wolkig und düster.« Das Geräusch frisch aus der Thermoskanne gepressten Kaffees, mehrfach wiederholt. »Meine Kamera lässt keinen Autofokus zu.« Der Vibrationsalarm eines Mobiltelefons brummelt. Beim anfahrenden Zug ertönt der Schwellentakt wie das Crescendo eines Metronoms. »Sieh mal, ein Falke!« »Oh.« Biber huschen am Streckenrand entlang. Ein fülliger Mann mit Ziegenbart in Jeanslatzhose blättert zerstreut im *Economist* und bemerkt zu seiner Frau über die vergangene Nacht im Hochbett: »Man muss schon eine bestimmte Figur haben, um das hier zu bewältigen.«

Die erhabene Welt des Permafrosts zieht vorbei, Birkenwälder über Eisplatten. »Ein großartiges Bild mehr von einem gefrorenen See.« »Zu schade, das mit dem Licht heute.« Eine Ansage aus dem Lautsprecher mahnt: »Last call for breakfast in the diner.« Es ist gerade mal halb neun. Im Dome Car richtet man sich ein wie der Jäger auf seinem Hochsitz. »Da kommt ein zweites Gleis!« »Ach.« »Nächstes Mal beschwere ich mich gleich.« »Und worüber?« »Nichts, wirklich.« Wer lange genug auf das Eis sieht, bemerkt, wie es die verschiedensten Farbschattierungen annimmt: von Grün über Braun bis zu Grau und Türkis. Die größte Sensation sind entgegenkommende Güterzüge, schier endlos reiht sich Container an Container. Weil der Canadian auf dem Ausweichgleis steht, um ihn vorbeizulassen, überbieten sich die Reisenden gegenseitig: »Ich habe über 200 Waggons gezählt!« »Nein!« Als der Zug in Hornepayne hält, merkt man erst, wie kalt es draußen eigentlich ist. Jeder Atemhauch scheint augenblicklich zu gefrieren. Laut Porter Graham, der inzwischen das Bett gemacht und zwei Ledersessel wie Deckchairs schräg zum Fenster hin ausgerichtet hat, ist Hornepayne (sic!) ein outpost in the middle of nowhere. Arnie raucht genüsslich Pfeife, Colin saugt am Stumpen einer Zigarre, und Wes meint aufmunternd: »A good stretch!«

Beim Lunch ist die Qualität der Küche zu entdecken. Es gibt Bison Burger, davor Minestrone und zum Dessert hervorragenden Sauerkirschkuchen. Wer will, kann dazu kanadischen Wein probieren. Die Karte empfiehlt zum Hauptgang trockenen Cabernet Sauvignon aus dem Okanagan Valley in British Columbia. Ich sitze diesmal mit drei großen Sympathen zusammen: Jim, Ron und Sherwood, pensionierte Schaffner aus Kansas und Texas, die sich vor Jahren auf einer Eisenbahnermesse in Stockton, CA kennenlernten und nun gemeinsam kanonische Zugreisen unternehmen. Jim war bei der Army in Deutschland, sein Lieblingswort ist »Kröver Nacktarsch«.

Nach dem Lunch das gleiche Spiel, zurück in den Dome, entlang an zwei Prestige-Wagen, die an den Wänden komplett mit Leder verkleidet sind. Diesmal sitze ich direkt in der ersten Reihe und kann nun endlich erkennen, was die hypnotische Faszination des Blicks von da vorn ausmacht: schlangenartig wackeln die Zugdächer in voller Fahrt wie ein beweglicher Stahlpanzer, die silbern gerippte Wirbelsäule der SciFi-Version eines prähistorischen Echsentiers, die sich auf und ab, hin und her bewegt wie in einem Puppenspiel.

Und dazu das »Ding-Ding-Ding-Ding-Ding« der Schranken, wenn wieder eine Straße kreuzt. Dann die Entdeckung: »Ein Bär!« »Wo?« »Hier, links!« »Wie viel Gläser Wein hattest du?« »Nein, wirklich!« In der Tat, da sitzt er, so groß wie ein Neufundländer, und gräbt friedlich nach Wurzeln. Später gibt es für die bereits mit dem Dinner fertigen Gäste pünktlich zum Sonnenuntergang ein Vinetasting im Park Car. Mit dem Wein kommen auch privatere Geschichten zum Vorschein, und es wird persönlich. Wes verrät mir das Geheimnis der schönen Unbekannten aus der Prestige-Class, die immer nur sporadisch auftaucht: Sie wollte die Reise eigentlich mit ihrem Mann unternehmen, der aber kurz zuvor bei einem tragischen Unfall ums Leben kam. Und dann berichtet Wes auch noch von seinem Großvater, dem Eisenbahner, den Präsident Roosevelt auf Besuch in Kanada vom Fleck weg als privaten Ingenieur und Lokomotivführer für all seine Bahnreisen abwerben wollte, was dieser jedoch in aller Ehre nach dessen Visite per Telegramm abschlug, weil er bei seiner Familie bleiben wollte.

Was hat sich im Canadian, den er seit über 25 Jahren kennt, alles verändert? »Die Gleise sind besser, der Service freundlicher denn je.« Wenn dann der Zug wie in der folgenden Nacht enorm an Tempo zulegt, um früher als geplant in Winnipeg anzukommen und den Aufenthalt dort auszudehnen, nennt er das »Turbulence!«. In Winnipeg hat es in der Nacht einen Schneesturm gegeben, aber nun scheint die Sonne. Wir sehen den »Golden Boy«, eine Statue auf dem Parlament von Manitoba, der als eine Art Götterbote nach Norden zeigt, um den ankommenden Siedlern ihren Weg in die neue kanadische Heimat zu weisen. Im Zoo grast, wie wir vom Bus aus sehen, der einzige weiße Bison, den man »Blizzard« nannte, nicht wegen des Fells allein, sondern weil er in einer Nacht wie der vorausgegangenen in der Stadt auftauchte, um zu bleiben. Aber auch Winnie the Pooh hat seine Wurzeln in der Stadt, weil der Bär, über den A. A. Milne sein Buch schrieb, von dessen Besitzer Harry Colebourn eine Koseform des Namens seiner Heimat Winnipeg bekam. Mit Grenzüberschreitung nach Saskatchewan wird es immer hügeliger und grüner, bevor der Zug zum dritten Mal in die Nacht eintaucht, um am nächsten Morgen bereits unter wolkenlosem Nordhimmel in Edmonton, Alberta zu stehen.

Am letzten Tag verschieben sich die starren Essensregeln ein wenig, weil um 13 Uhr die Ankunft in Jasper ansteht, dem ersten Gebirgsstopp in den Canadian Rockies. Zum frühen Brunch werden als Landmark perfekte Eggs Benedict mit kanadischem Bacon serviert, und weil der Zug vor dem Erklimmen der Berge einen Bogen nach Norden fährt, tauchen bei blendendem Sonnenlicht vor dem Fenster des Speisewagens irgendwann die ersten Gebirgszüge wie eine flimmernde Eiswüste am Horizont auf. In majestätischer Langsamkeit erklimmen wir nun Kurve um Kurve die Anhöhe und nähern uns Jasper. Da passiert es: »Wolf on the left!« Und ein grauer *Canis lupus irremotis,* der Northern Rocky Mountains Wolf, trabt, einfach so, wie um lediglich kurz zu zeigen, dass es ihn noch gibt, gemächlich eine Bergwiese hinab, von deren Sandfarbe er sich kaum unterscheidet. Ob es am Wolf liegt, dem guten Wetter, der milden Bergluft oder einfach nur am Glück, einmal aussteigen zu dürfen, um in der Sonne zu sitzen und vor der *Other Paw Bakery* einen Cappuccino trinken zu können, mit Blumenkohlsuppe als Lunch: Die knapp zwei Stunden in der überschaubaren alpinen 5000-Seelen-Gemeinde am Athabasca River werden zum geheimen Zentrum der Reise, zum erfüllten Augenblick, den man gegen Unendlich hin dehnen will, der eine Ort außerhalb des Zuges, der so schön ist, dass man ihn nicht mehr verlassen mag. Aber natürlich belohnt der Nachmittag im Dome Car mit der zweiten Runde Bubbly, verwunschenen Bergpanoramen und einer wie von der Sonne ausgelösten Euphorie, die Helen hinter mir mit geröteten Wangen zu hübsch beschwipsten Ausrufen inspiriert. »Oh dear, oh dear!« Als dann auch noch der sonst in Wolken gehüllte Mount Robson ganz zu sehen ist, gibt es kein Halten mehr. Die Kameras klicken wie Blitzlichtgewitter, Wes zitiert Robert Kennedy, und der Aufruf zum letzten Dinner verhallt fast ungehört, weil der Zug gerade den Pyramid-Creek-Wasserfall passiert.

Was bleibt übrig nach der Ankunft im pazifischen Vancouver am nächsten Morgen? Der Wunsch, gleich wieder einzusteigen und zurückzufahren. Oder, mit den Worten Kafkas aus *Der Aufbruch:* »Weg von hier – das ist mein Ziel.«

Dünen

Wären die Dünen nicht schon dagewesen, die Maler hätten sie erfinden müssen. Denn wenn man das türkis anbrandende Meer mit seiner weißen Gischt unter einem unwahrscheinlich blauen Himmel erblickt, gibt es nichts, nach dem das Auge sich mehr sehnt als saharabeige davorgeschobene Sandberge mit grün gekrönten Kämmen. Die Dünen sind Vorfreude pur, weil sie, nach oftmals langer und beschwerlicher Reise, das Meer ankündigen wie ein großartiges Versprechen auf Weite und Freiheit dahinter. Zerklüftet wie die Zirren am Himmel, sind sie auch zumeist das erste Stück Wüste, das man im Leben zu Gesicht bekommt. In ihren Tälern, dort, wo der Wind nicht hinkommt, glüht der Sand besonders heiß und setzt die Phantasie frei. Das konnte den Schriftstellern nicht verborgen bleiben. Plötzlich ist Max Frisch nicht mehr in Kampen an der Nordsee, sondern fühlt sich mitten in einer Art Mondlandschaft mit Kratern. Wie alles Schöne birgt das Sandgebirge vor der Küste aber auch Schrecken in sich. Davon erzählt der Japaner Kobo Abe in seinem sanddurchwehten Roman *Die Frau in den Dünen.* Es ist die abgründige Geschichte eines Forschers, der sich ein Quartier in einem Dünental zuweisen lässt, das sich als Gefängnis für ihn und eine Frau entpuppt. Das Los des Forschers zeigt, was das eigentliche Wesen der Düne ist: Der Wind, dem sie ihr bewegtes Wanderleben verdankt, vermag es, aus ihr Treibsand zu machen, dem zu entrinnen letzthin unmöglich ist.

Bhutan im Glück

Wer malt mir ein Bild vom Glück, und was wird darauf zu sehen sein? Vielleicht eine lodernde Landschaft, in der Wolken kunstvoll aufgeringelt den Himmel überziehen, als seien sie Rauch, von mild gestimmten Drachen ausgespien. Das Hochgebirge, an dem die Wolken entlangziehen, ist beseelt: Yaks traben bergab ins Tal, Kraniche schweben über einem Dzong, dieser archetypischen Klosterburg Bhutans, und selbst das Flugzeug, das mitten auf dem Gemälde zu sehen ist, gleitet dahin wie ein erhabenes Tier aus Metall: Das einzig sichtbare Zeichen der Moderne inmitten des archaischen Naturidylls ist zugleich auch geheimes Zentrum der Komposition, das alle wesentlichen Elemente des Himalaja-Landes noch einmal in Erinnerung ruft. Von der Hochtallage, die den Landeanflug zu einem der kompliziertesten der Welt macht, bis zum mythischen Donnerdrachen, dem namensgebenden Symbol des buddhistischen Königreichs, das »Druk Yul« heißt. An nebligen Tagen, und die sind nicht gerade selten, verwandeln sich die Düsenmaschinen der *Druk Air* in geduldig kreisende Könige der Lüfte, die lange oberhalb der Wolkendecke warten und dann, wenn sich endlich eine Lücke zeigt, wie Greifvögel nach dem Erspähen der Beute nach unten stürzen, um den Anflug in das Tal zu beginnen. Bhutan ist kein Ort, der einem einfach so zufällt, es ist wie eine märchenhafte Festung, die sich wehrhaft jeder Vereinnahmung widersetzt und erst einmal erobert werden will. Darin gleicht Bhutan dem Glück selbst, das Jigme Singye Wangchuck, Vater des amtierenden Königs, bereits in den Siebzigerjahren zum Ziel der Politik seines Landes erklärte. Seit 2008 steht in der Verfassung von Bhutan der berühmte Satz: »If the government cannot create happiness for its people, there is no purpose for the government to exist.« Doch was ist Glück, mit dessen Abwesenheit hier die Regierung ihr Daseinsrecht verwirkt? Eine Sirene, die hinter vielen Felsen lockt, sich uns aber meist in dem Moment, da man sie gefunden zu haben glaubt, wieder entzieht? Glück vereint die Menschen, weil alle nach ihm streben. Aber Glück trennt auch wieder. Weil das, was genau darunter zu verstehen ist, wie auch der Weg zu ihm für jeden anders aussieht. Eine Reise nach Bhutan ist so stets auch eine philosophische Expedition in ein fremdes Terrain und die Frage, wie die Façon denn nun auszusehen habe, nach der jeder auf die eigene Weise selig werden kann.

Es gibt für das anspruchsvolle Vorhaben einer solchen Pilgerreise ins Glück keine besseren Reisebegleiter als die *Amankora*-Familie, wie der Brief zu unserer Ankunft unterzeichnet ist. Die fünf Aman-Lodges sind perfekt an zentralen Orten des Landes postiert wie die Dzongs, deren ästhetischem Prinzip sie ihre Architektur verdanken. Sie gleichen hochzivilisierten Reisefestungen, in denen das herzliche Personal die Rolle von Mönchen einnimmt, die uns in die Geheimnisse des Landes einweihen, von Natur über Kultur bis zum Buddhismus. Vom ersten Moment an, dem zeremoniellen Überreichen der Khata zur Begrüßung am Flughafen, weist die Symbolik der weißen Farbe der knisterdünnen Seidenschals dem Reisenden die Richtung: Reinheit und Barmherzigkeit sind in ihr signalisiert, hoch angesehene Tugenden, vor denen wir uns verneigen in Dankbarkeit dafür, an sie erinnert zu werden. Bhutan zu besuchen, so schreibt der Reiseschriftsteller Pico Iyer einmal, ist, wie eine Kapelle zu betreten: Der Drang zu reden versiegt, jede Eile ist geschwunden, und eine andächtige Stille breitet sich aus. Was auch an der hervorragenden dünnen Luft liegen kann, die man gleich nach der Landung wie ein Narkotikum inhaliert und die getränkt ist von Weihrauch, Heu und Nadelwald. Und das bereits am Flughafen auf 2235 Metern über dem Meeresspiegel. Was ist Glück? Die erste Antwort lässt dank der vielen kleinen Aufmerksamkeiten, die uns die *Amankora*-Familie beschert, nicht lange auf sich warten. Es geht gleich im Reisevan los, der vor dem Flughafen auf uns wartet, wie die *Liebe ist*-Serie mit den drei Pünktchen vor der Definition. *Glück ist*… ein kleines Amenity Kit, in dem alles enthalten ist, was der Reisende hier braucht: essenzieller Sonnenschutz, Handsanitizer gegen die Bakterien, Lipbalm für die trockene Höhenluft und Riechöl (wie auch eine Tüte mit Bonbons) aus Ingwer gegen Reisekrankheit. Warum das vonnöten ist, merkt man schon nach der ersten halben Stunde on the road, denn ein Land mit durchschnittlich 15 Kurven pro Kilometer setzt irgendwann auch den härtesten Magen außer Gefecht. Bhutan ist geprägt von Gebirgskämmen, die von Nord nach Süd das Land durchziehen, und das immer noch spärliche Verkehrsnetz gleicht einer einzigen Passstraße mit teils steilen Serpentinen. Zahllose poetische Reimschilder, für die dereinst sogar ein nationaler Wettbewerb ausgeschrieben war, wie unser Fahrer erklärt, warnen am Straßenrand vor allen möglichen Gefahren: »Keep your nerves on sharp curves.« »Speed thrills, but kills.« »Mountains are pleasure if you drive with leisure.« »This is a highway, not a runway«, »Driving & Drinking: a fatal cocktail.« »Don't litter, it will make your life bitter.« Und, in weiser Zusammenfassung: »Nature does not hurry, yet everything is accomplished.«

Die Abwesenheit von jeglicher Hast bestimmt das Tempo in Bhutan. Man hat es hier nicht besonders eilig, mit allem. Die erste geteerte Straße wurde Anfang der Sechzigerjahre gebaut, von Indien her. Vorher war das Land förmlich komplett von der Außenwelt abgeschnitten: Dschungel im Süden, Eisgebirge im Norden. Kein Außenhandel, kein Tourismus. Und selbst nach dieser ersten Brücke in die Welt sollten noch drei weitere Jahrzehnte vergehen, bevor der elegante weiß livrierte Schutzmann an der meistbefahrenen Kreuzung der Hauptstadt Thimphu bedauerlicherweise verschwand und fast zeitgleich mit der ersten Verkehrsampel auch Fernsehen und Internet auftauchten. Das ging vielen schon zu schnell.

Deswegen legte man fest, dass Touristen nur angemeldet und mit Führer durch Bhutan reisen dürfen, nie allein, und 250 Dollar pro Tag auszugeben haben. So bot man den Billigheimern *on a shoestring* die Stirn, die seit den Siebzigerjahren das Nachbarland Nepal zu dessen Leidwesen überflutet hatten. Überhaupt scheint der Truism von Jenny Holzer »Protect me from what I want« zur Leitmaxime gesellschaftlichen Handelns erhoben worden zu sein: aus den Fehlern, die andere gemacht haben, zu lernen und die Öffnung des Landes nur in Schrittgeschwindigkeit zu erlauben. Die Nationaltracht des Gho, ein bunt karierter und kunstvoll gefalteter Gehrock, der selbst von Männern mit Socken kniefrei getragen wird, war bis vor Kurzem Pflichtkleidung in der Öffentlichkeit. Die Muster der Mäntel erinnern an schottische Tartans und gestalten den Anblick der Tradition des Bogenschießens zur Augenweide. Pilgerreisen haben in der Regel einen Vektor, der zu einem Ziel führt. Diese hier ist anders, wie der Name »Amankora« bereits verrät: Aman ist dem Sanskrit entlehnt und heißt Frieden, während Kora in Dzongkha, der Sprache Bhutans, die Kreisform der Pilgerschaft betont. Wir bewegen uns sozusagen körperlich wie gedanklich um einen philosophischen Kern, um die Frage, was Glück bedeuten kann, der wir mit jeder Station näher zu kommen gedenken.

Das erste *Amankora* unserer Rundreise residiert weit oberhalb von Thimphu auf stolzen 2600 Metern mitten in einem lichten Blaukieferwald. Der aus Holz und Stein in die Landschaft gehauene Komplex strahlt weiß und streng als minimalistische Fantasie über die traditionelle Dzong-Architektur. Hohe Sichtachsen befriedigen den Strukturhunger, während in der Küche die lokale Variante des Clubsandwichs mit dem Fleisch der nationalen Gebirgstiere in Chilischoten bruzzelt: The Yak Attack! Das Zimmer empfängt den Gast mit dem nächsten Glücksgefährten: den kleinen Details, die großen Eindruck hinterlassen. Vom buddharot versiegelten Willkommensbrief, in dem eine handgeschriebene Karte mit der Farbzeichnung des Hauses steckt, über die Botschaften auf vor Ort geschöpftem Reispapier, die den Ablauf der Reise ankündigen, bis zum frisch gefüllten Holzofen und tropfenbeschlagenem Sektkühler mit einer Flasche Bumthang Apple Cider mit 1% Alkohol. Die ohrenbetäubende Stille im Raum, die später nur gelegentlich durch das Knacken des Feuers im Metallofen unterbrochen wird, schafft eine Hermetik totaler Abgeschiedenheit, des Zurückgeworfenseins auf sich selbst. Stets sind die hölzernen Hallenräume mit ihren hohen Decken, die an asiatische Chalets denken lassen, gleich aufgebaut, sodass man sich nicht in jedem neuen Haus erst zurechtfinden muss, sondern sich ganz auf die Erlebnisse und Eindrücke der Außenwelt konzentrieren kann.

Was ist Glück? Von beeindruckenden Menschen zu lernen. Gleich am ersten Abend dürfen wir Seine Eminenz Mynak Trulku, die zehnte Reinkarnation des Mynak Rimpoche, kennenlernen und seinen Ausführungen zu Buddhismus und Bhutan folgen. Der Gründer und Direktor des Nationalmuseums in Paro und der Nationalbibliothek in Thimphu lehrt uns die Grundlagen der Empathie: »Ein

Mensch, der wirklich hilft, ist der Mensch, der in der Welt, aber nicht von der Welt ist, der die Welt liebt, aber nicht an ihr haftet, der in der Welt lebt, aber von ihr nicht geprägt wird … Ein Mensch, der leidet, mag Mitgefühl haben, er mag intelligent sein und mitmenschlich empfinden – doch er hat nicht die Kraft, anderen zu helfen. Das tiefste Mitgefühl ist grundlos, weil der Geist alle philosophischen Begründungen und Rechtfertigungen durchschaut und abgelegt hat. Dieses Mitgefühl stammt aus der Erfahrung der Leere, es ist einfach nur da wie der Nachthimmel mit seinen Sternen.« Er beantwortet lächelnd unsere Fragen, wobei er so wunderbare Sätze in den Raum stellt wie: »You have to be sound in mind.« »Nothing is permanent.« »You need to chew light.« »Don't think the past, don't chase the future.« Es geht natürlich um Güte, um die Praxis, niemandem Schaden zuzufügen, die friedliche Natur des Buddhismus und die Elementartugend der Rücksichtnahme, das Prinzip des Karma und die Bedeutung der Wiedergeburt. Tugenden, die auch der junge König Jigme Khesar Namgyel Wangchuck, der gerade Vater eines kleinen Jungen geworden ist, perfekt repräsentiert.

Seit er vor zehn Jahren den Thron, den sein Vater freiwillig für ihn räumte, bestieg, hat er, wie ein Märchenprinz, zu Fuß und Pferd sein gesamtes Land bereist, mit dem Ziel, jeden seiner Mitbürger, von denen 70 Prozent Bauern sind, persönlich kennenzulernen. Wie beschwerlich die Reise in die entlegensten Täler gewesen sein muss, kann man auf den gerölligen Hauptstraßen, die wir befahren, nur erahnen. Manchmal bricht der Verkehr komplett zusammen, und wir müssen aussteigen, um beim Anschieben zu helfen. Auf dem Weg nach Gangtey in das Naturreservat des Phobijka-Tals, wo jedes Jahr um die dreihundert der vom Aussterben bedrohten Schwarzhalskraniche aus Tibet überwintern, sehen wir die größte und höchste Buddhastatue der Welt, den 51 Meter hohen Buddha Dordenma aus mit Gold legiertem Kupfer, dessen Antlitz das Thimphu-Tal überstrahlt. Wir erklimmen eine neblige Passhöhe, auf der ein Yak völlig bewegungslos im Schnee steht.

Was ist das Glück? Schweine, deren Futter mit eigens dafür angebautem Cannabis versetzt wird, damit sie schön ruhig bleiben. Das Essen bei einer Farmerfamilie mit prächtigem Hausaltar, wo es Buchweizennudeln, Yak-Curry, Chili & Cheese und gebratenen Bauchspeck gibt, und dazu Ara, einen Reisschnaps, der einen mit jeder Runde näher zur Erleuchtung bringt. Ein Feuer in der Nacht vor einer Kartoffelhütte, in der wir ein nur von Kerzen erleuchtetes Abendessen einnehmen. Die Aufmerksamkeit eines kleinen Gastgeschenks, das an jedem Abend auf dem Bett wartet, sodass der Pilger am Ende der Reise folgende kostbare Sammlung besitzt: Tingsha (Gebetsglocken für Meditation und positive Energie), Räucherstäbchen (die Buddha, Dharma – die Lehren – und Sangha – die Gemeinschaft der Buddhisten – repräsentieren), ein Mini-Dorji-Diamantzepter (das von Lamas in Bhutan während Zeremonien verwendet wird als Zeichen der Kraft und Macht) und Tshampaka Metog, die schlichte Blume der Großzügigkeit, die das Oberhaupt der Erleuchteten während einer Zeremonie als Krone trägt und die an heiligen Stätten als Opfer dargeboten wird.

Das Glück? Ein Fruchtbarkeitstempel, zu dem eine Mutter ihr Neugeborenes aus Dankbarkeit trägt, um es segnen zu lassen. Ein Kräuterbad im Freien, dessen Wasser von glühenden Steinen heiß gehalten wird, die über eine Holzbahn in die Nachbarwanne poltern und dort zischend zerbrechen. Gebetsflaggen, mit eigener Hand nach Anleitung eines Meisters vom Block bedruckt, beim Aufstieg zum Tigernest in einem Felsspalt, an dem noch keine anderen Flaggen wehen, gewagt balancierend aufhängen. Eine Schneewanderung durch einen Wald aus Wacholder, Tannen und Rhododendron. Ein Cocktail aus wilder Minze, Ingwer, weißem Rum, braunem Zucker, Eis und Sprite namens »Thunder Dragon«. Ein Tanz im Kreis in traditionellem Kostüm vor offenem Feuer in der Milde des suptropisch anmutenden Punakha, gemessenen Schrittes und als Musik dazu der Gesang der Tanzenden allein in fast chinesischer Tonleiter.

Was ist Glück? Ein Papierkorb, auf dem »Use me plz.« steht. Die zwei Worte »Tashi Delek«. Mögen alle guten Dinge dir geschehen. Und während wir, noch beseelt von der beschwerlichen Rundreise, in der Abflughalle von Paro vor dem eingangs erwähnten Gemälde sitzen, klärt ein Blick auf die Rückseite der Visitenkarte von Saamdu Chetri, Direktor des Studienzentrums für Bruttonationalglück, mit dem wir uns am Abend zuvor unterhielten, als Zitat, was man vormals nur erahnen konnte: »Mindfulness is a source of happiness. There is no way to happiness, happiness is the way«.

Nichtstun am Strand

Die schwierigste Disziplin des denkend tätigen Menschen ist zugleich seine höchste Kunst. Und kein Ort der Welt ist dazu geeigneter als der Strand. Denn er fordert uns gleichzeitig zum Kampf mit allen Elementen heraus, die da heißen Feuer, Wasser, Luft und Erde. Die Sonne brennt, das Meer rauscht, die Atmosphäre flirrt und der Sand glüht. Was tun? Die Elemente kennen kein Erbarmen, nichts bleibt übrig. Nur Anfänger geben der Versuchung nach, Restbestände von Zivilisationsreflexen in einer derart unwirtlichen Umgebung kultivieren zu wollen. Manche versuchen zu lesen, während Sonnenmilch die Seiten verklebt und hässliche Flecken in den schönsten Büchern hinterlässt. Andere üben sich in Sportarten, deren ästhetisch perfekte Ausübung mit jedem Sprung durch den nachgebenden Sand tiefer sinkt. Und wer Gesprächen lauscht, merkt schnell, dass die Hitze jeden klaren Gedanken auf Schwundstufe zurechtschmort. Nein, die einzige Extremtätigkeit, die ein solcher Ort der Grenzerfahrung erlaubt, ist das, was man in Italien geschönt als dolce far niente bezeichnet. Süß ist das bei Weitem nicht, sondern harte Arbeit. Denn nie wird einem klarer, wie wenig man mit sich anfangen kann, wenn nichts zu tun übrig bleibt. Dabei gebührt dem Nichtstun, dem Seinlassen, prinzipiell die Krone der Schöpfung. Denn es verhindert nicht nur die Entstehung von Übel, sondern birgt auch den Erkenntnisgewinn, einen Zustand zu erfahren, der wie kein zweiter dem Tod gleicht. Wem das zu viel ist, der kann ja immer noch schwimmen gehen.

Porto, Portus Cale

Porto rockt. Auf Granit gebaut, sagt die Stadt den Menschen: Beißt euch ruhig die Zähne an mir aus. Denn Porto ist die raue, die alltägliche Seite von Portugal. Hier wird gearbeitet, sagt ein Sprichwort. Und als ob man den Begriff von der Kulturhauptstadt sozusagen sprichwörtlich ernst genommen hat, sieht man hier auch nichts anderes als Arbeit. Die Kultur sagt den Menschen: Seht her, ich bin nicht leicht zu haben, sondern das Ergebnis großer Anstrengung.

Der fiebrig arbeitende Körper einer Stadt hat seine Knochen bloßgelegt. Das entspricht nicht dem Postkartenbild eines sonnigen Urlaubslandes, hat aber den Reiz eines realen Einblicks: Am Flughafen Francisco Sá Carneiro bereits wachsen Kräne in den Himmel, wie sonst nur am Potsdamer Platz. Das alte schwarze Mercedes-Taxi rast hart gefedert zwischen hohen Bauzäunen entlang. Auf Radio Antena 3 spielt *Brown Sugar* von den Rolling Stones, während es über eine Auffahrt zur Autobahn in die Stadt geht.

Ein bizarrer Unfall eines alten Lasters auf der Gegenspur, die Sirene klingt nach den USA. Links davon, in gleißendem Flutlicht angestrahlt, das blank geputzte Verkaufszentrum BMW S. Conrado. Das ist Europa in all seinen Widersprüchen. Denn Porto ist Stadt der Armen und der Reichen zugleich. Das Sozialbarometer, es steigt und fällt hier höher und tiefer als anderswo. Keine Straße geht einfach geradeaus, sondern meistens steil bergauf oder bergab. Es gibt viel zu überbrücken, da machen die gelb leuchtenden Bögen natürlich Sinn, die Brücke als Symbol der Kulturhauptstadt.

Alles war hier stets Brücke, wie die Verbindung der zwei römischen Siedlungen Portus und Cale, denen das Land seinen späteren Namen verdankt. Und die prächtige Doppelstockbrücke aus Stahl, die Ponte Dom Luis I. des Eiffel-Schülers Seyrig, die Porto mit Vila Nova de Gaia, dem Portweinort gegenüber, verbindet – das Fotomotiv Portos schlechthin.

Jetzt huscht das Taxi durch Seitengassen an dunklen Schaufenstern von Metzgereien entlang, in denen aufgeschnittene Tierhälften hängen, die man für den Bruchteil einer Sekunde aus dem Augenwinkel wahrnimmt. Die Wahrheit der Schlachthöfe zeigt sich hier direkt in der Innenstadt. Als der Taxifahrer vor dem *Grande Hotel do Porto* anhält, stellt sich heraus, dass er die Uhr nicht angeschaltet hat. Statt der üblichen 2500 Escudos fordert er 4000, das eingewechselte Geld reicht aber nicht. Sofort lenkt er fröhlich ein und gibt einen von ihm erfundenen Freitagsrabatt, der dann wiederum dem normalen Fahrpreis gleicht.

In Porto ist eben alles ein wenig anders. Die Suppe zum Beispiel isst man hier nach dem Hauptgericht. Und als Hauptgericht eine historische Spezialität, die andernorts wohl gar nicht auf den Tisch kommen würde: Kaldaunen, die sogenannten »Tripas«. Eingeweide, so heißt es, waren alles, was den Einwohnern nach der Ausrüstung Heinrichs des Seefahrers für seine Eroberung des afrikanischen Ceuta im 15. Jahrhundert noch zum Essen übrig geblieben war. Noch heute werden sie in einer Art Eintopf, zusammen mit Bohnen, Zwiebeln, Speck und Reis als teurer Leckerbissen in den feinen Restaurants von Porto angeboten. Und wer sich nicht vom wenig appetitlichen Anblick gebratener Darmwände irritieren lässt, kommt in den Genuss eines besonderen Geschmacks: den der Verdauung, eine der Grundlagen unseres Lebens. Überraschend: wie zart sich das kauen lässt.

Das *Grande Hotel do Porto* ist, wie ganz Porto im Jahr der Kulturhauptstadt, ein magischer Ort, ein Ort des Übergangs. Denn es wird renoviert. Das heißt, ein pittoreskes Barometer des 20. Jahrhunderts wird eingetauscht gegen Euro-Standard mit Klimaanlage und Kabelfernsehen. Auf den Wunsch nach einem Zimmer zur Straßenfront hinaus bietet der Portier kleinlaut zum gleichen Preis eine noch vorhandene Suite im ersten Stock. Sie sei aber, so warnt er, alt und nicht renoviert. Ein Blick in die Vier-Zimmer-Suite: braune Siebziger-Breitcordsessel, olivfarbene Fünfzigerjahre-Seidenvorhänge mit Troddeln, ein Jugendstil-Marmorbad in Schiefergrau und zierliche Schreibmöbel aus Tropenholz.

Das Alte hat, wo es noch so massiv vorhanden ist, einfach keinen Wert an sich. Noch ist Porto zu großen Teilen wie diese Suite: Ziemlich kaputt – die Rollläden hängen schief –, wenig funktionstüchtig – die Fenster schließen nicht ganz ab –, und vor allem laut – das Big-Ben-Glockenspiel an der Fassade der FNAC-Filiale an der nächsten Kreuzung klingt dröhnend alle Viertelstunde herüber. Aber diese Geräuschkulisse, die Bettler mit ihrem monotonen Losverkaufsgesang, das Hämmern der Straßenarbeiten, der Bohrer im Flur einen Stock höher ist gerade ein wesentlicher Reiz der Stadt.

Porto rockt. Zur Dämmerung, vom Douro-Fluss gespeist, schmiert Nebel durch die Gassen, sagt den Menschen: Passt auf euch auf, die Welt ist tiefer als der Tag gedacht, Gefahr droht überall. Doch Porto, diese fast englische Stadt mit roten Telefonzellen, Doppeldeckerbussen und Roundabouts, erschließt sich richtig erst im Nebel und zu Fuß hinab zum Ufer, der Ribeira, unterwegs. Den Kragen hochgeschlagen, balanciert man an aufgerissenen Straßen entlang, Schlamm liegt auf den Bürgersteigen, ein Wagen hat sich in einem Schlagloch festgefahren. Das frei liegende Vorderrad dreht sich ins Leere, Dreck sprüht hoch, das Chassis setzt kratzend auf. Vorbeilaufende Passanten blicken entsetzt, versuchen, das ausländische Fahrzeug in die richtige Richtung zu lotsen. Entgegenkommende rempeln einen schon mal an, die starren Blicke, die gekickten Dosen.

Am Ufer angekommen, wird der Dunst mit würzigem Aroma durchsetzt, weiße Wolken steigen auf. Sie rühren von den Kastanienröstern her, die ihre verrußten Fahröfen hier unten aufgebaut haben. Und plötzlich ist alles ganz nah beieinander in Porto. Die Rockmusiker in ihren Lederjacken vor den Bars, die Junkies, die den Jaguars, Volvos und Alfa Romeos der reichen Kaufmänner und Weinmagnaten der Stadt, die in der Luxusbar *Tonho* essen gehen, die Parklücke weisen und den streunenden Touristen auf der Suche nach dem empfohlenen Restaurant helfen.

Wer im *Tonho* auf einen Tisch wartet, sitzt im Keller wie in einem Film von Truffaut auf Beinhöhe der flanierenden Passanten. Warten gehört zu einer der meistgefragten Tugenden, und das gibt Zeit zum Lesen. »In einem Augenblick der Langeweile«, schreibt einer, habe der frühere portugiesische Kulturminister Carrilho Porto als Kulturhauptstadt vorgeschlagen. Ein anderer moniert die Streitigkeiten zwischen dem Bürgermeister und der Vorsitzenden der »Gesellschaft Porto 2001«, Teresa Lago, die nur zu den Eröffnungsfeierlichkeiten kurz eingefroren wurden. Aber wozu das Gezeter? Wann hat man schon einmal die Gelegenheit, bei Bau und Entstehung eines Projektes von Rem Koolhaas live dabei zu sein? Und wieso muss eine Kulturhauptstadt aussehen wie Eurodisney und Rothenburg zusammen? Kultur, das macht Porto deutlich, ist Auseinandersetzung, Drama und auch Pathos. Die Einzelhändler trugen am Tag der Eröffnung demonstrativ alle Schwarz, weil ihre Läden hinter Baustellen versteckt sind. Später donnerten dann *Orbital* zum Feuerwerk ihr kompliziertes Rhythmuswerk in die portuensische Nacht hinein.

Das ungefragt eingedeckte Vorspeisensortiment im *Tonho* besteht aus einem Ringkranz Riesengarnelen nebst lokalen Spezialitäten und kostet 30 DM. Wer es nicht sofort wieder vom Tisch räumen lässt, muss es bezahlen. Auch die Nonchalance, mit der über mangelnde Qualität hinweggegessen wird, ist enorm. Die Gattin im Burberrykleid am Nachbartisch sägt auf ihrem angekokelten Zicklein herum, bis es kracht. Porto verzückt eben auch als Stadt der hohen Absätze.

Später, in einer Bar mit dem obskuren Namen *Mein Mercedes ist größer als deiner,* wird bei grün schimmernden Drinks der Start in die Nacht diskutiert, und es ist, wohlgemerkt, bereits halb zwei. Ins *MauMau* vielleicht, auf Portugiesisch die Verdoppelung von »schlecht«, wo man in den dritten Stock fährt, super Blick über den Douro? Oder *Industria,* direkt am Strand, wo Weihnachtskugeln, sich langsam drehend, von der Decke hängen? Am Ende doch wieder ins *Swing,* die New-Wave-Disco, wo der Rock am Leben bleibt? Inzwischen ist am Tresen eine große Pärchen-Truppe angekommen, die meisten in Dufflecoats mit Tod's. Sie mokieren sich darüber, dass es in der dunkelgrün getünchten *Caffeina Bar* vorhin einen schier endlosen Stromausfall gegeben habe. Im Kerzenlicht hätten sie dann geschlagene zwei Stunden aufs Essen gewartet, wäre aber insgesamt ganz nett gewesen.

Die Nacht ist lang in Porto und zieht sich wie die Leuchtspuren aus Neon in großen Kurven an der Uferstraße des Douro lang, nach Matosinhos weit hinaus und wieder spät zurück an die Ribeira, wo am Ende, wenn der Morgen schon graut, im *Meia Cave* die Letzten gegen sieben Uhr die Bar verlassen.

Am nächsten Mittag, Hochnebel liegt über der Stadt, sieht man dieselben Gesichter wieder, im *Café Majestic,* dem Jugendstil-Palast auf der Rua de Santa Caterina. Sie schlürfen mit Sonnenbrillen auf der Nase den starken Kaffee aus Brasilien und studieren bleich und müde die Tagespresse. In Porto ist eben alles Arbeit, auch das Ausgehen. Am Nachbartisch indes sitzt der Portier des *Peninsula Hotel* und füllt akribisch im Navy-Sakko und tadellos sitzender Club-Krawatte den Personalplan für den nächsten Monat aus. Der weiß livrierte Kellner serviert ihm ein schlehenfarben leuchtendes Glas Portwein. Die Musik im Hintergrund: *Der Pate III*. Und mir wird klar: Kultur ist Leben. Porto rockt. Und zwar die ganze Welt.

Brumisateur

Es hilft ja nichts: Auf jedem Flug werden wir zu modernen Nomaden, die unendliche Weiten an unwirtlichem Raum zu durchqueren haben, bevor sie, wenn nach zäh wie eine surrealistische Uhr zerfließenden Stunden mit dem Sinkflug endlich Land in Sicht kommt, ihr Ziel am anderen Ende der Welt erreichen. Dass die Zeit in der Luft sprichwörtlich wie im Flug vergeht, liegt auch daran, dass man, entgegen den Wüsten, in denen die klassischen Nomaden überleben müssen, beim Aufenthalt an Bord zumindest kulinarisch (Liebe geht durch den Magen) und was die Unterhaltung anbelangt (das Auge isst mit: im Inflight Entertainment System) so weit es geht verwöhnt wird. Indes: Auch wenn die drohende Thrombosekeule im Bein durch den Würgegriff aparter Stützstrümpfe gebannt ist, bleibt doch ein anderes Körperteil im modernen Ebenbild jener Wüste, der mindestens ebenso trockenen Bordluft, auf der Strecke: die Haut. Nun gibt es vielerlei Tricks, damit wir bei der Ankunft nicht einem sauber abgehangenen Stück *dried aged beef* gleichen: Das obstinate Trinken von Unmengen an stillem Wasser, wie es Reiseprofis empfehlen, hilft natürlich über die schlimmsten Dürrezeiten auf Reiseflughöhe hinweg, führt aber auch zu mindestens ebenso obstinaten Besuchen des stillen Örtchens der Bordtoilette. Das ist an sich wegen der zumeist mangelnden Etikette der Mitreisenden schon wenig erfreulich, verhindert aber noch dazu jeden Anflug des erholsamen Tiefschlafs der REM-Phase, der in unangenehm kleine Teile zergliedert, wenn nicht ganz unmöglich gemacht wird.

Die Rehydrierung, probates Mittel zum Zweck in der Bordküche bei der Zubereitung unserer Mahlzeiten, muss also im Gesicht auch nach dem Verfliegen des wunderbar erfrischenden Hot-Towel-Moments (diese mit unendlich feinem Fingerspitzengefühl verteilte Geste höchster Zivilisation auf 33.000 Fuß) aufrechterhalten werden. Da hilft der im Amenity Kit gereichte Moisturizer nur selten in der nötigen Nachhaltigkeit. Weitaus schöner und viel weniger schmierig hilft ein klassischer Brumisateur wie der von Evian, der auf der Haut einen feinen Nebel (englisch vornehm: mist) entstehen lässt, der aber in der Regel so schnell verfliegt wie der berühmte Tropfen auf dem heißen Stein.

Also hat sich die amerikanische Apothekerdynastie *Kiehl's* ein neues Produkt ausgedacht, das beide Erste-Hilfe-Leistungen verbindet: die Tiefenwirkung des Moisturizers mit der Auffrischung des Brumisateurs. Grün wie einer seiner Ahnen von *Shu Uemura*, der »Deepsea Water facial mist Mint«, den man aber wegen der blöden Größe von 150 ml in kein Flugzeug dieser Welt schmuggeln konnte, handelt es sich beim »Cactus Flower Tibetan Ginseng Hydrating Mist« (75 ml) um den wertvollsten Neuzugang in der Reiseminibar der Fläschchen. Viel wird über das Zuviel an Chemie in Produkten von *Kiehl's* gelästert, ich kann dem nur entschieden widersprechen. Das angenehm duftende Kampfer in der »Ultimate Brushless Shave Cream White Eagle« zum Beispiel betäubt die Haut beim Rasieren leicht und wirkt, ähnlich wie das Koffein im »Facial Fuel«, wie ein inspirierender Mini-Drogenrausch am Morgen. Dass das Reisespray mit der Kaktusblüte (aus der Wüste) und dem Ginseng (aus den Himalaja-Höhen der tibetischen Hochebene) die zwei wesentlichen Aspekte der Durststrecke unserer Haut in der dünnen Luft bedient, erklärt sich von selbst. Ultrafrisch duftend wie ein asiatisches Edel-Spa (essenzielle Öle wie Rosmarin, Lavendel, Geranium und Minze), entsteht ein angenehm belebender Film auf der Haut (IFE!): Stimmungsaufhellung midflight! Wärmt die Haut wie ein kurzes Sonnenbad und überzieht unsere gesamte Existenz bei geschlossenen Augen mit einer mentalen Schutzschicht, die wir so bitter nötig haben in der *splendid isolation* jedes Fluges: Lang- oder Kurzstrecke.

Lake Michigan

Es ist eigentlich nur ein Satz aus fünf untereinander geschriebenen Worten in Großbuchstaben, der da direkt neben dem Fenster an der Holzwand der Hütte am See steht, aber er verfehlt seine suggestive Wirkung nie: GO JUMP IN THE LAKE. Also, gleich los auf den Steg, und kopfüber hinein ins Nass. Der Himmel ist hier so hell und hoch und blau, dass man selbst beim einfachen Sprung in die spiegelglatte Seeoberfläche meint, man würde gleich schwerelos ein unendliches Universum aus knallweißen Wattewolken durchstürzen. Endlich: die Great Lakes. Da, wo Amerika nicht erst wieder von Gott weiß wem großartig gemacht werden muss, sondern immer schon war. Und das im doppelten Wortsinn.

Eine Reise in den Norden Michigans an die unzähligen Seen ist nämlich stets auch *sentimental journey* in ein anderes Amerika, das auf dem Kontinent so kaum noch existiert. Es ist das Amerika des *Official Preppy Handbook* und seiner Hauptdarsteller. Erinnern wir uns kurz: Was Lisa Birnbach da im Jahre 1980 an Geheimwissen kompilierte, war nichts weniger als der Schlüssel zum Verständnis einer ganzen Gesellschaftsklasse, die mal als »WASP« (White Anglo Saxon Protestants), mal als »Preppies« (von der für den Nachwuchs obligatorischen Prep-School als Vorbereitung auf die Elite-Colleges später) bezeichnet wird. Es ist ein elegant-amüsantes Nachschlagewerk, das stilecht vom Madras-Muster des Umschlags bis zu handgezeichneten Archetypen alles beschreibt, was dazugehört, wenn man dazugehören will: Listen der von Preppies bevorzugten Hobbys (Vögel beobachten, Badminton,

Segeln), Manierismen (z. B. nasales Sprechen mit geschlossenem Kiefer und Gebiss, der sogenannte Lockjaw: »Reeaally?«), Abkürzungen (D. P. = Dom Perignon), Autos (Volvo, Jeep-Wagoneer), Schuhen (Top-Siders, Loafers) bis zum Country-Store L. L. Bean, der Einkleidungswalhalla Brooks Brothers, den adäquaten Hundesorten (ideal: Retriever, Mops geht nur als unterernährtes Rudel) und Urlaubszielen (Nantucket, Maine, vor allem: frisch). Mit etwas Glück findet man ihn also hier noch, den wettergegerbten Großvater in Khakis, Campsocks, Hush Puppies und Holzfällerhemd mit Pfeife im Mund und Strohhut auf dem Kopf, wie er im Angelstuhl am Seeufer unter *ancient white pines* die *New York Times Book Review* liest, während aus dem Transistorradio ein Konzert mit Nachwuchstalenten aus der Musikhochschule Interlochen in Traverse City nebenan erklingt. Dass es all das noch gibt, die uralten Volvo Kombis, die umherstreunenden Labrador Retriever, die Mummys mit Haarreif in Shirt Dresses beim Backen des obligatorischen Cherry Pie oder auf dem Weg zur Trainerstunde auf dem Tennisplatz, liegt vielleicht daran, dass ein Großteil der oftmals von den Vorfahren noch selbst gezimmerten Cottages an den Seen, die sich hinter der Sleeping-Bear-Dünenkette wegducken, von erholungssuchenden Akademikern der Midwestern-Universitäten in Illinois bevölkert wird.

In einer der urigen Holzhütten mit einem Steg direkt am See hängt eine lustige Zeichnung an der Wand, direkt neben dem aus Limestone kunstvoll geschichteten Kamin mit Segelboot auf dem Sims. Sie zeigt Professor Henry und seine fast an Jacques Tatis Monsieur Hulot erinnernden Abenteuer: von der falschen Abzweigung, die ihn über die Mackinaw-Island-Brücke einmal bis fast zum Lake Superior hochgeführt hätte, über das erstaunte Inspizieren des gerade mit ihm kenternden Ruderboots bis zur vermeintlich entspannten Lektüre mit Pfeife im Deckchair, aus der ihn seine Frau aus der Küche mit der Aufforderung, schnell noch ein paar Kilo Kartoffeln mehr zu kaufen, unsanft zurück ins Leben ruft. Die endlosen Nordsommer verbrachte man am liebsten weit weg vom Campus in Springfield, Chicago oder Urbana-Champaign, nämlich am See, wo die Elite-Professoren auf einmal Holz hacken und sich nicht nur um die Reparatur von chronisch verstopften Abwasserrohren kümmern durften, sondern auch noch den schier aussichtslosen Kampf gegen die gemeine Stechmücke zu führen hatten. Die ist hier freilich so verbreitet wie in der europäischen Landschaft, an die das flach dahingestreckte Michigan mit seinen gigantischen Waldungen am meisten erinnert: Skandinavien. Deswegen siedelte sich hier eine überdurchschnittliche Menge an Schweden und Norwegern an, die wahrscheinlich auch den Holzhüttenbau in natürlich leuchtenden Farben etablierten, wie er normalerweise eher aus dem Småland oder der Jammerbugt bekannt ist: in Schiffsrost, Moosgrün, Meerblau und Dottergelb. Was zusammengewürfelt manchmal an zwei andere berühmte Erfindungen der Skandinavier erinnert: LEGO und IKEA.

Und ganz ähnlich der anarchischen Kindermärchenwelt von Astrid Lindgren wird es im Norden Michigans auch sofort viel spielerischer: Da gibt es im traditionellen Küstenstädtchen Leland nicht nur Süßigkeitenläden, in denen selbst eingeschworene Zuckerfeinde angesichts bunt mit Gummibärchen, Perlketten und Schokoladenkreationen gemischter Tüten einknicken und mit ihren Kindern um die Wette naschen. Das größte Anbaugebiet für Kirschbäume nicht nur Amerikas, sondern gleich der ganzen Welt führte in Glen Arbor 1989 sogar zur Gründung der sogenannten Cherry Republic, einer Pilgerstätte für Kirschfanatiker, in deren entzückendem Wappen ein niedlicher Bär über dem unschlagbaren Motto »Leben. Freiheit. Strände. Kuchen.« thront. Im Holzhaus, das wie ein alter Gemischtwarenladen aufgebaut ist, findet man von

Kirschsalsa für Chips über Kirschsenf bis zu Cherry Boomchunka Cookies und getrockneten, mit Schokolade überzogenen Kirschen alles, was man mit Kirschen machen kann. Im Garten liegen Kirschkernsäckchen für den lokalen Spaßsport bereit: eine Art Wurfminigolf, bei dem man mit geschicktem Schwung die Säckchen in einem Loch in der Mitte einer sanft ansteigenden Holzrampe versenken muss.

In Glen Arbor, dem malerischen Zentrum des Seengebietes, geht es überhaupt ziemlich bohemisch zu. An der grau gestrichenen Holzwand von *Moomers Artisan Bakery and Ice Cream*, wo der Besitzer fließend Deutsch spricht und über den Stadtplan von Karlsruhe und Hannah Arendt parliert, wenn er nicht gerade einen Scherz über den strengen Geruch von Marihuana vor Ort macht, empfiehlt ein Schild: »Hippies use side door.« Im *Cottage Book Shop*, wo regelmäßig schon zum Frühstück Lesungen lokaler Literaten stattfinden und die Einkaufstüte den Dreiklang des Lebens *lakewise* verrät (*Essen.Lesen.Schlafen*), gibt es neben Postkarten, Kinderbüchern und den allerneuesten Empfehlungen von Michiko Kakutani aus der *New York Times* auch einen Bildband, der die Geschichte des Hotels erzählt, das wie ein Aushängeschild jenes alten Amerikas wirkt, das es fast schon nicht mehr gibt: *The Homestead*. Es ist, wie der Band selbst betitelt ist, *Straight as the pine, sturdy as the oak*: Gerade wie die Kiefer, robust wie die Eiche. Es wurde in den Zwanzigerjahren als eines der ersten Outdoor-Camps Amerikas gegründet. Eigentlich waren William und Cora Beals, ein junges Paar aus St. Louis, auf der romantischen Suche nach dem schönsten Strand der Great Lakes, aber als sie ihn in Glen Arbor, an der Mündung des Crystal River in den Lake Michigan, fanden, beschlossen sie, sich auch gleich dort niederzulassen. Bald kam zum Camp noch ein Internat dazu, wo die Schüler im eisigen Winter sogar Ski fahren konnten, auf der höchsten Erhebung Michigans gleich nebenan, dem knapp 300 Meter hohen Sugar Loaf Mountain (sic!) über dem Little Traverse Lake. Heute wirbt das 1975 als eines der ersten umweltfreundlich angelegten Resorthotels mit dem Slogan »Americas Freshwater Resort« und bietet neben Pool, Spa und Golfplatz auch ein im Wald verstecktes kleines Dorf aus Cafés, Läden und Restaurants. Man kann traditionell unterkommen in der *Stony Brook Lodge*, dem im maritimen Segeltuch-Stil eingerichteten *Inn* oder in geräumigen Ferienwohnungen, die käuflich zu erwerben sind und von den Besitzerfamilien vermietet werden, wenn sie ihren Blick auf den See nicht gerade selbst mit Verwandten teilen.

Mit der Dünenlandschaft direkt am Lake Michigan, den verwitterten Holzhäusern und einem eigenen Leuchtturm wirkt das *Homestead* wie eine Art Mini-Hamptons. Wer sich selbst versorgen will, kann bei Swansons Farm direkt am Straßenrand der M-22, dem East Harbour Highway, einkaufen, wo auf einer Schiefertafel Farm Fresh Eggs, Organic Basil, Salat, Maiskolben, Kartoffeln und gerade im Wald gepflückte Beeren angeboten werden. Der Stand ist nie besetzt, so ehrlich sind die Menschen hier, dass sie einfach das Geld in einer hierfür bereitstehenden Kasse hinterlassen. Gerüchten zufolge hat nur ein einziges Mal ein Haderlump versucht, mit dem Tageserlös durchzubrennen, wurde aber schon kurz vor Maple City ein paar Meilen weiter landeinwärts dank aufmerksamer Mitbürger gefasst. Auf der South Bohemian Road Richtung Maple City gibt es neben einer weiß gestrichenen Holzkirche Amerikas preisgekrönteste Yak-Farm, die leicht zu finden ist: Einfach nur nach bunten tibetanischen Prayer Flags Ausschau halten, dann steht gleich daneben eine Scheune, in der die passionierte Tierzüchterin zu Schals, Jacken und Pullovern aus Yak, Alpaca und Cashmere sogar Strick- und Häkelkurse anbietet. Das beste Frühstück bereitet eine alte Familie nebenan zu, direkt an der M-22 im gleichnamigen Café: Country Eggs Benedict und Blaubeerpfannkuchen. Dann, nach einem Hike zum Pyramid Point am Mittag, gestärkt mit Amish Chicken oder einem Baconburger zum frisch gezapften Blue Point Toasted Lagerbeer aus der *Arts Tavern* in Glen Arbor, ist man bereit für die Essenz des Mittleren Westens: vegane Cowboy Cookies von der *Leelanau Coffee Company*, die am besten mit einer simplen »Damn Fine Cup of Coffee« schmecken, wie ihn der endlich von David Lynch in der dritten Staffel von *Twin Peaks* wiederbelebte FBI-Agent Dale Cooper bevorzugt.

Von der geologischen Vergangenheit des Sees erzählen die Petoskey-Steine, und erst das obstinate Sammeln der nur hier auftauchenden Preziosen macht einen Urlaub am Lake Michigan vollständig. Der wunderbare Effekt, der entsteht, wenn man die Fundstücke, die auf den ersten Blick wie gewöhnlicher Kalkstein aussehen, mit Wasser benetzt und poliert, ist wie eine symbolische Verwandlung. Langsam kommt das sechseckige Muster der versteinerten Korallenskelette zum Vorschein, das sich wie ein Wabennetz um den graubraunen Stein legt und ein elegantes Schmuckstück entstehen lässt. Die Benennung nach dem indianischen Häuptling Petosegay aus Ottawa ist kein Zufall. Denn nicht nur der Lake Superior, dessen Nordküste bereits kanadisch ist, hat sein Wasserbett wie alle großen Seen den Gletschern zu verdanken, die sich während der Eiszeit südwärts von Kanada aus in das Land erstreckten und das einzigartige Mikroklima schufen, mit Schnee, der wie aus dem Nichts entsteht und sich allein der Anwesenheit der Seen zu verdanken hat: dem *lake effect snow*. Die Schönheit des Steins und der Natur, die ihn hervorgebracht hat, ist bereits im Namen enthalten: Petosegay bedeutet in der Sprache der Indianer in etwa »aufgehende Sonne«, »Strahlen der Dämmerung«

oder »vielversprechende Sonnenstrahlen«. Ein Nachmittagsvergnügen am See besteht darin, mit einigen Petoskeys in der Tasche gemächlich mit einem Kanu den Crystal River hinabzurudern, müßig verfolgt von einer schillernden Libelle. Irgendwann stellt sich jene Seelenruhe ein, die vonnöten ist, um die traurig-schöne Legende der Sleeping Bear Dunes halbwegs erträglich zu machen. Sie stammt, wie alles Großartige in Amerika, ebenfalls von den Indianern, den hier ansässigen Ojibway, und sie geht so: Vor langer Zeit flüchtete eine Bärenmutter namens Mishe Mokwa mit ihren zwei Jungen vor einem Waldbrand an der Westküste des Sees. Sie schwammen zu dritt los, Richtung Osten, aber der Weg bis zur Küste war für die Kleinen zu weit und sie blieben irgendwann völlig verzweifelt in den Wellen zurück. Als die Bärenmama endlich erschöpft die Küste Michigans erreichte, kletterte sie auf die höchste Düne, um nach ihren Kindern Ausschau zu halten. Der Große Geist der Indianer, Manitou, hatte Mitleid mit ihr und schuf an dem Ort, wo die Kleinen verschwunden waren, zwei Inseln zu ihrem Angedenken: North und South Manitou Island. Um auch der Seele der Mutter Frieden zu gewähren, ließ er sie in einen tiefen, ewigen Schlummer verfallen: Sleeping Bear Dune.

Im Jahr 2011 wurde dieser Pfadfinder-Traumort von den Zuschauern der Show *Good Morning, America* zum schönsten Ort Amerikas gewählt, noch vor Cape Cod, Sedona, Hawaii oder Aspen, Colorado. Jim Madole aus Grand Rapids begründete seine Wahl wie folgt: »Es ist friedlich und heiter hier, ein Platz, wo man ganz ruhig in die Welt Ausschau halten kann, um festzustellen, dass das Universum ein wahrhaft magisches, majestätisches Mysterium ist, an dem die Menschheit nur einen sehr kleinen Anteil hat. Auf den Sleeping Bear Dunes sitze ich einfach staunend da und bewundere die Perfektion von Mutter Natur.« Dem ist nichts hinzuzufügen.

Serra de Monchique

Der Geist in der Serpentine ist die Überwindung. Die Serpentine begreift den Berg, dessen Erklimmung sie ermöglicht, als Hindernis des Menschen schlechthin. Gesetzt den Fall, man ist auf dem Weg hinter die Berge. In Monchique jedoch ist die Serpentine selbst das Ziel. An der kurvigen Passstraße zur Bergspitze liegt alles, was das verwunschene Gebirge im Hinterland der Algarve auszeichnet: subtropische Wälder, versteckte Anwesen aus dem 19. Jahrhundert und Gartenrestaurants mitten im Olivenhain. Die Schlangenform der Serpentine kommt nicht von ungefähr. Sie scheint in ihrer Form der Kehren das Fortbewegungsprinzip des Tieres nachzuahmen, das mithilfe verschlungener Muskelkontraktionen elegant über den Boden vorwärts gleitet.

Wie die Schlange als Symbol des Erdgeistes sich um den Stab des griechischen Gottes der Heilkunst Asklepios ringelt als Wahrzeichen des Arztes, so erklettert die Straße nach Foia den Mons Cicus. Die Römer gaben dem Berg den Namen, bevölkert war die Gegend jedoch schon seit der Steinzeit. Das besondere Klima der Serra de Monchique und seine heilende Wirkung inspirierte römische Siedler zur Gründung des Spa von Caldas de Monchique (250 ü. d. M.) Die Serra de Monchique, dieser Thron der Wettermacht, der das afrikanische Klima der Algarve erst ermöglicht, indem er die atlantischen Winde von Norden her abhält, zog aber auch die Portugiesen von jeher an. Es heißt, das 32° Celsius warme Wasser sei lange Zeit schon beliebtes Getränk in Portugals Königshäusern gewesen, als José II. 1773 Monchique in den Rang einer Stadt erhob. Die Bedeutung wuchs, und zu Beginn des 20. Jahrhunderts hatte man eine eigene Universität, eine Zeitung und ein mondänes Casino in Caldas de Monchique. Mit der Invasion der Algarve durch den gemeinen Strandtouristen verfiel die Berggegend in einen ausgedehnten Dämmerschlaf. Weite Teile der Bevölkerung flohen vor der wirtschaftlichen Verelendung an die Goldküste links und rechts vom nur 23 Kilometer talwärts gelegenen Portimão, und bei den Verbliebenen stellte sich eine schöpferische Langsamkeit ein, die noch heute die Menschen prägt.

Das Gefühl, sich in einer anderen Zeitrechnung zu bewegen, befällt den Ankömmling außerhalb des Touristenzentrums rasch. Die Ruhe nach dem Sturm gilt daher als bevorzugte Anreisezeit. Zeichnet doch der Hochsommer nach Renovierung und Neubau der Kurhotels samt Spa in Caldas de Monchique für eine ungebührliche Reisebusfrequenz verantwortlich. Die Ausflügler von der Küste, die dann für einen Mittag die Strandhitze fliehen, machen aus dem kleinen Kurzentrum, seit diesem Jahr herausgeputzt wie die Salzburger Altstadt, einen geschwätzigen und überfüllten Marktflecken. Besser also, man meidet die Hauptsaison und nimmt oberhalb von Monchique Quartier.

Bereits die Fahrt von der Küste hinauf lässt einen die Vielfalt der subtropischen Vegetation erahnen. Die unzähligen Eukalyptusbäume, Kastanien, Mimosen und Korkeichen würzen die Höhenluft mit einem erfrischenden Aroma. Man wähnt sich neben Lavendel, Rhododendron, Rosmarin, Oleander, Heide und über tausend verschiedenen Pflanzensorten in einem unendlichen Garten. Der sauren Gebirgserde des Massivs, das aus einer seltenen Form von Granit besteht, entspringt aufgrund vulkanischer Herkunft das warme Thermalwasser. Liegt die Bergspitze im Sommer oft weithin sichtbar wie ein unwirklicher Schatten im Hinterland der Algarve, bedeckt in Herbst und Winter zäher Nebel bis in den Mittag hinein die Anhöhen mit einem archaischen Schleier. Wer die engen Kurven der Passstraße dann zu eilig hinaufjagt, läuft Gefahr, die Ausfahrt zur Quinta de São Bento zu versäumen. Aus den tief liegenden Wolken taucht dann die ehemalige Sommerresidenz der letzten portugiesischen Königsfamilie wie eine zarte Erinnerung der Zivilisation auf. Die zwei alten Hunde, welche den Türeingang mit herabgeknickten Ohren bewachen, erheben sich gemächlich und geben mäßig interessiert den Weg frei.

Es kann passieren, dass man lange auf ein menschliches Zeichen wartet. Schon beim Bezug der kleinen Zimmer, einige Stahlbetten ziert noch die Krone, verlangsamen sich die eigenen Bewegungen. Erfreut stellt man die Abwesenheit von Fernsehen, Minibar und anderen Selbstverständlichkeiten fest. Dafür gestärktes Leinen, königliches Holzmobiliar und ein Glaskrug mit stillem Wasser. Draußen kommt oft Wind in den Wipfeln der Kiefern und Fichten auf, an ruhigen Nachmittagen mit blaugefegtem Himmel hört man lediglich ein leises Platschen vom weiter unten gelegenen Pool. Eine völlig neue, nie gekannte Art des Wohlseins. Die Stille der fünf Gästezimmer wird selten gestört. Eine Bibliothek steht den Reisenden neben dem kleinen Restaurant offen, dessen Panoramafenster den Blick in die Ebene bis zum Meer freigeben. Die Familie kocht nach Rezepten aus dem 16. Jahrhundert, die jeden von der Bergluft erstarkten Hunger in den vier, fünf Gängen des Menus stillt. Denkt man bei Monchique zunächst an die üblichen Anwendungen, deren heilende Wirkung vor allem bei Atemwegserkrankungen und Rheuma belegt ist, fällt man oben im Gebirge schnell einem diffuseren Wohlergehen anheim. Plötzlich werden Dinge möglich, die vorher ausgeschlossen schienen: am fast leeren Pool in wenigen Tagen einen Roman auslesen, der mehr als 900 Seiten umfasst. Atmen als aktive Tätigkeit begreifen. Das Telefon vergessen anzustellen. Nicht mehr im Reiseführer auf der Landkarte nach neuen Zielen suchen. Nur noch bleiben wollen. Auf Wanderungen durch die Wälder Begegnung mit Portugiesen, die sich am Straßenrand Kanister mit Wasser abfüllen und schwer beladen den weiten Weg in ihre Dörfer antreten. 500.000 Liter davon fließen täglich allein aus der warmen Quelle unten in Caldas de Monchique. Apfelsinenhaine, sogar Bananen werden angebaut, am Boden verkriecht sich eine *Vipera latastei* schnell ins Gebüsch. Über 74 Tage im Jahr steigt die Lufttemperatur auf mehr als 25 Grad an, während der milden Winter zeigt das Thermometer selten weniger als zwölf Grad. Spaziergänge und Wanderungen entlang der Wälder mögen einem die Bergspitze Foia (902 ü. d. M.) als lohnenswertes Ausflugsziel erscheinen lassen. Indes, außer einem sensationellen Blick hinunter zur Südwestspitze Portugals bietet das Ziel am Ende der Serpentinen wenig. An klaren Tagen erscheint die Küstenlinie wie in einem Atlas haarscharf nachgezeichnet.

Dafür ist der Ort selbst verkarstet durch Zäune, Masten und Stationen von Militär und Telecom. Caldas de Monchique hat außer einem Abstecher in die Thermallandschaft des modernen Kurhotels nur wenig Reiz. Obwohl, bereits eine zweistündige Anwendung mit Jetbad, Wasserbett- und Vichymassage, bei der man während der Massage selbst mit Wasser bestrahlt wird, und abschließendem Eukalyptusdampfbad kann dazu dienen, das Wohlsein der Ruhe noch zu verstärken. Das Wasser schmeckt leicht metallisch, enthält Natrium, Bikarbonat und Fluor. Wer mag, schließt sich dem Tross der Besucher an und schaut an der Liebesquelle vorbei, wo beglückte Paare Herzen eingeritzt haben. Alte Portugiesen machen dort gerne ein Bierpicknick mit Transistorradio. Umso lieber kehrt man mit den letzten Sonnenstrahlen in die Quinta zurück, wo sich die schmale Gastgemeinde zum Dinner wiedertrifft. Aus den aufsteigenden Nebeln zeichnen sich die Silhouetten der heimkehrenden Spaziergänger vor der Tür ab. Die außergewöhnlich hohe Quote an stillen Exzentrikern darunter schließt an manchen Tagen auch einen Nachkommen der traurigen Königsschwester Dona Antónia ein, deren Ölporträt ungerahmt im Speisesaal hängt. Sie blickt seltsam entrückt über die weiß gedeckten Tische im Kerzenschein hinweg, im dunklen Hintergrund scheint eine Festung im Feuer zu leuchten. Der Ahne, verrät uns der kleine leise Kellner in weißem Hemd und Jeans, wohnt in einem Nebenhaus der Quinta und bestand darauf, das Porträt trotz verlorenem Rahmen dort hängen zu lassen. Das Weinen Dona Antónias, als sie mit ihrer Familie ins brasilianische Exil verschwinden musste, ist, so ein Psychiater aus Lissabon am Nebentisch, Freund des Schriftstellers António Lobo Antunes, noch heute in stürmischen Nächten zu hören. Wer einmal dort war, in bisweilen mönchischer Abgeschiedenheit, kann ihren Schmerz vernehmen. Wer Abschied nimmt, ist dennoch gesundet.

Die Billingham Bag

Die Frage nach dem idealen Handgepäck: Sie darf, nein sie muss immer wieder neu gestellt werden. Weil es das Reisen an sich ist, das in letzter Zeit zunehmend in Verruf zu geraten scheint. Irgendwo zwischen Wetterextremen, kollektiver Flugscham, schwelenden Kriegsherden und global wuchernden Epidemien fällt es immer schwerer, die Würde des Reisens zu bewahren – trotz aller Risiken und Nebenwirkungen. Wer dennoch etwas von dem hochzivilisierten Charme einer perfekt organisierten Wüstenexpedition unter den freieren Himmeln der Vergangenheit in unsere Gegenwart hinüberretten will, dem kann dies vielleicht mit einem Stück Handgepäck gelingen, das auf angenehme Weise komplett aus der Zeit gefallen ist: der *225 Camera Bag* vom englischen Traditionshersteller Billingham.

Wer die Fototasche zum ersten Mal sieht, wird kaum glauben, dass die Manufaktur in den West Midlands erst im Jahr 1973 mit einer Art Angelrucksack debütierte. Immerhin trägt der Stadtteil von Cradley Heath, wo Martin Billingham seine Firma gründete, den sprechenden Namen »Old Hill«. In der Tat erinnern die Taschen in ihrer klassischen Oldschool-Ästhetik eher an die maßgeschneiderten Louis-Vuitton-Kabinenkoffer aus Wes Andersons nostalgischem Eisenbahn-Epos *The Darjeeling Limited* als an die frühen Siebziger mit Quadrophenia in den britischen Charts. Aber es macht dennoch Sinn, da die *Camera Bag* auch auf jedem Mod-Motorroller eine gute Figur gemacht hätte. Der Legende nach wurden die Engländer auf die Eignung ihrer Taschen als Fotoequipment erst aufmerksam, als ein Fotograf in New York einen größeren Posten bestellte. Von dort aus erwarb sich das bis heute als Familienbetrieb geführte Unternehmen schnell den Ruf als Ausstatter der Pros, vom Magnum-Meister Martin Parr bis zum BBC-Filmemacher Alastair Fothergill. Es gab Sondermodelle für die Kameragiganten Leica und Hasselblad. Und eine Tasche, welche die Zweckentfremdung derart prominent in ihrer DNA eingeschrieben trägt, kann man werkgetreu in ein praktisches Handgepäckstück verwandeln, in das die viel zitierten sieben Sachen problemlos hineinpassen: Laptop, Pyjama, Moleskin-Notizbuch, ein klug gefaltetes weißes Button-down-Hemd, etwas Reiselektüre und die Kulturtasche. Das setzt allerdings voraus, dass man die in Moosgrün gehaltenen Einlagen, die sonst wie ein Setzkasten für Objektive, Blitz, Filmrollen und mehr das Innenleben gestalten, diskret herausnimmt. Der begrenzte Platz in der Tasche erzieht wirksam zur Beschränkung auf das Wesentliche.

Am besten erwirbt man die Tasche in der Kombination, die beide Grundtöne der Garderobe von Ralph Fiennes als Saharaforscher Fürst László Almásy in *Der englische Patient* von Bertolucci trägt: khaki/tan. Die Sandfarbe des Segeltuchs entspricht den Chino-Shorts, das Cognacbraun dem Leder seiner knöchelhohen Desert Boots. Die 225 passt aber nicht nur perfekt zu den Abenteurern in Ägypten zwischen den zwei Weltkriegen, sie hätte auch in der Gepäckgeschichte der Gegenwart einen Orden verdient. Wie die Barbourjacke, ihr wachsgrüner Verwandter aus South Shields, ist die Billingham unverwüstlich, ein Musterbeispiel an Nachhaltigkeit. Denn auch bei ihr gehören Gebrauchsspuren wie Schrammen oder eine gewisse Grundzerknautschtheit zum guten Ton, sie kommt erst durch die deutlichen Folgen ihrer Langlebigkeit ganz zu sich selbst. Und wird so noch mehr zur sinnlichen Freude: Wer mit Daumen und Zeigefinger einmal die abgewetzten Metallknöpfe des ledernen Schlaufengriffs einrasten hat lassen, wird sie der herrlichen Haptik wegen nie wieder aus der Hand geben. Gut, man könnte, da die Tasche natürlich ein gewisses Eigengewicht hat, beim lektüreschweren Wochenendausflug auch hier und da mal den Schultergurt zum Einsatz bringen. Aber um wie viel besser trägt sich die 225 mit geschlossener Hand, wobei der allzeit bereite Trageriemen dann diskret unter dem zugeschlagenen Taschendach verschwindet. Als Alastair Fothergills Fotomobil einmal in zu dünnem Eis einbrach und versank, kam außer den Autositzen bald noch etwas zurück an die Meeresoberfläche: »Meine Billingham. Drinnen waren Fernglas, Reisepass, Brieftasche, Bleistift, Notizbücher und alles, was mir sonst noch wichtig war. Die Tasche reiste mit mir vom Nordpol bis zum Südpol, sie war immer bei mir, im U-Boot oder im tropischen Regenwald: Ich liebe, wie sie altert und dabei trotzdem nie ihre Form verliert.« Sie begleitet ihren Besitzer wie ein treuer Freund auf all seinen Reisen und bleibt dabei rein äußerlich so diskret, dass sie sogar mit der wollblauen Auslegeware in einem Canadair Jet 900 harmoniert. Und damit ganz beiläufig eine äußerst nützliche Eigenschaft für unterwegs verrät: Anpassungsfähigkeit.

Kaffeehäuser

Meine Ausgabe von Hermann Kestens *Dichter im Café* aus dem Jahr 1983 war einmal sanftgelb, aber selbst diese blasse Farbe ist heute von seinem Platz in der Bibliothek direkt am Fenster stark ausgebleicht. Auf dem faltigen Buchrücken des Taschenbuchs aus der Ullstein-Werkausgabe ist ein unkleidsamer ironischer Kaffeefleck, und ein aufgerissenes Zuckertütchen aus dem *Café Juchheim* am Salzhaus in Frankfurt am Main markiert den viel zu kleinen Absatz im Kapitel »Wien«, den Kesten einem meiner Lieblingsorte widmet, dem *Café Museum*. Weiter hinten steckt einer dieser weichen Kellnerzettel, die es heute nicht mehr gibt, auf dem handschriftlich die Summe von 8 Mark 35 zusammengerechnet steht. Weil der Kopf des Zettels mit dem Logo von Azul Kaffee versehen ist, einer zackigen Bergkette mit untergehender roter Sonne, weiß ich noch genau, worum es sich handelte: ein Kännchen Kaffee und ein Stück Baumkuchentorte im *Alten Café Schneider* auf der Kaiserstraße, das inzwischen, wie auch das *Juchheim*, nicht mehr existiert. Der Rechnungszettel mit der eleganten Handschrift markiert die Stelle im Kapitel *Rom* wo es um das *Antico Caffè Greco* geht, aus dem ich eine meiner literarischen Figuren später einen verzweifelten Brief an seine Geliebte schreiben ließ, der mit den vier Worten endete: »Niemand erreicht meine Welt.«

Damit ist eigentlich schon fast alles gesagt. Denn es gibt keinen besseren Ort, um sich aus dem Leben zurückzuziehen, als das Café. Mit der Pointe, dass es nirgendwo sonst gelingt, an diesem Rückzug sogleich den Rest der Welt teilhaben zu lassen. Darin besteht sein unwiderstehliches Paradox. Die Tische sind klein genug, damit sich kein Fremder dazugesellt. Man sitzt aber nah genug beieinander, um Gasthörer bei unzähligen Konversationen um einen herum zu sein. Ein Idealzustand für den Schreibenden, der fast dem Kindertraum der Unsichtbarkeit gleichkommt. Obwohl man für sich ist, besteht die Möglichkeit, am Leben der anderen teilzunehmen. Ja, sogar am Weltgeschehen. Denn das Café ist nicht nur seit Beginn seiner Existenz ein beliebter Umschlagplatz für Neuigkeiten und Kommunikation jeder Art, sondern auch der Ort, wo Zeitungsleser die nötige Ruhe finden, sich in ihre Lieblingsblätter zu vertiefen. Das Kaffeehaus in Wien ist als Institution undenkbar ohne die ausgezeichnete Zeitungsauswahl, die dort jeden Morgen, noch nach Druckerschwärze duftend, elegant in Holzstangen eingeklemmt und aufgerollt, an der Wand hängt. Man muss heute schon fast daran erinnern, dass vor Beginn der Digitalisierung des Lebens eine Tageszeitung neben dem Radio oder dem überaktuellen Fernsehen die wichtigste und direkteste Quelle für Nachrichten aus der ganzen Welt war.

Meine Begeisterung für das Café entstand aber nicht durch die Zeitung, sondern unmittelbar aus der Entdeckung der Literatur. In dem Moment, da ich begann, mich ernsthaft mit Schriftstellern zu beschäftigen, fing ich an, mir zu den Büchern, die ich las, ausgiebig Notizen zu machen. Das erste noch vorhandene Notizbuch ist schwarz und aus Leder, auf der Eingangsseite steht unter der Rubrik »Meine Anschrift«, die ich als Adoleszent pflichtgemäß ausfüllte, gleich das großartige Wort »Fernsprecher«. Und das erste von mir handschriftlich eingetragene Wort auf den karierten Seiten lautet, im Rückblick programmatisch zu verstehen, »Abenteuer«. Weil Einträge in so einem Notizbuch viel schöner klingen, wenn sie mit dem Namen eines Cafés anheben, begann ich, in Imitation der Wiener Dekadenzliteraten wie Peter Altenberg, gleich ins Kaffeehaus zu gehen, um dort zu schreiben. Das Notizbuch stammt aus der Zeit, da ich als Gymnasiast mit drei meiner Freunde den Bund der »Stadtfräcke« gegründet hatte. Wir gingen jede Woche ins Theater oder in die Oper, aber nie ohne vorher das *Alte Café Schneider* auf der Kaiserstraße zu besuchen. Da in Frankfurt am Main kein klassisches Kaffeehaus existierte, wählten wir das traditionelle Oma-Café, weil es dort, der Gegenwart zum Trotz, noch schlecht gelaunte hessische Kellner mit schäbigen weißen Jacketts gab und alte Servierdamen, die mit einer Rüschen-Schürze und darunter versteckten Kellnerportefeuilles bedienten und mit »Fräulein« angesprochen werden wollten. Unser Fräulein hieß Gisela und begrüßte uns mit einem freundlichen »Die jungen Herren?«. Wir aßen Wurst im Rock und tranken Portwein zum Kaffee. Es wurde debattiert und viel gelacht. Als Motto der Stadtfräcke hatten wir eine Zeile aus Gustav Mahlers *Trinklied vom Jammer der Erde* gewählt: »Ein voller Becher Weins zur rechten Zeit ist mehr wert als alle Reiche dieser Erde!« Gut ausgerüstet mit Operngläsern, weißen Seidenschals und den Gehstöcken unserer Großväter fielen wir nach den Aufführungen in den Weinkeller *Fidelio* ein, um vom Chablis befeuert sofort die gesehenen Werke zu diskutieren, von Handkes *Über die Dörfer* bis zu Puccinis *La Bohème.* Parallel dazu riefen wir, Hölderlin zu Ehren, den Dichterbund »Hyperion« ins Leben.

Das Lieblingscafé von »Hyperion« war das *Juchheim* im Goethehaus. Der deutsche Konditor Karl Joseph Wilhelm Juchheim war zu Beginn des 20. Jahrhunderts nach Asien ausgewandert und hatte den Baumkuchen nach Japan gebracht. Aus seiner Backstube wurde eine florierende japanische Marke, aber wir gingen ins *Juchheim* natürlich nicht zuletzt wegen der hübschen japanischen Kellnerinnen, die dort als Gastarbeiterinnen bedienten und uns nach Dienstschluss mit in die Kurosawa-Retrospektive im Filmmuseum nahmen. Noch dazu gab es gleich nebenan einen hervorragend sortierten Buchladen, wo zwei tadellos gekleidete alte Herren mit schlohweißen Haaren, die eigentlich wie die kauzigen Wissenschaftler auf der Expedition in Tim und Struppis Abenteuer *Der geheimnisvolle Stern* aussahen, Bücher im Sortiment hatten, die man woanders nicht bekam. Die Kröner-Ausgabe von Friedrich Nietzsche etwa, die mit dem rosa Schnitt am oberen Seitenrand, konnte man dort Band um Band erstehen. Der Kontakt zur Generation unserer Großväter war überhaupt sehr wichtig, was das Café anbelangte, weil wir im *Juchheim*, während wir zu dritt saßen und in unsere Notizbücher schrieben, auch die Bekanntschaft eines alten Mannes machten, der uns wohlwollend bei unseren ambitionierten Schreibversuchen zusah. Er saß immer zwei Tische weiter und nickte hin und wieder in unsere Richtung. Ab und zu kam es vor, dass eine neue Runde Kaffee von Sayomé, unserer Kellnerin, an den Tisch gebracht wurde, die wir gar nicht bestellt hatten. Sie deutete dann stets verschämt in die Ecke zum Tisch des Herrn, der wiederum in unsere Richtung nickte und dabei lächelte. Er hatte entfernte Ähnlichkeit mit dem Psychoanalytiker Alexander Mitscherlich, aber wir nannten ihn nur den »Gönner«, denn er war der Mäzen unserer Kaffeehauswelt.

Das Statut von »Hyperion« befindet sich noch heute zwischen den Seiten der blassgrünen Insel-Ausgabe mit dem Schicksalslied, die ich damals las, es ging uns um die »Suche nach Halt im Hin- und Hergeworfensein des alltäglichen Lebens, den er, wie wir, außerhalb des gewöhnlichen Daseins in der Gesellschaft zu finden dachte«. Bei sogenannten »Luftkuren« solle »dem Geist die angemessene Aufmerksamkeit und Liebe zuteilwerden«, die er zum »Ausschweifen in klarere Sphären« benötigt. Auf so gute Ideen kann man nur im Café kommen.

Was an diesen Geschichten deutlich wird: Ich habe nicht nur, wie Hermann Kesten zu Beginn seiner hochlesenswerten Anekdotensammlung schreibt, »einen guten Teil meines Lebens im Kaffeehaus verbracht«. Vielmehr bin ich, wie es bei Thomas Bernhard einmal heißt, von der Kaffeehausaufsuch-Krankheit infiziert worden, und das unheilbar. Ein juveniler Ferienausflug mit den Stadtfräcken nach Wien bestand im Prinzip aus einem einzigen ausgedehnten Kaffeehausaufenthalt, der sieben Tage dauerte, unterbrochen nur von kurzen Besuchen in Museen, Restaurants und dem Hotel. Die Einträge und malerischen Skizzen, die ich währenddessen im Notizbuch anfertigte, lesen sich wie eine Liste der angenehmsten Cafés der Stadt, vom *Hawelka* über *Central, Sperl* und *Museum* bis zum *Bräunerhof* und *Eiles*.

In Wien lernte ich auch, was die wichtigsten Bestandteile der sogenannten Kaffeehauskultur waren: am Anfang natürlich der Kaffee selbst, mit dessen Qualität der Rang des Cafés steht und fällt. In den meisten Fällen gewährleistet durch eine italienische Maschine wie Marzocco oder Faema und deren perfekte Handhabung, von der erstklassigen Bohnenauswahl einmal abgesehen. Dann die Einrichtung: Mit dunklem Holz kann man nichts falsch machen, dazu gute Lampen, damit es beim Lesen keine Probleme gibt. Das Mobiliar empfinde ich meistens dann als gelungen, wenn sich an den Wänden eine Lederbank entlangzieht, auf der man bequem am Tisch sitzen und den gesamten Saal überblicken kann. Die neue Sachlichkeit, die im *Café Museum* herrscht, war mir immer am liebsten, weil da nichts vom Wesentlichen, dem Denken und Schreiben, ablenkt. Aber auch das liebenswerte Tische-Chaos im *Hawelka*, wenn um 22 Uhr alle Welt pünktlich zur abendlichen Ausgabe der frisch gebackenen Buchteln einfällt, ist grundsympathisch.

All das würde freilich gar nichts nützen, fehlte das richtige Personal. Wenn es eine Konstante in meinen Lieblingsorten gibt, dann ist es die des Personals. Zum Stammgast wird man nicht, indem man immer wieder in das gleiche Café geht, sondern nur dadurch, dass dieser Umstand von ein und demselben Kellner bemerkt und durch Respekt honoriert wird. Dass so ein Kellner oft als Original bezeichnet wird, hat einen Grund: Er lässt sich schlecht fälschen, weil sein Wesen unnachahmlich ist, in seiner Unnachahmlichkeit besteht. Das Wiedererkennen gehört genauso selbstverständlich zu seinem Repertoire wie die Aufmerksamkeit für die unterschiedlichen Vorlieben seiner Gäste. Es gibt keinen schöneren Moment als den ersten Tag, da man, ohne vorher zu bestellen, seine Melange vom Kellner kommentarlos mit einem wissenden, freundlichen Nicken an den Tisch gebracht bekommt. Die stillschweigende Übereinkunft, die von da an zwischen Gast und Kellner besteht, trägt fast den Charakter einer konspirativen Verbindung. Von diesem Augenblick an wird das Café zum Zuhause, zur zweiten und eigentlichen Heimat, in die man tagein, tagaus zurückkehrt wie sonst nur in seine Familie nach langer Auslandsreise. Wir beginnen sozusagen, am Schicksal des Ortes Anteil zu nehmen. Die Menschen, die dort arbeiten, werden uns wie die, welche von ihnen bedient werden, zu Brüdern und Schwestern. Peter Danzeisen, ein Schauspieler vom Ensemble des Frankfurter Theaters, den ich vor vielen Jahren einmal im Speisewagen, diesem einzigartigen Café auf Reisen, von Frankfurt nach Budapest kennenlernte, bemerkte, dass jeder Mensch für eine gewisse Zeit gekellnert haben sollte, um zwei wichtige Tugenden des Lebens zu erlernen: Demut und Dankbarkeit für die Arbeit anderer. Zudem schult es die Menschenkenntnis enorm.

Nun muss aber auch noch von der Geräuschkulisse gesprochen werden. Ist ein beruhigenderer Klang vorstellbar als das Klappern von Tassen und Tellern und Besteck, das auf Metalltabletts poliert wird, unterbrochen nur von dem hellen Zischen aufgeschäumter Milch? Die Anwesenheit von Arbeit als Geräusch ermöglicht es, umso entspannter seinen eigenen Gedanken nachzuhängen und das Nichtstun zu pflegen. Wie Thomas Bernhard 1986 im Roman *Auslöschung* schreibt: »Dem Geistesmenschen ist das sogenannte Nichtstun ja gar nicht möglich, der Geistesmensch ist am allertätigsten, wenn er sozusagen nichts tut.« Weil man sich dabei an dem immer wieder erneuerten Wasserglas zur Not über Stunden festhalten kann, ohne ein weiteres Getränk zu bestellen, gehört das Café außerdem zu den sozial engagiertesten Formen der Gastronomie.

Eine Stadt, die man noch nicht kennt, erschließt sich am besten vom Café aus, so habe ich es auf allen meinen Reisen immer gehalten. Beim Zivildienst auf Sylt war mein einziger Halt das *Orth* auf der Friedrichstraße in Westerland, wo mir »Fräulein Helga« nach kurzer Zeit auch ohne Nachfrage ein Glas Wasser zum Espresso reichte. In Zürich ist es für mich, abgesehen vom Restaurant *Kronenhalle*, das *Odeon*, wo Lenin, Joyce, Max Frisch und die Dadaisten saßen und heute noch die ganze Stadt vorbeiparadiert. In Paris ist es das *Flore*, in dem der Gast sich gern an Sofia Coppolas Filmcrew entlang in die erste Etage zwängt, wo man es vor dschungelartig wuchernden Fensterpflanzen etwas ruhiger hat als unten in der Hölle der anderen. In Florenz lud mich mein bester Freund in das seit 1733 bestehende *Gilli* ein und bestellte zum Cappuccino köstlichste Aprikosenkrapfen. In Kopenhagen wird es stets das *Norden* bleiben, wo sich uns ein wildfremder Mann mit Vollbart als »Leif Hemingway« vorstellte, unehelicher Sohn des Großschriftstellers aus einer dänischen Liaison. Vor dem *Majestic* in Porto trank ich mich todmüde im Auftrag einer deutschen Tageszeitung für eine Reportage über das Nachtleben wieder wach, die in einem Club begonnen hatte, der den Namen *Mein Mercedes ist größer als deiner* trug. Mein Studium in Heidelberg habe ich mir als Kellner im Café *Burckardt* verdient, weil ich gleich im ersten Semester festgestellt hatte, dass es der einzige Ort in der gesamten Altstadt war, an dem keine Musikbeschallung stattfand. Im *Florian* kam mir die Idee, dass die kleine Erzählung *Enttäuschung* von Thomas Mann den wahren Charakter von Venedig genauer trifft als sein späteres Großwerk, woraus der Essay *Selbstverlust als Literaturkrankheit* entstand.

Das Harris Tweed tragende intellektuelle Neu Delhi lernte ich im *United Coffee House* kennen, wo ich über einer Tasse ultraheißem Brühkaffee gebeten wurde, den Unterschied zwischen Robert und Martin Walser zu erklären. Im *Trieste*, ohne das der schönste Stadtteil von San Francisco, North Beach, nicht zu denken ist, saß ich neben Lawrence Ferlinghetti, dem legendären Gründer des *City Lights Bookstore*, und las die Korrekturfahnen für die letzte Ausgabe des Magazins DER FREUND. Bereits meine erste Reise, die ich direkt nach dem Abitur ganz alleine unternahm, eine Pilgerfahrt zu Georg Trakl nach Salzburg, fand ein jähes Ende, als die hinreißende Kuchenfrau aus der Familie *Tomaselli* mein Werben in Form von auf runden Kaffeeuntersetzern geschriebenen Gedichten ignorierte. Und wenn ich heute hin und wieder in meine geliebte Geburtsstadt Frankfurt am Main zurückkehre, vergeht kein Tag ohne einen Besuch bei *Wackers* Kaffeegeschäft am Kornmarkt, wo mein schnurrbärtiger Freund Thorsten mit den wunderbaren Damen der Familiendynastie Wacker ein freundliches Regiment führt und frisch gerösteten Bohnenjus (so die wunderbare Schweizer Bezeichnung für Kaffee) an die lokale Bohème ausschenkt.

Vielleicht gehöre ich zur letzten Generation, die ohne Kaffee in großen Pappbechern für unterwegs aufwuchs. Ich werde mich jedenfalls nie mit der Idee anfreunden können, dass das wichtigste Getränk meines Lebens (schwarz wie die Nacht, heiß wie die Hölle und süß wie die Liebe) irgendwo anders konsumiert werden sollte als an einem Tisch, der geistig und physisch genügend Raum für ein Schachspiel haben sollte, diese bevorzugte Beschäftigung des Geistesmenschen. Damit niemand dort in winzige Rechtecke starrt oder hektisch auf Bildschirmoberflächen herumwischt, ist es übrigens von Vorteil, vor dem Betreten sicherzustellen, dass es kein Wi-Fi gibt. In der eingangs erwähnten Erzählung aus dem *Greco* in Rom, die inhaltlich ein wenig mit dem Italienaufenthalt der Brüder Thomas und Heinrich Mann spielt, habe ich in weiser Voraussicht direkt vor dem oben zitierten Schlusssatz ein kleines Selbstporträt von mir versteckt, das meine Zukunft zeigt, als Beweis dafür, dass ich dort, wo ich am liebsten gelebt habe, auch einmal sterben will und werde, im Café: »Meine weißen Hosen sind befleckt und gestärkt vom Absinth, mein hellblaues Hemd ist zerrissen, und an dem gepunkteten Halstuch zerren die Bambini des Oberkellners, denen ich Fratzen des Entsetzens schneide. Niemand erreicht meine Welt, Dein Cecil«.

Lido

Die Sehnsucht nach dem perfekten Strand geht gegen unendlich: der Sand fast weiß, ja unwahrscheinlich fein. Und keine Wolke trübt den Himmel. Das Wasser klar, der Meeresboden schillert in Türkis, und Wellen branden gleichmäßig heran. Im Hintergrund die Palmen. Natürlich ist sonst keiner da. Das ist der Strand, nach dem wir alle suchen.

Ein Geheimnis, eine Verheißung, die sagt: Hier bin ich. Ein Ort, von dem man sagen kann: Ich will nicht mehr weg, nie wieder. Ein exponierter Aussichtsplatz in die Unendlichkeit aus Himmel und Wasser. Eine jener Logen im Welttheater, von denen aus betrachtet es egal ist, dass vor unseren Augen immer dasselbe Stück gespielt wird. Das ewige Rauschen im Ohr, bemerkt man ein lang vermisstes Gefühl. Ein Ich-weiß-nicht-wohin-mit-meinem-Glück. Aber dieser Strand ist zugleich mehr und sehr viel weniger als ein Ort. Er ist die Idee des Strandes an sich und gleichzeitig eine mehr als austauschbare Fototapete davon. Denn diesen Strand in all seiner Unschuld gibt es nur in unserer Vorstellung.

Es ist genau diese Vorstellung, die alljährlich Menschen aller Länder aufbrechen lässt. Sie begeben sich auf eine große Suche nach diesem touristischen Paradies, das uns etwas Unerhörtes verspricht: den Himmel auf Erden, den ersehnten Augenblick, wenn der ganze Jammer des irdischen Alltags einer großen Weite Platz macht, die einen allen Ärger vergessen lässt. Es ist kein Wunder, dass dieser Ort eine Grenze markiert. Das Land hört auf und vor unseren Augen beginnt das Meer. Die Aufteilung des Raumes gleicht auf perfide Art der des goldenen Schnitts in der Malerei: ein Drittel Wasser und zwei Drittel Himmel. Dazwischen eine Linie, die nirgendwo anders die Trennung zwischen Welt und Universum so klar markiert wie hier.

An so viel Klarheit müssen sich die Augen erst gewöhnen. Denn der Zustand, in den man am Meer gerät, ist gefährlich. Er gleicht dem Übergang von einem Element in das nächste. Man wird empfänglich für Schwankungen, geht in Gedanken von Land zu Wasser, und dieser Zustand ist der Grund dafür, dass Thomas Mann dem Strand eine so zentrale Rolle in seinem Werk einräumt. Ob es die schier endlosen Sommerferien sind, die der junge Hanno in den *Buddenbrooks* am Timmendorfer Strand verbringt, oder der Lido schlechthin, direkt vor dem *Grand Hotel des Bains* in der Erzählung vom *Tod in Venedig*. Es ist der Kulturstrand des Luxushotels, an dem der Schriftsteller Gustav von Aschenbach der Schönheit eines jungen Knaben verfällt. Aschenbach lässt Familie, Werk und Leben hinter sich, um im Angesicht der Schönheit zu sterben. Die zivilisierteste Form des Strandes wird hier zum dekadenten Hintergrund einer lustvollen Selbstzerstörung.

Aber auch die scheinbar unverfälschte Natur führt zu nicht absehbaren Nebeneffekten. Von tödlicher Schönheit erzählt nämlich auch die neueste Parabel vom Strand, die wir der Literatur zu verdanken haben. Es ist die Suche nach einer neuen Gesellschaft, einem autonomen Traveller-Paradies in Thailand, wie Alex Garland es in seinem *Herr der Fliegen*-Remake *The Beach* beschreibt. Dort gerät Richard gleich zu Beginn des Romans nach dem Selbstmord seines Zimmernachbarn in den Besitz einer Karte vom sagenhaften Strand, was ihn von da an zum Geheimnisträger in Lebensgefahr macht. Was folgt, ist die Geschichte eines verlorenen Paradieses, das seine Existenz nur der Toleranz von ortsansässigen Drogenbaronen verdankt und an einer wesentlichen Tatsache scheitert: dem Umstand, dass sich der Mensch nicht ändert, wenn er in einer scheinbar idealen Umgebung von vorne anfangen will. Er trägt alle kleinen Gefühle wie Neid, Eifersucht, den Willen zur Macht und die Lust an der Zerstörung bis an den letzten Rand der Welt, um dort alle Fehler zu begehen, die bereits Bertolt Brecht in dem Zweizeiler formulierte: »Da hat er eben leider recht, die Welt ist arm, der Mensch ist schlecht.«

Warum also wollen wir überhaupt zum Strand? Es gibt ja noch das Freibad, jenes meisterliche Menschenwerk, in dem ein klar umrandeter Pool zum eleganten Kopfsprung einlädt. Das Wasser ist ebenso klar, das Chlor entfaltet seine antibakterielle Wirkung, und wenn man auftaucht, steht am Beckenrand bereits ein perfekt gemixter Mojito bereit. Dessen Stillleben, im dem die Minze einer Palme gleich vor der großen Zitronensonne ersteht, entschädigt uns für den Sand und alles, was wir sonst noch vermissen könnten. Und nur der Rum darin schenkt uns das große Vergessen, das auch die letzte Sehnsucht nach dem Strand ertränkt, den es nicht gibt.

Die Befreiung von Kabul

Der Charakter einer Gesellschaft verrät sich manchmal in ihrem furchtbarsten Albtraum. In ihm manifestiert sich kraft der Angst zumeist auch ihr entscheidendes Defizit. So gesehen müssen die Bilder aus Kabul, die nach der Befreiung der Stadt durch die Nordallianz über die Fernsehschirme der Sender aus aller Welt flimmern, den Taliban wie die Verwirklichung ihrer schlimmsten Befürchtungen vorkommen. Kaum sind sie fort, ist alles wieder da, wogegen sie angetreten waren: Neben den Insignien der verhassten amerikanisierten Weltkultur wie Jeans, Cola, Softeis und Kassettenrekordern mit Musik sehen sie bewegtes Leben auf den Straßen, verbotene Bilder: Männer, die sich in aller Öffentlichkeit den Bart abrasieren lassen. Frauen, die ihre anonyme Ganzkörperverkleidung der Burka eintauschen gegen das persönliche Gesicht vor dem Kopftuch, sich gar vor einem Spiegel zu schminken beginnen. Das Schwarz-Weiß, in das selbst Farbbilder vom Leben in Kabul vor dem Fall getaucht schienen, weicht erneut der Buntheit des orientalischen Marktlebens, wie wir es von anderen Ländern Zentralasiens her kennen. Kabul tanzt und bejubelt nichts anderes als die Wiederherstellung eines lebendigen Alltags.

Was hinter den Afghanen liegt, lässt sich aber auch im Umkehrschluss als Albtraum des Westens skizzieren. Die reine Lehre, deren Verwirklichung die Taliban um Mullah Omar in den fünf Jahren ihrer afghanischen Gewaltherrschaft verfolgten, mündet in die schwärzeste Verzweiflung, die sich ein Staatsbürger in einer westlichen Demokratie vorzustellen vermag. Das Leben der Menschen in Kabul vor dem Fall der Taliban dort klingt noch immer wie die beklemmende Vision einer gänzlich freudlosen Welt. Die sichtbare Abwesenheit von Sinnlichkeit jedweder Art, freier Meinungsäußerung und den Zerstreuungen des Alltags führte noch in diesem Jahr zu traurigen Höhepunkten: Die provokante Zerstörung der berühmten Buddha-Statuen von Bamiyan, der die Weltöffentlichkeit im März tatenlos zuschauen musste, fasste die Ziele der Taliban in einer symbolischen Handlung zusammen. Das Wegsprengen der Buddhas löschte nicht nur die Spuren der Religions- und Kulturgeschichte jenseits ihres gewünschten radikalen Gottesstaates aus. Es verriet auch etwas über ihr entindividualisiertes Menschenbild und die Hybris, umfassend Tabula rasa zu machen, ohne Rücksicht auf den Rest der Welt. Ein allem Anschein nach ideales Sammelbecken für Fundamentalisten. Dann erreichte uns im Juli die nächste, schier unfassbare Meldung. Das sogenannte »Amt für die Verbreitung der Tugend und Eindämmung der Sünde« ließ ein totales Verbot für Musik verhängen. Der Rest an Klang, der danach noch in Kabul zu vernehmen war, rührte von religiösen Taliban-Gesängen und Hymnen auf deren Märtyrer, was offiziell nicht als Musik galt. Komplettverschleierung der Frauen, denen Bildung und Arbeit versagt wurden, betrieb die bildliche Ausradierung des Weiblichen aus dem Stadtbild. Radio, Fernsehen und alle anderen Formen elektronischer Unterhaltung wurden verboten und blieben, für das Volk weithin an den Satellitenschüsseln sichtbar, allein den Funktionären hinter geschlossenen Vorhängen vorbehalten.

Der bewusste Versuch einer allumfassenden Entmündigung mag vielen archaisch anmuten, ihr Reflex jedoch war hochmodern. Denn als Grundlage für die Realisierung eines islamischen Gottesstaates diente den übergehorsamen

»Schülern« jenes Gefühl, ohne das keine Sekte dieser Welt ihre Jünger um sich scharen könnte: Die Schwäche des krisengeschüttelten Menschen ist es, die im Ernstfall den Weg ebnet zum bereitwilligen Verzicht auf die Grundwerte der Zivilisation. Wenn es sich zudem um ein Land handelt, das durch jahrelange Zerrüttung ohnehin nahezu dem staubigen Erdboden gleichgemacht wurde, kann es auch so verstanden werden: Auf der Suche nach Halt in den Zeiten des Kriegszustands, der für manche jungen Erwachsenen dort schon seit ihrer Geburt andauert, befolgten viele Afghanen fast kampflos die Maximen des neuen Staates in Form der brutalstmöglichen Auslegung des islamischen Rechts, der Sharia. Wer sich als Muslim durch die Versuchungen des Bösen in Gestalt einer schleifenden Moral oder den Verheißungen des Konsums gefährdet sah, hatte nun einen Feind, und der hieß Amerika. Die Radikalität des Verzichts opferte die Vergangenheit und machte aus der einst versündeten Luxus-, Handels- und Hippiemetropole und Drogenschleuse vor dem Khyberpass, aus den noch vor dem Einmarsch der Sowjetunion blühenden Gärten ihrer Umgebung, eine Art Geisterstadt. Man kann sie sich nicht still genug vorstellen.

Das Bilderverbot, seit jeher die letzte Waffe verzweifelter Dogmatiker im Kampf gegen das schwache Fleisch ihrer reuigen Mitsünder, verbannte in letzter Konsequenz auch noch den Blick in den Spiegel als dekadenten Auswuchs des gottlosen westlichen Narzissmus. Wozu wären Spiegel auch noch nötig gewesen? Die Männer durften sich den Bart ohnedies nicht rasieren, wenn er eine bestimmte Länge unterschritt. Und warum sollten sich Frauen überhaupt schminken, wenn sie ja doch nicht mit dem Farbenschmuck in die Öffentlichkeit treten konnten? Die komplette Zerstörung der Stadt durch den tobenden Bürgerkrieg nach Abzug der Sowjettruppen tat ihr Übriges, um das Endzeitgefühl zu vervollkommnen. Die strenge Glaubenswelt der Taliban legte sich wie atemlähmendes Gift über eine Stadt, in der einstmals für sportliche Zwecke errichtete Fußballstadien als Schauplätze öffentlicher Hinrichtungen missbraucht wurden. Seltene Fußballspiele, bei denen die Spieler lang gewandet keinen Fetzen Haut zeigen durften, konnten jederzeit von der Militärpolizei zur Schaustellung ihrer scharfrichterlichen Macht unterbrochen werden. Mitunter auch zur Verbrennung von vermeintlich teuflischen Musikinstrumenten und Transistorradios.

Die wenigen heimlich gefilmten Aufnahmen aus dem unendlich fremd und fern scheinenden Land der Leere und Verwüstung wirkten wie verwackelte Szenen aus einem sozialistischen Katastrophenfilm. Ein Potemkinsches Dorf, bei dem man die Staffage vergessen hat. Wie wenig frei von der verhassten Eitelkeit die Taliban freilich selbst waren, konnte man an den fein ziselierten Goldrandbrillen ihrer Botschafter bei den Pressekonferenzen in Islamabad beobachten. Es ist nicht viel, was das Alltagsglück fast aller Menschen an einem beliebigen Ort der Welt ausmacht, aber selbst das Wenige war den Taliban bereits zu viel. Wie unmöglich das Projekt einer anderen Welt in der Welt, die das Fotografieren verbietet, obwohl sie selbst mit den stärksten Feindabziehbildern arbeitet, war, zeigte sich in dem Moment, da sie zu dem Ort wurde, von dem ein nicht gekannter Terror gegen den Rest der Welt ausgehen konnte. Das Afghanistan der Taliban, jene autonome Zone, stellte sich im Laufe der amerikanischen Bombardements nach und nach als geduldete Heimat von Osama bin Laden und der Terrorgruppe al-Kaida heraus. Kabul als reine Leere und totenstilles Zentrum der Gewalt, in der Formen der Zerstörung geplant wurden, die keinen anderen Inhalt mehr hatten als die Zerstörung selbst.

Eine treffende Charakteristik des furchtbaren Albtraums, wie er am 11. September 2001 wahr wurde, hat Hans Magnus Enzensberger bereits 1986 anlässlich der Ermordung von Olof Palme vorgelegt: Die Phänomenologie des »leeren« Attentats: »Eine terroristische Handlung, die auf jede Erklärung verzichtet, jede Rechtfertigung verweigert und ihre eigene Grundlosigkeit durch Schweigen veröffentlicht.« Er schreibt von diesem Terror der Zukunft: »Wir sähen uns mit einem Schrecken konfrontiert, der zugibt, dass er um seiner selbst willen existiert, mit einem Schrecken ohne Ritual, ohne Ziel, ohne Warum, einem Terror, der von jedem ausgeübt werden und der jeden treffen kann. (...) Es gäbe keine Forderungen mehr, über die man verhandeln, keine Bedingungen, die man erfüllen, kein Motiv mehr, auf das man eingehen könnte.« Er schloss seine Ausführungen damals mit der Feststellung, dass ein solcher Terror »seinen letzten Grund in der psychischen Verfassung des Ganzen« habe, dem »hilflosen Begriff für etwas, das wir niemals ganz begreifen und das sich unserer Kontrolle entzieht«.

Nach den Anschlägen vom 11. September erklärten sich viele in ihrer Ohnmacht und Hilflosigkeit solidarisch mit New York, mit Amerika. Jetzt, Ende 2001, da nach einem Monat Krieg die humanitäre Hilfe in Afghanistan anläuft und das Internationale Komitee vom Roten Kreuz (IKRK) seine Arbeit wieder aufgenommen hat, können wir in den Gesichtern der tanzenden Menschen von Kabul auch ein Defizit unserer Gesellschaft erkennen. Die verlorene einfache Freude daran, dass der Alltag wieder weitergeht. Auch wenn manche bereits schreiben, durch den Einmarsch der Nordallianz und die Befreiung der Stadt gäbe es keinen Grund zum Feiern. Am Donnerstag gab es das erste Fußballspiel in kurzen Hosen im Stadion von Kabul, der einstmals verbotene Applaus tritt an die Stelle der Gewehrsalven.

Es prangen wieder Leuchtbuchstaben vor dem Gebäude von Radio Kabul. Ex Oriente lux. Am Morgen spielt ein neues Lied von Pulp, und Jarvis Cocker singt wie eine mahnende Erinnerung: »You've got to fight to the death for the right to live your life.«

Ein Hotel in Addis Abeba

Es gibt nur zwei Unterkünfte in der Literatur, in denen ich jederzeit ohne zu zögern ein Zimmer auf Lebenszeit beziehen würde: das *Sanatorium Berghof* in Thomas Manns *Zauberberg* und Evelyn Waughs *Hotel Liberty*, in dem William Boot, der Held seines Romans *Scoop*, Quartier nimmt, um über einen drohenden Krieg im fiktiven afrikanischen Staat Ishmaelia zu berichten. Es gibt kaum einen besseren Ort, um von der romantischen Seite des Korrespondentendaseins zu träumen als diesen: ein schlicht in den Farben Braun und Beige gehaltenes altes Hotel aus Holz und Stein am Ende der Welt. Ein Haus voller Journalisten, die darauf warten, dass etwas passiert, bis etwas passiert, das im Prinzip nur deswegen passiert, weil sie darauf warten, dass etwas passiert. Also ein perfektes Bild für den Journalismus an sich, von dem Waugh einmal behauptete, er sei der Feind des Romans und seriöse Schriftsteller sollten sich tunlichst aus dem Zeitungsgeschäft zurückziehen, sobald sie es sich erlauben können.

Immerhin hat er der unterhaltsamen Seite des Journalismus nicht nur in *Scoop* ein zutiefst amüsantes Denkmal gesetzt, das möglicherweise von einer Figur ausging, die den nahezu sprechenden Namen »Emeny« trägt. Also, da wir gerade beim Thema Feind sind, eine Art Anagramm von »enemy«. Er lernte den Reporter des *News Chronicle* bereits auf seiner ersten Reise nach Abessinien 1930 kennen. Damals war er in das heutige Äthiopien gekommen, um den Krönungsfeierlichkeiten von Ras Tafarai Makonnen, Seiner Majestät dem König der Könige, Haile Selassie I., beizuwohnen und darüber als Reporter u. a. für die *Times* und den *Daily Express* nach England Bericht zu erstatten. Vom Schiff aus schreibt er an seine zukünftige Frau: »Emeny, Du wirst denken ich habe ihn falsch geschrieben, aber nein, es ist tatsächlich sein Name, ist verheiratet und will nur ungern umgebracht werden, hat eine Gasmaske, Helm und einen Medikamentenkoffer, der in etwa den doppelten Umfang meines gesamten Gepäcks hat. Ich habe ihm nun so oft von seinem sicheren Tod erzählt, dass ich kurz davor bin, selbst daran zu glauben.« Stuart Emeny ist ein idealer Reporter, der Geschichtendetektiv par excellence, immer im Dienst: »Ich hatte es nicht für möglich gehalten, dass ein Mensch dazu in der Lage ist, sich derart mit den Interessen seines Arbeitgebers zu identifizieren. Er hörte nie auf zu arbeiten und kritzelte ununterbrochen in ein kleines Notizbuch. Alle Ereignisse hatten für ihn nur eine Bedeutung, ein Bewertungskriterium: ob man aus ihnen eine ›story‹ machen konnte oder nicht. Er befreundete sich nicht, er ›etablierte Kontakte‹.«

Obwohl fast direkt nach dem Erscheinen von *Scoop* 1938 vor allem die Betroffenen begannen, Mutmaßungen anzustellen, welche Journalisten und Zeitungen nun genau für Waughs literarisches Ensemble als Vorbild zu gelten hätten, gibt es keine direkte Entsprechung des großartigen Emeny. Er prägte, so könnte man vielmehr vermuten, in seiner verquasten Exzentrik am ehesten den Hauptcharakterzug des gesamten Personals, das sich im Hotel des Romans versammelt hat. Ein Hotel, in dem man sich nicht nur mit vielen das Zimmer teilte, sondern auch die Zahnbürste oder den Vorrat an Whisky oder Absinth. In dem alle Anwesenden versuchten, durch Leinenanzug, Seitenscheitel, gestärkte Hemden, Fliege oder Krawatte, Weste oder Monokel, Moustache oder Gehstock der als barbarisch gefürchteten Umgebung zu trotzen. Wie Emeny, der sich brav an die Ratschläge von zu Hause hält: »Sein Chefredakteur hatte ihm empfohlen, Seidenpyjamas unter seinen Kleidern zu tragen, falls er sich den Typhus vom Hals halten wolle. Er vernachlässigte die Pflicht wohlweislich nie. Stets trug er beim Verlassen des Hauses einen Jodstift bei sich, mit dem er Flohbisse und Schürfwunden anmalte, was ihn bald in ein makaber geschecktes Schauspiel verwandelte.« Eine Maßnahme, die etwas über das längst zum tropischen Standard gewordene Chinin gegen Malaria und mehr im obligatorischen Gin and Tonic zum Sonnenuntergang hinausging. Des Weiteren vertreibt sich das Personal von Waugh die Zeit beim ennuyierenden Warten auf Gerüchte zu Komplotten oder die nächsten Botschaften aus dem Regierungspalast mit Kartenspielen oder einer kleinen Liebesaffäre (im Buch erwischt es William Boot mit einem deutschen »Kätchen«).

Dass das Buch neben vielem anderen auch eine Feier des Dilettantismus ist, verdankt sich seinem Helden der anderen Art. Von der Anlage her ist der Gartenkolumnist William Boot (*Lush Places*), der seinen Auftrag, nach Afrika zu gehen, wie so viele Elemente des Buches nur einer burlesken Verwechslung mit einem hoch angesehenen Romancier gleichen Namens verdankt, ein tumber Tor wie Hans Castorp aus Thomas Manns *Zauberberg*. Nur dass Boot nicht zum »quester hero« wird, wie Mann es in seiner Einführung an die Studenten der Universität Princeton einmal formuliert. Vielmehr gerät der Zaungast aus einer Kolonie verarmter englischer Landadeliger, der nicht einmal weiß, wie man ein Telegramm verfasst, durch puren Zufall und unfreiwillig im Hotelzimmer zu seinem »scoop«: »Er saß am Tisch, stand auf, setzte sich wieder und starrte ein paar Minuten finster an die Wand, zündete sich eine Pfeife an und begann dann, arbeitsam mit einem Finger suchend, voller Zweifel die erste echte Nachricht seiner meteorenhaften Karriere zu tippen (…): Nicht viel passiert hier, außer dem Präsident, der in seinem eigenen Palast gefangen genommen wurde von einer revolutionären Junta unter einem schwarzen Führer namens Benito und einem russischen Juden, von dem Bannister sagt, dass er nichts Gutes im Sinn hat, sie berichten, er sei völlig betrunken, wenn seine Kinder ihn besuchen kommen, aber die Gouvernante meinte, wir haben ungewöhnlich schönes Frühlingswetter hier. Beulenpest wütet.«

Das Hotel des Buches hatte Waugh nach dem *Imperial* in Addis Abeba modelliert, das er 1930 bei seinem ersten Besuch in Abessinien kennengelernt hatte. Aus seinen Berichten wurde *Waugh in Abyssinia* (ein Titel, den der Autor sich nicht ausgesucht hatte) oder, gleich viel schöner, in seinen ironisch entschlackten eigenen Worten: »A Coronation in 1930«. Eine Fotografie in Schwarz-Weiß aus der Zeit zeigt das *Imperial* wie einen in die Breite angelegten Walmdachtempel auf einer leichten Anhöhe stehend, davor ein paar Nomaden neben gesattelten Kamelen, die auf den morgendlichen Ausritt mit den Gästen warten. Vor der Veranda stehen im leichten Dunst zwei Eukalyptusbäume als ehrwürdige Wächter, und man kann sich ohne Weiteres das zarte Grün des afrikanischen Hochlandgrases vorstellen, wie es um die Anlage herum wächst. Im Inneren hatte man das um 1900 entstandene Hotel weitgehend in seiner historischen Form belassen. Die dunklen Holzflure, die sich an ein dramatisch geschwungenes, blank poliertes Treppenhaus anschließen und von denen die im Roman hoffnungslos mit Reportern überfüllten Zimmer abgehen, eigneten sich ideal zu im Flüsterton verbreiteten Gerüchten. Ein Original-Steinway stand herum, von dem William Deedes, der als 22-jähriger Reporter im Krisenjahr 1935 im *Imperia*l war, das später in *The Itegue Taitu* oder zuletzt, einfach nur *Taitu* umbenannt wurde, von einer sentimentalen Reise im Jahre 2000 berichtete, er sei, wie fast alles, genauso geblieben, wie er es damals verlassen hatte. Nur die Elfenbeintasten des leicht verstimmten Instruments seien angegilbt gewesen. Ein Wunder, das der Zeit standgehalten hatte, ohne ganz aus ihr zu fallen.

Zuletzt traf sich dort, wie es heißt, die vergnügungssüchtige Untergrund-Elite von Addis Abeba, um die Jazz-Szene der Sechziger- und Siebzigerjahre wieder aufleben zu lassen. Nun hat ein morgendlicher Feuersturm dem außergewöhnlichen literarischen Denkmal den Garaus gemacht. Ein kurzer Nachrichtenfilm zeigt neben der verfallenen Umgebung einer globalen Einkaufsstraße der Gegenwart die ausgebrannten Ruinen des Hotels, nur die erhabenen metallenen Formen der Fensterrahmen künden von einem Relikt, das mit sich im Feuer auch die ins Holz der Geländer und Balken eingeschriebenen Geschichten begrub.

Postskriptum: Waugh selbst residierte übrigens, wie Deedes berichtet, 1935 an einem weniger belebten Ort als dem *Imperial* oder, wie er es in seiner Krönungsgeschichte nannte, dem *Splendide.* Die Ruhe zum Schreiben fand er, wie sein Held Boot, woanders, im Vorbild für die Pension Dressler, wo William Kätchen trifft. Seinen Christmas Pudding bestellte Waugh bei Penelope Betjeman per Briefpost dann schon direkt ins *Deutsche Haus.*

Flughäfen

Flughäfen sind nicht für die Nacht gebaut, gewiss. Wenn Start- und Landeverbot herrscht, sind sie die einsamsten Orte der Welt. Transitpassagiere ohne Loungezugang liegen wie Flüchtlinge, allein von ihren Jacken bedeckt, auf den Sitzschalenreihen und gleichen gut vorbereiteten Todeskandidaten in Erwartung des letzten, des ewigen Schlafes. Einsamkeit ist dann relativ, und die komplette Abwesenheit von sichtbar lebendigen Mitmenschen könnte durchaus etwas Beruhigendes haben.

Aber ein Ort, der von seinem Architekten als angenehme Schleuse für ein unerhörtes Passagieraufkommen konzipiert wurde, zeigt sein wahres Gesicht vorher, in den Zwischenstunden. Dann, wenn die eilenden Passagiere weniger werden, das Tempo des Tages in weite Ferne rückt und die Ladengeschäfte im Terminal 2 des Münchener Flughafens ihre Stahlrollläden herunterlassen, enthüllt sich der *genius loci* der Luftfahrt. Fast scheint es dem Ankömmling dann so, als wäre man am Boden in demselben Zustand wie einige Zeit zuvor in der Luft, wenn die Außentemperatur unmenschliche Minusgrade hat. Keiner kann und keiner will hinaus. Die Unwirklichkeit der hochpolierten Gänge ist anders als in den Einkaufspassagen oder Fußgängerzonen der Städte. Sie gibt einem beim Warten auf den letzten Anschlussflug das Gefühl, als mache das Leben selbst eine Stunde Pause, die Minuten dehnen sich, die Zeiger rücken zäh vorwärts, und draußen, außerhalb des Terminals, gibt es nur noch das Nichts, die schwarze Stille. Plötzlich wird deutlich, dass der Autismus in der Gefangenschaft des Hochsicherheitstrakts der Zeit geboren worden sein muss. Nichts hilft, jeder Gang an den Auslagen entlang entschleunigt das Vorrücken der Sekunden noch mehr, und der Mensch ist auf sich selbst zurückgeworfen. Ein Fluch, der das Denken zu einem Konzentrat macht, das nur eines sagt: Der Mensch lebt, wie er träumt, allein. Und ist doch nicht zur Einsamkeit bestimmt.

Amangiri Utah

»Rock!« Eigentlich ist es nur ein Warnruf an Kletternde bei sich lösendem Geröll, wie Yermo erklärt, einer der kundigen Führer auf der Via Ferrata, die hoch über das Amangiri in Utah zum schroffen Steinplateau der *mesa* hinaufführt. Und doch ist Yermo, der von den Navajo-Indianern abstammt, mit dem gleichsam monolithischen Wort bereits mitten in einem Gedicht von Octavio Paz angelangt, das als poetische Formel für diese neueste Aman-Eröffnung mitten in der Wüste von *Southern Utah* funktioniert. *Wind und Wasser und Stein* heißt das Poem und beschwört die drei Elemente, wie sie sich gegenseitig bedingen, formen, ineinander übergehen und dabei untrennbar verbunden sind in dem gemeinsamen Werk der Natur, das sie seit Millionen von Jahren schöpferisch gestalten.

Mit diesem Gedicht im Kopf, dessen ruhiger, fast japanischer Rhythmus dem Atmen der Erde selbst nachempfunden zu sein scheint, haben die drei Architekten Marwan Al-Sayed, Wendell Burnette und Rick Joy das *Amangiri* (Sanskrit für »friedlicher Berg«) entworfen, und in seiner Mitte unter offenem Himmel einen Raum geschaffen, der den Ursprung der Poesie aus dem Geschichtenerzählen feiert: den *storytelling room*, ein intimes Rechteck aus Sitzbänken um einen Kamin, getrennt vom Pool durch ein Holzgitter aus duftender Douglasfichte. Und während man sich beim Ankunftscocktail, einem trockenen Peach Bourbon, noch fragt, wie der Lieblingsbaum von FBI-Agent Dale Cooper aus David Lynchs *Twin Peaks* das Entstehen der Geschichten beeinflussen wird und welcher Art wohl die Geschichten sein werden, beweist die Klettertour am nächsten Morgen, dass es keine bessere Einführung in die architektonische Poetologie des Resorts gibt als den steinigen Weg hinauf zum Blick von oben herab. Mit jedem Handgriff begreift man die Struktur der Felsen besser, lernt ihre 200 Millionen Jahre alte, verwaschene und verwehte Textur aus erster Hand kennen, und erfährt im Gespräch, dass es ein Navajo-Chief war, den man – parallel zu den Architekten – nach dem idealen Platz für das Hotel befragte. Er wies die lang gestreckte Lage entlang des Felsens an und gleichzeitig darauf hin, wie gut dieser *genius loci* doch zum Erzählen von Geschichten sei. Die Architekten kamen zwar mit demselben Platzvorschlag, aber ohne die narrative Pointe des Indianers, was sie gern lernend nachholten.

Erst von der Kliffkante der *mesa* wird des Weiteren deutlich, wie subtil der Komplex aus 34 Suiten, Pavillon, Spa und Pool in der zerklüfteten Steinlandschaft der Wüste verschwindet. Denn plötzlich sind die flachen Bungalowdächer Scheitelplatten kleinerer *mesas* und die dunklen Löcher der Panoramafenster nichts weiter als Höhlen im Fels, jene Höhlen, die, wie Sunny Lusted, General Manager, im *storytelling room* erzählte, von den Indianern als *home of the wind* bezeichnet wurden, die Heimat des Windes. »Das Wasser höhlt den Stein/Der Wind zerstreut das Wasser/Der Stein bremst den Wind/Wind und Wasser und Stein.« So Paz. Und von der Kliffkante aus wird auch anschaulich, was für einen erstaunlichen Umfang die 250 Hektar des privaten Aman-Geländes beschreiben. Und wie gut versteckt es vor der Welt ist, die in Form des Highway 89 von Page (Arizona) nach Kanab (Utah) am Canyon-Land entlangfährt.

Kein Schild weist auf das Amangiri hin, nur eine Schotterabzweigung, die nach vielen Kurven zu einer Schranke mit Geheimcode führt. Mit jedem Schlagloch entfernt man sich weiter aus der Gegenwart und erklimmt doch am Ende des Weges die zivilisatorisch höchsten Stufen der Jetztzeit: ein Hotel, dessen Hauptattraktion in Stein gehauene Ausblicke in die gewaltige Landschaft der Erdgeschichte sind, jedes Fenster ein Wechselrahmen für das unendliche Farb- und Formschauspiel, das durch die Wanderung des Tageslichts an den Felsen geschieht. »Der Wind gestaltet den Stein/Der Stein ist eine Tasse Wasser/Das Wasser fließt ab und ist Wind/Stein und Wind und Wasser.«

Mit jedem Schritt auf der Via Ferrata lernt man: wie lange es braucht, bis auf Wüstensand eine kryptobiotische Kruste wächst, die wiederum Moos und andere Mikrolebewesen entstehen lässt. Wie man also besser nicht die vorgetretenen Pfade verlässt. Und wie die romantische Feier der Schönheit, welche der britische Lyriker Keats in seiner Ode besingt, eigentlich auch ein Navajo-Gebet sein könnte. Von »She walks in beauty, like the light« bis zu »In beauty all day long may I walk« ist es schließlich nicht weit. Für eine amerikanische Teilnehmerin der Kletterpartie ist das schon fast zu viel, sie bricht, von Idee und Schönheitssinn der Indianer ergriffen, in Tränen aus und kann erst durch Meditation und zwei von Yermo mitgebrachte Navajo-Federn (eine für das Herz, die andere für den Weg) wieder beruhigt werden.

Für die Navajos war das Land, das sie bewohnten, stets identisch mit ihnen selbst, sie waren das Land, und das Land waren sie. Nur so ist zu verstehen, warum die Aussage des beratenden Chief nach der Fertigstellung, der Aman-Bau respektiere das Land, das ihn umgibt, zu derart elementarer Freude bei dem Managerpaar Lusted führte, es bewies ja nichts weiter, als dass das Amangiri auch den Navajos den nötigen Respekt erweist.

So wie die Kletterpartie perfekt dazu taugt, im Schritt weg vom Hotel einen Sinn für Material und Proportionen des Amangiri zu entwickeln, kann man die darauffolgende zutiefst erfüllte Ruhe am besten von der Desert Lounge der Suite aus genießen, die den Blick auf die bergsteigerische Leistung freigibt und überhaupt enorm befriedet. Von keiner der Suiten ist ein Zeichen der Zivilisation »da draußen« zu bestimmen, kein Auto in der Ferne, kein Fernsehmast am Horizont. Nur die mittägliche Stille der Wüste, eine atemberaubende trockene Stille, voller Seelenruhe. »Der Wind singt in seinen Windungen/Das Wasser murmelt beim Gehen/Der bewegungslose Stein aber ist still/Wind und Wasser und Stein.«

Es kann nur als Segen bezeichnet werden, dass sich die Innenarchitektur dabei farblich und formal so vornehm zurückhält. Alles ist Beige und Sand, Spiegel hängen in braunen Lederriemen, und es gibt monochrome Gemälde in Erdtönen von der deutschen Künstlerin Ulrike Arnold, die vor einer der Höhlen ihren Maltisch aufbaute und mit Pigmenten aus der Natur neben kleinen Bildern für die Suiten auch ihre wind- und wettergegerbten Großformate für Lobby, Spa und Restaurant schuf. Zeit für eine Massage, Zeit für das Spa. Eine der Geschichten, die ich bereits am ersten Tag hörte, war die von Glenda, der Physiotherapeutin, der Jüngsten von allen, ein Navajo-Mädchen mit heilenden Händen. Sie erzählt mir, während sie wiederum meine Hände durchwalkt, von ihrer traditionellen Erziehung, einem streng-konservativen Vater, mit dem sie noch Navajo spricht, ihrem Heimweh an Bord eines Kreuzfahrtschiffs und wie sie in Tränen ausbrach, als sie zum ersten Mal die Therapieräume des *Aman* betrat, weil sie so dunkel und holzerfüllt wie Hogans wirkten, die heiligen Gebäude der Indianer.

Beim Abendessen vor dem offenen Holzofen, zu dem General Manager und Chef Ross Lusted ein Colorado-Lamm am Knochen serviert und Sommelier Krishna einen

Pauillac empfiehlt, brechen die Gäste neben mir in Begeisterungsstürme aus, wie nachts, wenn nach einem windstillen Tag plötzlich wie aus dem Nichts heulende, keifende Böen über die Anlage zu wehen beginnen und der Wind erstarkend seine gestaltende Kraft wiedererlangt. Ein Google-CEO und Astronom aus Passion beichtet, seit seiner Kindheit nicht mehr so einen Sternenhimmel gesehen zu haben, ein Hoteldirektor schwingt eine begeisterte Rede zum Schließen aller Zoos und ruft zur Animalisierung der Menschheit auf, während eine Bürgermeisterkandidatin, die im Learjet gekommen war, über das Dessert, eine Ingwer Crème Brûlée, in Worten dahinschmilzt. »Der eine ist der andere und keiner von allen/Unter ihren leeren Namen/Ziehen sie dahin und verschwinden/Wasser und Stein und Wind.«

Der Sternenhimmel spannt sich über den Horizont, und mit dem Mond taucht die Frage auf, wie der nächste Tag im Amangiri beginnen wird: Sei es ein Powerwalk auf den Aussichtsfels über dem Pool zum Sonnenaufgang, ein morgendlicher Ausritt in die Wüste, Kayaking auf dem Lake Powell, eine Geländefahrt im Hummer zum Secret Canyon, der sich muschelwandgleich über dem Besucher verschraubt, oder einfach nur Yoga oder ein Gang zum Echo-Fels, wo die Künstlerin Ulrike aufgrund der großartigen Akustik von klassischen Konzerten träumt – auf alles trifft das Schlusswort des Navajo-Gebets zu, das Glenda mir neben dem Hinweis, ich hätte starke, glückliche, energiegeladene Hände, mit auf den Weg gegeben hat. Die Indianer wiederholen es vier Mal, für jede Himmelsrichtung: »I will see beauty, again.« Ich werde Schönheit schauen, aufs Neue.

Ipanema

Das Mädchen ist groß und gebräunt und jung und hübsch und läuft durch das Bild eines jeden Menschen, der die Copacabana vor Augen hat, wie Hitchcock durch diese eine Szene in jedem seiner Filme. Die liebliche Musik, die zu dem perfekten Gang des Mädchens ertönt, der selbst wie ein Samba ist, versetzt noch heute die Menschen in ein staunendes »A-a-ah!« der Bewunderung.

Knapp fünfzig Jahre nach der legendären Begegnung, die Antonio Carlos Jobim und Vinícius de Moraes zu ihrem entspannten Bossa nova *Garota de Ipanema* inspirierte, kann die Beschreibung des fabelhaften Girls aber auch als perfekter Verhaltenskodex für schöne Mädchen an allen Stränden dieser Welt gelesen werden: Cool bleiben, weitergehen und geradeaus Richtung Meer, niemals zur Seite schauen, wenn Künstler am Rand des Weges traurig lächeln und dir im nächsten Moment anscheinend ihre große Liebe gestehen wollen. Es könnte immerhin sein, dass du die Künstler so dazu bringst, ihr Bestes zu geben und den Rest der Welt mit einer Verewigung deines Wesens zu erfreuen, wie Heloísa Pinto in Ipanema damals. Einfach schön.

Buchhandlungen

Es gibt nur zwei Dinge auf der Welt, in denen wir dem göttlichen Akt der Schöpfung wirklich nahekommen: die Liebe und das Lesen. Und zwar nur dann, wenn beide, befeuert durch die Macht der Phantasie, eins werden. Nicht umsonst sprechen wir davon, im geliebten Mensch zu lesen wie in einem aufgeschlagenen Buch. Und kaum von ungefähr steht man ausgerechnet mit seinen Lieblingsbüchern in einer nachgerade intimen Beziehung. Wie sonst nur die Liebe vermag das Lesen unser Leben zu entgrenzen und so die Isolation, in der wir uns seit der Geburt befinden, zu durchbrechen; eine Sehnsucht, die Seele und Geist gemeinsam haben, denn beide wollen teilen und sich mitteilen, sich wiedererkennen im anderen. So, wie es bereits im *Tat twam asi* des Sanskrit gefasst ist: Das bist du. Sei es Mensch oder Buch. Und nur in leidenschaftlicher Hingabe erfahren wir das bedingungslose Interesse an der Welt, wie es allen guten Büchern eingeschrieben ist.

Zwischen Buch und Mensch steht der Maître de Plaisir jener Leidenschaft: der belesene Buchhändler. Haftete ihm noch vor knapp zwanzig Jahren der Ruf des lebensfremden und verstaubten Literaturverwalters an, muss er schon heute als Personifizierung eines ästhetisch begründeten Rebellentums gelten. Die Generation der großen Buchhändler, die zu einer Zeit erwachsen wurden, als es noch unbereiste Flecken auf der Erde gab, konnte es sich jenseits von SMS und E-Mail leisten, imaginär abzutauchen und im Inneren eines fadengehefteten Leinenbandes auf die *Suche nach der verlorenen*

Zeit zu gehen, ohne sich mit den hilfreichen Zusammenfassungen zu begnügen, wie man sie in Magazinen heute findet (was ich über den neuen Roman von X wissen muss, um mitreden zu können). Diese Menschen, nennen wir sie der Einfachheit halber »Lesefürsten«, so muss gewarnt werden, sterben aus, und mit ihnen die Buchhandlungen, die sie repräsentieren.

Wer Bücher kaufen will, braucht nämlich prinzipiell keinen Schritt mehr vor die Tür zu gehen, was nie die sensuellen Freuden eines tatsächlichen, nicht-elektronischen Besuchs bei den Lesefürsten in ihren Buchhandlungen ersetzen kann. Ihr Sortiment befindet sich, anders als im Bestseller-Kaufhaus und jenseits der Schlagwortsuche per Computerprogramm, vor allem im Kopf, dann aber auch im Regal. Sie kennen die Welt der Literatur wie kein eingebildeter Kritiker sonst und achten vor allem darauf, die Bücher, die sie selbst schätzen und interessant finden, vorrätig zu haben – nicht das, was ihnen der Markt diktiert. Nie wird man in ihren Räumen hören: »Name des Autors, Moment mal, Nabbokaff – wie wird das geschrieben? Kann ich bestimmt bestellen, ist morgen da.« Die Lesefürsten schaffen es, mithilfe streitbaren Geschmacks und einer oft raffinierten Innenarchitektur aus ganz normalen Buchhandlungen jene verheißungsvolle Melange aus Schatzkästlein, Geisterhaus und minotaurischem Labyrinth entstehen zu lassen, die guten Bibliotheken zu eigen ist. Daher üben sie auch auf Schriftsteller eine enorm große Anziehungskraft aus.

In einer Zeit, da die öffentliche Beschäftigung mit Literatur dank Internet und TV ihre Schwundstufe erreicht hat, selbst ernannte Lesegurus im Status der Unfehlbarkeit die Listen ihrer Lieblingsbücher publizieren und jedes Hobby-Journal seine eigene Weltliteratur-Bibliothek wohlfeil auf den Markt wirft, muss daran erinnert werden, dass die Faszination des Buches nicht von seinem Geheimnis zu trennen ist. Früher wurden Bücher weitergereicht wie eine Medizin mit unergründlichem Rezept, heute werden Lesetipps ausgetauscht wie abgedroschene Krankheitsgeschichten. Jedes gute Buch indes gleicht dem Aufbruch zu einer Reise ins Ungewisse, es ist ein leichtfüßiger Spaziergang ins Blaue, der an einem schönen Tag mit offenem Ziel unternommen wird.

Um genau solch einen Spaziergang geht es hier, eine Reise zu den letzten, noch bestehenden guten Buchhandlungen dieser Welt. Natürlich kann ich nicht versprechen, dass meine Auswahl den Anspruch der Allgemeingültigkeit erheben kann oder jeden Geschmack trifft. Eines aber kann ich versichern: An jedem dieser Orte wird jemand vorzufinden sein, der freigebig seine Lieblingsbuchhandlungen verrät und so das Lesereisekarussell munter weiterdreht. Und wie der freundliche Herr im Anzug, der zu Beginn seiner Sendung, dem populären Fernsehenglischkursus der Siebzigerjahre, mit der Hand winkend in eine Londoner Underground-Station lockte, ruft auch er: Follow me!

Wahrhaftes Reisen verkommt auf einem mehr als entdeckten Planeten oft zum puren Anachronismus. Umso wichtiger ist es, den Reisen mit erweiternden Abenteuern im Kopf die nötige Substanz zu verleihen. Mein bevorzugter Lehrer an der Universität verriet mir dereinst sein Rezept für eine gelungene Reise: »Begeben Sie sich nach Ankunft in welcher Stadt auch immer« – er unternahm als Geistesmensch ausschließlich Städtereisen – »sofort in die erste Buchhandlung am Platz. Dort lassen Sie sich vom Händler ein Buch zum Kauf empfehlen, das von da an untrennbar mit Ihrem Aufenthalt in dieser Stadt verbunden sein wird. Natürlich können Sie sich das Buch auch selbst aussuchen, keine Frage.«

Unsere kleine Odyssee beginnt an dem Ort, der James Joyce die Publikation seines Romans *Ulysses* überhaupt erst ermöglichte: die *Shakespeare & Company* benannte Buchhandlung von Sylvia Beach. In den Zwanziger- und Dreißigerjahren schuf sie in der Rue de l'Odéon die moderne Buchhandlung schlechthin: Treffpunkt und Domizil der Schriftsteller von Gertrude Stein und Hemingway bis Ezra Pound mit Betten für Dichter in Not, Veranstaltungsort für Lesungen, provisorisches Kaffeehaus und Samariterstation in einem. Heute befindet sich die Library gleichen Namens in der Rue de la Bûcherie 37, wo George Whitman seit 1951 den Geist von Sylvia Beach ihr zu Ehren pflegt, indem er auf mehreren Etagen Bücher übereinanderstapelt und für bis zu 16 Schriftsteller eine Unterkunft samt Bettstatt bereithält. Wer dort ein Buch erwirbt, sollte es sich unbedingt stempeln lassen, denn das Signum »Kilometer Zero, Paris« bedeutet, dass von hier aus die gesamte Welt der Literatur erschlossen wird. Anhand der auf den ersten Blick unüberschaubaren und schwer erschließbaren Menge an neuen und gebrauchten Büchern mag der Suchende zunächst kapitulieren, aber ein Antiquariat, dessen System man sofort durchschaut, verliert seinen angeborenen Reiz. Und bereits Bertolt Brecht wusste, was man später auch über eine Buchhandlung wie diese, so es sie nicht mehr geben sollte, sagen wird: »Das Chaos ist aufgebraucht. Es war die beste Zeit.« In den Sechzigerjahren ging hier auch die Beatnik-Generation Amerikas um Jack Kerouac, William Borroughs und Allen Ginsberg ein und aus, wenn sie in Paris Station machte auf dem Weg nach Tanger, Marokko zu Paul Bowles oder gleich Richtung Indien.

Zu Whitmans Gästen zählte auch sein Freund, der Lyriker Lawrence Ferlinghetti aus San Francisco, der dort auf der Columbus Avenue fast gleichzeitig wie er im Jahr 1953 den *City Lights Bookstore* eröffnete. War *Shakespeare & Company* von Sylvia Beach in Paris untrennbar mit der sogenannten »Lost Generation« verbunden, so sammelten sich in San Francisco die Beats, bevor sie sich *on the road* begaben. Ihre Lichter der Großstadt schliefen nie wirklich und erlaubten endlose Sessions mit Wein, Poesie und anderen bewusstseinserweiternden Dingen; Lawrence Ferlinghetti hat das Wort »Ladenschlusszeit« nie buchstabieren gelernt, und das wird ihm gedankt bis in die Gegenwart. Die jungen Menschen, die dort heute bedienen, sind hingebungsvolle Literaturfreaks, die es als Ehre begreifen, an einem heiligen Ort der Moderne arbeiten zu dürfen. Man wird von ihnen, und auch das ist wesentliches Kriterium einer guten Buchhandlung, als Besucher mit den Büchern zunächst vollends in Ruhe gelassen, bekommt aber auf Anfrage höflich und umgehend Auskunft erteilt. Dort kann es auch passieren, dass man im ersten Stock, wo die Gedichtbände stehen, unversehens neben der jungen Lyrikerin steht, deren Poeme man gerade noch erstaunt studierte und sie selbst nach der Bedeutung der von ihr verwendeten kühnen Metaphern fragen kann.

In ganz Amerika gab es nur einen Bookshop, der es, wenn auch nur annähernd, mit *City Lights* aufnehmen konnte: den *Gotham Book Mart* in New York, bis zu seiner endgültigen Schließung 2007 in 16 East 46th Street, zwischen Fifth und Madison Avenue gelegen. Er wurde 1920 von der Buchenthusiastin Frances Steloff gegründet, die es sich zur Aufgabe machte, die moderne Literatur auch dann zu verkaufen und zu fördern, wenn sie der offiziellen Zensur unterlag. So konnten neben James Joyce auch D. H. Lawrence und Henry Miller mit ihren Anzüglichkeiten auf ihre Unterstützung zählen. Regelmäßig zu Gast war neben allen großen Damen und Herren der Literatur von Djuna Barnes bis T. S. Eliot auch jede Menge Hollywood, u. a. Charles Chaplin und Katherine Hepburn, die den *Book Mart* für »unersetzlich«

hielt. Selbst Jackie Kennedy behauptete, ein New York City ohne *Gotham* sei »nicht vorstellbar«. Das Lebenselixier Literatur ließ die Gründerin hundertundein Jahre alt werden, und bis zu ihrem Tod 1989 residierte Frances Steloff im obersten Stockwerk, gleich neben den Philosophie-Bänden konnte man sie stets finden. Ihr Nachfolger Andreas Brown hat auch eine ihrer speziellen Vorlieben geerbt: die für den exzentrischen Zeichner Edward Gorey, dem eine ganze Sektion mit teils handsignierten Bänden direkt links am Eingang gewidmet ist. Der vollbärtige Zeichner mit abgründigem Humor war Gotham-Stammgast, trug das ganze Jahr über Pelz und Converse-Trainers, lebte mit über vierzig Katzen in einem Ein-Zimmer-Apartment und versäumte keine einzige Vorstellung des New York City-Balletts.

Es gibt aber auch Buchhandlungen, deren Architektur allein bereits einen Besuch lohnt und die prominenten Kunden fast vergessen lässt. Im regelmäßig von wahrhaft englischen Nebelbänken heimgesuchten Porto thront hinter einer einmaligen neogotischen Fassade von 1906 sozusagen die Kathedrale portugiesischen Schreibens, die *Livraria Lello & Irmão* in der Rua das Carmelitas 144. Wer sie betritt, steht schon fast direkt vor dem elegantesten Treppenaufgang der Welt, den bis zur ersten Drehung knallrot gestrichenen geschwungenen Flügelstufen, auf denen man in die Galerieebene nach oben in den ersten Stock gelangt, wo dem Gast umgehend von Mikli-bebrillten Portenser Intellektuellen – man ist, wie gesagt, klimatisch fast in England – ausgezeichneter Tee (hier: *chá*) gereicht wird. Ein echtes Heiligtum, dessen Gründer José Pinto de Sousa Lello und sein Bruder (= *irmão*) António die zwei Säulen ihres Programms bereits auf dem Bildprogramm der Außenwand verraten haben: die Künste und die Wissenschaften. Mit der Gründung der Kulturgesellschaft »Á Prólogo Livreiros« haben die Lello-Enkel unserer Tage bewiesen, dass sie ihrer Vorfahren würdig sind. Hatte doch bereits Urgründer Ernesto Chardron gegen Ende des 19. Jahrhunderts neben einem Konversationslexikon und dem größten Teil der Werke des Romantikers Camilo Castelo Branco die berühmte Sammlung *Schatz der portugiesischen Literatur* herausgegeben.

Architekturfreunde werden Porto nicht zuletzt dank der neuen Oper von Rem Koolhaas und des berühmten Teehauses draußen in Matosinhos, der in den Steinfelsen des Atlantiks hineingehauenen »Boa Nova Casa de Chá« des radikalen Modernisten Álvaro Siza Vieira, stets der Metropole Lissabon vorziehen, obwohl dort in der Rua Duque de Palmela 4 die für Deutsche viel geschichtsträchtigere *Livraria Buchholz* mit ihrem hübschen Baum als »O« im Namen steht. 1943 von dem ausgewanderten Berliner Buchhändler Karl Buchholz gegründet, wurde die Livraria schnell zum Zentrum und Heimathafen deutschsprachiger Exilanten. Noch heute sind über zwei Drittel der 75.000 Bände im Bestand deutsche Bücher. Man kann dort noch immer in guter Tradition des gegenseitigen Helfens nicht nur zum Lesen sitzen bleiben, sondern seine bevorzugten Bände sogar entleihen. Die wie ein Werk des Braun-Designers Dieter Rams nüchtern und klassisch modern gestalteten Räume rufen nach der Pracht von Porto in Erinnerung, in welchem Jahrhundert wir uns befinden.

Das weiß auch der Besucher des wahrscheinlich größten deutschen Antiquariats trotz historischer Kulisse auf der zweitlängsten deutschen Fußgängerzone in Heidelberg sofort. Hier hat Thomas Hatry, der vor zwanzig Jahren seinen ersten Laden mit gebrauchten Büchern ein paar Meter weiter Richtung Schloss neben dem Kino *Gloriette* eröffnete, in seinem vierstöckigen Antiquariat auf 450 Quadratmetern über 220.000 Bücher stehen, ungezählte weitere befinden sich in einem Lager, das selbst schon so liebevoll aussieht, als habe es Goethe in seinem Sommerhaus in Weimar angelegt. Hatry, der sich auch als Anlaufstelle für Lesereisen der sogenannten deutschen Popliteratur profiliert hat, ist erklärter Bibliomane und bekannt dafür, auch schon mal bis Las Vegas zu fliegen, um den Nachlass eines verstorbenen Professors zu sichten und aufzukaufen. Seine hübsch gestalteten Schaufenster zu bestimmten Motti sind Legende, die Kataloge zu einzelnen literarischen Themen selbst zu Sammlerstücken geworden. Die schlichten schwarzen Regale, die wie ein New-Wave-Restaurant das Ladenzimmer säumen, sind mit erstklassigen Ankäufen gefüllt, die neuesten Eingänge stapelt Hatry auf einem langen Tisch in der Mitte des Raums, sodass wiederkehrende Besucher sofort überprüfen können, was sie noch nicht gesehen haben.

Aber auch die Stadt der Heidelberger Partneruniversität Cambridge kann sich in Sachen Büchern sehen lassen. Das ehrwürdige Backsteingebäude der Cambridge University Press in der Trinity Street ist nicht nur die jüngste Dependance des ältesten Verlagshauses der Welt, es ist auch zugleich das Haus mit der längsten Tradition im Bücherverkauf; seit vier Jahrhunderten hält sich das druckschwarze Gewerbe hier schon am Platz.

Wer eine möglichst exakte Kopie englischer Buchhandlungen mit bisweilen vielfach günstigeren Preisen sucht, wird in der Heimatstadt des von mir betreuten Literaturmagazins DER FREUND in Nepal fündig: Über ganz Kathmandu verteilt finden sich unzählige Antiquariate, deren geklaute Namen von *Barnes & Noble* bis zu *Pilgrims* neben dem Zustand der dort gesammelten Bücher (post-trekking-Abverkauf) einen Großteil ihres Charmes ausmachen. Eines unserer nepalesischen Projekte ist die sogenannte »Kathmandu Library«, eine Bibliothek, die dadurch entsteht, dass wir an jedem in Nepal verbrachten Tag ein günstiges gebrauchtes Buch mit Geschichte erwerben. Im *Pilgrims* mitten im Travellerviertel Thamel, wo man neben bibliophilen Raritäten inzwischen auch ganz gut kontinental frühstücken und antike Tintenfässer mit Nashornfederkielen kaufen kann, fanden wir das teuerste Exemplar, das statt des üblichen Preises von durchschnittlich um die 2 Euro 100 Dollar kostete. Es war aber auch Buch Nummer 100 und die hübsch gestaltete Erstausgabe von James Hiltons Picknick-Klassiker *Nothing so strange*.

Als ich neulich in meiner zweiten Wahlheimat Paris gegenüber den Tuilerien unter den Arkaden der Rue de Rivoli entlangspazierte, fiel mir auf, dass meine kleine Auswahl an Lieblingsbuchhandlungen nicht vollständig wäre ohne den Ort, an dem ich all meine internationalen Magazine und Buchgeschenke kaufe: die englischsprachige *Librairie Galignani* Wann immer ich die dunkel getäfelten Räume betrete und mich an den einladend aufgestellten Mitteltischen entlang bis zu den Taschenbüchern ganz hinten umgesehen habe (man steht dort während der Modeschauen zwischen nachdenklichen Designern, z. B. hinter Helmut Lang an der Kasse), finde ich etwas, auch wenn ich gar nichts gesucht habe. Das ist das größte Mysterium überhaupt. Es könnte am Geist des Namens liegen. Lange vor Jean Seberg in *Außer Atem*, die ich immer vor meinem geistigen Auge auf den Champs-Elysées die *Herald Tribune* anpreisen sehe, wenn ich meine Tageszeitung morgens kaufen gehe, etablierte der italienische Zeitungsherausgeber Giovanni Antonio Galignani (1752–1821) ein englischsprachiges tägliches Journal in Paris, und das im Jahr 1814. Galignanis *Messenger* sollte die englisch-französischen Beziehungen stützen, die Buchhandlung mit seinem Namen eröffnete als erste englischsprachige Buchhandlung des Kontinents, so heißt es, um 1802. Die Auswahl ist noch heute sensationell eklektisch und gut, nur zu den englischen gesellen sich inzwischen auch französische Bücher. Ein Umstand, der mich an meine erste Pilgerreise in die Stadt der Bouquinisten erinnert.

Damals, ich war mit dem Abitur in der Tasche per Anhalter gekommen und das letzte Stück ab Metz mit einer Rockband aus Ravensburg in einem von Haschischschwaden durchwölkten alten grauen Mercedes Strichachter unterwegs gewesen, fand ich meinen Weg direkt zu *Shakespeare & Company* unten am Quai bei Pont Neuf. Noch ganz zittrig vom Abenteuer der Fahrt, kaufte ich mir sofort einen Band Baudelaire mit dem *Spleen de Paris* und holperte meine ersten französischen Sätze dankbar der wunderhübschen Verkäuferin entgegen. Ich wollte etwas von meiner Liebe zum Lesen erzählen und dass ich für mein Leben gerne schreibe und Klavier spiele. Doch bereits nach meinem ersten Satz gefror ihr Lächeln zu einem Ausdruck tiefer Ratlosigkeit, ja zu purem Unverständnis. Nie werde ich ihr reizend verzogenes Gesicht vergessen, das ich nie wieder sah. Ich hatte langsam, aber sicher folgende vier Worte von mir gegeben: »Je suis un piano.«

Der kalifornische Traum

Keiner zieht einfach mal so nach Kalifornien, nein, es zieht einen hin, ja, magnetisch an. Der Sog dabei: ein Mahlstrom als Füllhorn. Die Landesfahne: ein wilder Bär als Symbol einer Republik, in der es das noch gibt, Freiheit in der Natur. Das Versprechen hier: die vielleicht letzte Utopie innerhalb der westlichen Zivilisation – ein von schier endlosem Sonnenschein bestrahltes Stück fruchtbares Land, dessen Magie sich idealiter beim milden Einschweben, dem spektakulär entspannten Landeanflug auf San Francisco, erschließt. Wenn das üppige Grün der Bay Area nach dem Überqueren der karg-zerklüfteten Rocky Mountains wie ein hypnotischer Teppich aus reinem Chlorophyll auftaucht, meldet sich im Handgepäck des Gehirns die Fracht der Überlieferung zu Wort, und alles strömt gleichzeitig noch im selben Moment auf uns ein: der Goldrausch, Hollywood, die Hippies, und dazu sinkt dort, wo *Go West*! endet, die Sonne majestätisch in den schimmernden Pazifik.

Mehr als vierzig Jahre nach dem Sommer der Liebe von 1967, der die Namen Height und Ashbury unauslöschlich in unser linguistisches Repertoire der Ideale eingebrannt hat, wird der historische Text der ersten Eroberer und friedvollen Glückssucher vom Jargon der Jetztzeit um die entscheidenden Zutaten und Varianten erweitert: »Can I have my organic decaf lowfat Cappuccino a little bit on the wet side, rather wettish, not too hot, but with a triple shot and extra foamy in my travel mug here, please?« Bereits an dieser völlig normalen Bestellung eines Kaffees bei *Peet's Coffee* an der Ecke

Sacramento/Fillmore in San Francisco lassen sich alle Neurosen und Ängste des 21. Jahrhunderts problemlos ablesen. Alles muss organisch sein, bitte kein Tein oder Koffein, das ist fast so schlimm wie Nikotin, die Milch darf kein oder kaum Fett haben, alles, was zu heiß ist, also auch Getränke, ist hochgefährlich, und jede Nuance wird bis ins letzte Detail ausdifferenziert; dass man seine eigene Tasse dabeihat, um der Umwelt einen weiteren Pappbecher zu ersparen, versteht sich fast schon von selbst. Das wird mit extra reinem Gewissen belohnt.

Wer hier in Kalifornien residiert, hat dank der lang gestreckten Ebene zwischen Los Angeles und San Francisco die ewigen Erntegründe für Obst und Gemüse von A wie Ananas und Avocado bis Z wie Zuckerrübe und Zucchini direkt vor der Haustür und kann somit das Ideal der ökologischen Ernährung, den lokalen Anbau vor Ort ohne weite Transportwege, verwirklichen und leben. Aber nicht nur das. Auch die technische und ästhetische Seite unserer Existenz in der Gegenwart vom weltumspannenden iPhone (wie alles von Apple) über Google und seine Applikationen (allen voran der Kindertraum *Google Earth*) bis zum sozialen Netzwerk Facebook trägt das Siegel Made in California. Es scheint, als habe sich der alte Pioniergeist Amerikas hier, wo er nicht mehr weiter westlich vorankam, gesammelt, manifestiert und verwandelt. In ein Konzentrat, aus dem Erfindungen für die ganze Welt gewonnen werden. Und das geschieht – zumindest von außen betrachtet – ganz mühelos und beiläufig, *en passant* in einer Arbeitskluft, die am ehesten die *Beach Boys* zitiert, wenn das Selbstverständnis des Golden State überhaupt so etwas wie Arbeit zulässt. Eigentlich versucht man viel eher, im Wochenendhaus mit Blick über die endlos dahinrollenden weichen Hügel des Landes mithilfe von *homegrown California Grass*, Sauvignon blanc *Hanna*

2007 aus dem Russian River Valley in Sonoma und meditativen Flötenklängen der *native american indians* am Infinity Pool mit dem zuletzt Geschaffenen seinen inneren Frieden zu finden, OK zu sein mit dem, was man tut. Ob das nun eine gewagte finanzielle Transaktion, ein Animationsfilm oder einfach nur die Restauration eines alten Riva-Boots war. Währenddessen wird in der Küche ein frugales Mahl aus violettem Spargel, Ziegenkäse aus der *Cowgirl Creamery* in Point Reyes und blanchiertem Spinat zubereitet. Wenn nicht ein Sabbatical gerade dazu genutzt wird, seinen Platz in der Welt generell zu überdenken. Das kann in Kalifornien schon mal über fünf Jahre gehen.

Ein befreundeter Architekt, der mich zum Campen auf sein wildes, völlig unbebautes Landgut namens *Sweetwater* einlud, schüttelte am Lagerfeuer, neben dem zwei Maiskolben und eine Ingwer-Karottensuppe von *Trader Joe's*, der Supermarktsimulation eines freundlichen Trödlerladens, schmorten, immer wieder den Kopf: »Ambition, *man*, it kills the best of us.« Er hat in seinem kurzen, von unglaublichem Erfolg gekrönten Leben bereits Skateboards nach Deutschland exportiert, eine Meditationsschule für Kinder gegründet und rustikale Luxus-Lodges am Lake Tahoe gebaut. Damon, so sein Name, nutzte sein Sabbatical, um die religiöse Architektur Asiens vor Ort zu studieren. Sein Grundstück, das so groß ist, dass man es zu Fuß in einer Nacht und einem ganzen Tag nicht durchmessen kann, hat er nach buddhistischen Prinzipien ausgewählt. Das Tal, durch das ein kleiner Fluss fließt, musste in west-östlicher Richtung ausgerichtet sein, sodass der Mittag Schatten spendet und Auf- wie Untergang der Sonne nicht durch eine Anhöhe verstellt werden. Es gibt Berglöwen, Bären und Wildschweine. Er fragt, egal, was man erzählt, danach, wie man sich dabei fühlt. Erst wollte er hier bauen, dann hat er sich eines Besseren besonnen:

»There's too many buildings on this planet anyway, *dude*!« Manchmal fragt er sich, ob die Waldbrände der jüngsten Zeit, die Trockenheit, die sie verursachen, nicht eine Strafe der Indianer sind, für ihr Land, God's own country, das man ihnen weggenommen hat, sodass nur noch die ewigen Jagdgründe blieben.

Bereits einige der ersten Mexikaner, die das Land im Norden einst bevölkerten, nannten es La Caliente Fornella (der heiße Ofen), was der Legende nach zu Cali-Fornia wurde. Dass es die Blitze aus trockenen Gewittern waren, die jene verheerenden Waldbrände der letzten Jahre verursachten, gilt vielen als Beweis für die Rache-These. Und doch ist Kalifornien, das den höchsten Berg US-Amerikas (den Mount Whitney), die ältesten und gigantischsten Bäume und den tiefsten Punkt im Death Valley mit dem sprechenden Namen Badwater beherbergt, ein Modell für unsere Zukunft: weil es eine so große Vielfalt an Gebirgen, Wüsten, Redwood-Wäldern wie Stränden besitzt, dass jegliche Fernreisen außer Landes sich prinzipiell erübrigen. Denn bald wird man erkannt haben, dass das größte Unglück unserer Zeit vielleicht in ihrer Ruhelosigkeit, im Reisen selbst begründet ist. Der Preis, den man für das Leben in ewigen weißen Hosen am Pool unter blauem Himmel bezahlt, ist hoch, aber gerecht: Kalifornien ist so paranoid wie ein Roman von Thomas Pynchon, so hysterisch-entspannt wie eine Platte von Devendra Banhart und so dramatisch und romantisch wie ein Film von Sam Mendes. Und doch ist es das seltene Beispiel für eine perfekte Subsistenzkultur: ein Land, von dem man nur träumen kann. Die Welt braucht Kalifornien, aber Kalifornien genügt sich am Ende selbst.

Komfort

Es gibt keinen Moment, in dem die An- oder Abwesenheit von Komfort so deutlich spürbar ist, wie beim Aufbruch zu einer Reise. Reisen ist Unsicherheit, man setzt sich gewaltigen Kräften der Veränderung aus, nicht nur den Fliehkräften eines Fluges, sondern auch der biographischen Wucht eines Ortswechsels. Man begibt sich in die soziale Fremde der Mitreisenden und erfährt die Unwägbarkeiten eines geradezu nomadischen Transitzustands, der uns sensibilisiert für noch die geringfügigsten Schwankungen zivilisatorischer Temperatur. Komfort auf Reisen ist schwerer zu verwirklichen als zu Hause und wenn er gelingt, viel zerbrechlicher, anspruchsvoller und schneller dahin als sonst. Das prädestiniert die Reise zu einer philosophischen Versuchsanordnung für das, was Komfort bedeuten kann.

Das fängt schon beim Packen an. In Zeiten, da man bei einem Flug den Verlust seines aufgegebenen Gepäcks mit einiger Sicherheit voraussagen kann, bedeutet Komfort an erster Stelle Handluggage only. Wenn ich packe, dann ist das ein kleiner Koffer, den man auf dem Flughafen ziehen kann und der an Bord bequem in die Klappfächer der Kabinendecke passt. Bevor ich den Koffer dort verstaue, entnehme ich ihm eine kleine leichte Nylontasche, in der ich alle zum Komfort an Bord benötigten Utensilien verstaut habe. Doch halt, Komfort beginnt bei den meisten Fluglinien circa 23 Stunden vor dem Abflug bei der Sitzplatzwahl. Dann werden die begehrten Sitze am Notausgang vergeben, die mehr Beinfreiheit bedeuten. Auf einem solchen Platz am Fenster geschieht meine Verwandlung in ein Organ der Bedürftigkeit. Ich entnehme der Tasche einen schalldichten Kopfhörer, wickele mich in eine dünne Kaschmirdecke, ziehe ein paar Bordsocken über die Strümpfe, damit die Füße uneingeengt von Schuhen während des Fluges beweglich bleiben, platziere das Nackenkissen so bequem wie möglich, lege die Schlafbrille an, mit der ich mich später während der Ruhephase von der Außenwelt abschotte, und beginne, meinen Körper in eine komfortable Lage zu drehen, um mich ganz weit weg zu denken. Dann, wenn der Sauerstoff heruntergedreht wird und das Bildschirmflugzeug irgendwo in einer imaginären leichten Kurve über dem Ozean oder der Wüste liegt, erfährt der Reisende das Paradox des Reisens, dass man nirgendwo so weit weg ist wie unterwegs, also zwischen zwei Orten, wenn der Geist sich materialisiert, während der Körper seine Materialität verliert, weil wir ihn in seiner erzwungenen Reglosigkeit zu vergessen beginnen. Wie Astronauten, nur in einer Art metaphysischer Schwerelosigkeit, gleicht der zarte Zustand von Komfort an Bord der Befindlichkeit, in die uns jeder gute Komfort verwandelt: Er teleportiert uns mithilfe des Wohlbefindens in eine andere Welt, in der die Gesetze des Tagtraums herrschen, er enthebt uns der Schwere des Irdischen und zeigt uns für kurze Zeit die Welt so, wie sie wirklich gemeint ist: als unendlich leicht dahinschwebende Membran unserer Phantasie, der Phantasie an sich.

Wohnen wie Grant Wood in Iowa

Wer mit einem dieser wackligen *Canadair*-Jets an einem der ersten windigen Frühlingstage auf dem Eastern Iowa Airport landet, betritt ein Amerika, dessen rurale Vergangenheit die Gegenwart immer noch fest im Griff hat. Hügel und Felder, die sich über den weiten Horizont ausbreiten, hier und da eine Scheune oder eine Farm. Doch ein Schwenk auf den Interstate 380 North genügt, und die ersten Schornsteine tauchen auf. Während große Haferflocken-Fabriken vor dem Fenster vorbeiziehen, erklärt Ernest, der Taxifahrer mit grauem Vollbart, in seinem ächzenden Yellow Cab, dass Grant Wood – »the artist!« – ein großartiger Sohn dieser Stadt sei. Jeder hat eine Geschichte über ihn zu erzählen.

Edith, Rezeptionistin im Hotel, schenkt extrem dünnen Kaffee in einen Pappbecher, fragt mich, ob Friesland sehr gebirgig sei, da kämen nämlich ihre Vorfahren her, und erzählt: »Wissen Sie, meine Mutter war Krankenschwester und hat Grant Wood gepflegt, als er ins Hospital kam. Ein guter Mensch, hat selbst seine tödliche Krankheit mit Humor genommen.« Als sei er nur mal kurz weggegangen, um etwas Dringendes zu erledigen, ist Wood überall präsent. Eine Backstein-Hauswand *downtown* zeigt als Tryptichon eine Persiflage auf sein berühmtestes Gemälde »*American Gothic*« von 1930. Der alte Farmer und seine Tochter bauen auf Feldern, die im Original von Wood gar nicht zu sehen sind, Silverdollars an. Darüber steht »The World according to Art«.

Hier in Cedar Rapids verbrachte Farmersohn Wood seine entscheidenden Jahre als Künstler. Ein guter Künstler ist immer auch Übersetzer. Er übersetzt die Formensprache der Welt, die ihn umgibt, mithilfe des Stils seiner Kunst in etwas Neues, Einzigartiges: seine persönliche Kunstwelt. Im besonderen Fall von Grant Wood ist der Gestaltungswille so groß, dass sogar sein Studio selbst die Kategorien eines wohlkomponierten Gemäldes erfüllt und so die Grenze zwischen Kunsthandwerk und bildender Kunst spielerisch unterläuft. Der Geist, in dem er das Heudach einer Kutschengarage zu einem perfekt funktionierenden Künstleratelier umfunktionierte, wo seine berühmtesten Gemälde entstehen sollten, ist eindeutig dem seiner Pionier-Vorfahren entlehnt. Stil und Aufbau jedoch verraten den Einfluss vorangegangener Paris- und Europa-Reisen, auf denen er sich unter anderem mit den licht- und luftreichen Arbeitsbedingungen der Maler in Montmartre vertraut machen konnte. Zugleich markiert das Atelier aber auch die entscheidende Phase seiner Karriere, in der er zu jenem erstaunlichen Stil fand, für den Kritiker unlängst die Bezeichnung »uneasy modern« fanden. *Uneasy* vor allem deswegen, weil er in vielen seiner Bilder die ländliche Idylle Iowas mit dem Einbruch der modernen Welt konfrontiert. Grant Wood, der sich später sowohl auf seinen Bildern als auch auf Photographien bevorzugt als zupackender Landarbeiter in Jeans-Latzhosen darstellte und präsentierte, wuchs als Farmersohn einer Quäkerfamilie im Mittleren Westen auf, dem sogenannten »Heartland« Amerikas.

Der frühe Verlust des Vaters zwang die Familie in die nächstgelegene Stadt, Cedar Rapids, eine florierende Geschäfts- und Kulturmetropole und Umsteigebahnhof von Chicago auf dem Weg in den Westen, wo der junge Wood sich unter anderem als Bauarbeiter, Gärtner, Zimmermann und Wächter verdingte. Nach einem kurzem Studium am Art Institute of Chicago, das er vorwiegend nachts absolvierte, während er tagsüber als Silberschmied arbeitete und

Schmuck gestaltete, kehrte er nach Cedar Rapids zurück, wo er mithilfe der in unzähligen Jobs erworbenen Fähigkeiten ein kleines Haus für seine Mutter und Geschwister errichtete. Seine Schwester Nan erinnert sich: »Das Häuschen war rustikal und sehr schmal, aber ganz wunderbar. Grant hatte oft seine Freunde da, und es gab Mulligan Stew, den er im Garten auf dem Lagerfeuer kochte.« Inzwischen hatte Grant Wood sich auch einen Ruf als Inneneinrichter erworben und unterrichtete Malerei an der McKinley Junior High School. Handwerklich hochbegabt, aber ohne jeden Sinn für das Geschäftliche (er war bisweilen zu schüchtern, um überhaupt Rechnungen zu stellen), war er bei seinen Künstlerreisen immer auf die Unterstützung von Klienten angewiesen. Für einen seiner Arbeitgeber, den befreundeten Bestattungsunternehmer David Turner, hatte er gerade vom Material über die Farben bis ins Detail jedes Torbogens den kompletten Ausbau einer Trauerhalle konzipiert. Zum Gebäude gehörte auch eine Art Kutschhalle mit Heuschober darüber, für den der Besitzer dank der Motorisierung seiner Wagen keine Verwendung hatte. Als Wood Interesse signalisierte, weil ihm die Gaubenkuppel auf dem Backsteingebäude im kolonialen Stil so gefiel, überließ Turner ihm den Heuschober zur freien Gestaltung als Studio, noch dazu mietfrei. Das kam gelegen, denn Wood hatte zur Finanzierung der Paris-Reise, von der er damals gerade zurückgekehrt war, sogar sein Auto verkauft und war für den Moment absolut mittellos.

Die neue Freiheit nutzte er dazu, seine Formensprache am Beispiel des Studios durchzudeklinieren und damit ein Zuhause für sich und seine Gemälde, sogar seine Mutter und Schwester zu schaffen, doch dazu später. Zunächst machte er sich mithilfe einiger seiner Studenten an den Umbau. Als Anhänger der Arts & Crafts-Bewegung (Wood war u. a.

treuer Leser von *The Craftsman*) galt sein Augenmerk vor allem der optimalen Raumnutzung mithilfe von Regalen, Schubladen und praktikabel verstaubaren Elementen, sodass für das eigentliche Malen alle störenden Dinge unsichtbar wurden, der Raum also die größtmögliche Helligkeit besaß und so eine beruhigende Leere ausstrahlte. Dabei kam es ihm vor allem auf die vielfältige Nutzbarkeit des Studios an, die er bereits auf einer selbst gestalteten Haustür andeutete. In ihr zeigt sich auch Woods subtiler Humor, der neben dem Unheimlichen wesentliches Merkmal seiner Kunst war. Auf einer Art gläsernen, rot bemalten Standuhrschablone konnte er mithilfe eines fein geschwungenen Metallzeigers kommunizieren, was er gerade wo tat. Wenn dieser nicht gerade anzeigte, dass Grant Wood zu einer bestimmten Zeit zurück ins Studio kam, gab es folgende Varianten: »is in«, »is taking a bath«, »is having a party« und »is out o'Town«. Eine alte Messingglocke, die er aus Rom mitgebracht hatte, kündigte Besuch an. Für seinen grünen Holzbriefkasten mit Einwurfschlitz erfand Wood einen speziellen Feder-Mechanismus, der die Post bei sanftem Druck nach unten herausfallen ließ.

»Is in« – wer die Treppenstufen zum Atelier hinaufstieg, betrat einen perfekt nach dem Maßstab der Effizienz komponierten Raum, dessen formales Leitmotiv der Bogen war, wie ihn die Kuppel auf dem Dach vorgegeben hatte: Er findet sich in dem aus Ziegelsteinen und einem umfunktionierten halbierten Metallkorb gestalteten Kamin, den zahlreichen Nischen für Statuen und den Zinngittern, die er alle in demselben ruralen Blumenmotiv rhythmisierte, das er der Folk-Art und kolonialen Mustern entlehnt hatte; und auch die Wandabteile neben dem Fenster sind gebogen, wie man auf seinem Gemälde »Sunlit Studio« von 1925 sieht. In einer der Nischen direkt über dem Kamin stand eine Porzellanmadonna aus Quimper in der Bretagne, die beim Transport nach Amerika beschädigt worden war. Wood störte das aber gar nicht, er setzte sie sorgfältig wieder zusammen und fand sie dank der so entstandenen Patina eigentlich noch attraktiver als vorher. Der Trompe-l'Œil-Effekt, mit dem er den Holzfußboden durch sanft eingesägte und bemalte Quadrate in einen »französischen« Fliesenboden in Dunkelgrün- und Rosttönen verwandelte (echten Fliesen hätte die dünne Decke nicht standgehalten), setzt sich an den Wänden fort. Die verwendeten Faserplatten, aus denen er die Regale und Aussparungen modellierte, bewirkten mit dem Finish aus verwischtem Gips und strukturierendem Farbeinsatz von gelblichem Grau den Effekt von antiken Stukko-Wänden aus Stein. Und sogar die Adresse »Nr. 5 Turner Alley« ist keine richtige Adresse, es war lediglich die Anschrift, die ein Freund aus Frankreich auf einem Brief verwendet hatte. Grant konnte jedoch den Briefträger überzeugen, sie von da an verwenden zu dürfen.

Woods Wille verwandelte alles. Nicht nur die Küchenzeile, so bemerkt Naomi Goebel von der *Cedar Rapids Gazette* in einem 1944 erschienenen Artikel, würde Hausfrauen in Verzückung geraten lassen. Aus einer Tür in der Wand ließ sich im Halbkreis eine Art Kleiderschrank ausfahren. Ein gewachster abgerundeter Frühstückstisch aus Holz konnte nach Bedarf umgeklappt werden. Und unter der Durchreiche von der eingebauten Pullman-Küche in den Wohnraum ließ sich der eingebaute Tisch so ausfahren, dass aus der einfachen Wand mit faltbaren Türen im Nu, so Grant Wood, »Mother's Hotdog-Stand« wurde, an dem kleine Mahlzeiten eingenommen wurden. Die faltbaren Türen hatte er aus Holz und den Überresten alter Jeanslatzhosen, die beim Verputzen der Wände zu dreckig geworden waren, so modelliert, dass sie aussahen wie alte Kupfertüren, an denen er wie Schnurrbärte gedrehte Eisengriffe anbrachte. In eine der Türen baute er die Brusttasche der Jeans so geschickt ein, dass sie als Halter für seinen Flaschenöffner diente. Selbst in einen seiner ovalen Teppiche hatte er Jeansreste verwoben. Wo der Kühlschrank in der Rückwand der Küche verschwand, ist im Badezimmer auf der anderen Seite ein Regalschrank angebracht.

»Is taking a bath« – Weil Grant Wood am liebsten duschte, seine Mutter aber bevorzugt badete, versenkte er die Badewanne in der hellgrün verfliesten Nasszelle so tief ebenerdig in den Fußboden, dass er trotz der schrägen Außenwand im Stehen bequem duschen konnte.

»Is having a party« – Das Theater war eine von Grant Woods großen Leidenschaften, sodass er den westlichen Giebel mit zwei dünnen Metallsäulen, einer Gleitvorrichtung und sogenannten Baghdad-Stoffbahnen aus Spanien in Dunkelblau, Braun und Rost – die seine Schwester nach Woods Vorgabe zu einem Vorhang zusammennähte und vormals als Kamelüberwürfe gedient hatten – bei Bedarf in eine Bühne verwandeln konnte. Zur ersten Aufführung im Jahr 1925, dem Stück »The Cardboard Moon«, in dem unter anderem ein damals populärer Sänger namens Ralph Leo mitspielte, hatte Wood vierzig Gäste geladen, es kamen aber über sechzig, so Schwester Nan. Doch alle fanden in dem geräumigen Studio Platz. Später verwandelte er den Westteil mit einem Fenster und Regalen in eine Arbeitsecke mit Sekretär, zwei wie riesige Aktenordner in der Wand versenkbare Holzschiebetüren mit vertikalen Unterteilungen dienten von da an als Aufbewahrungsort für Woods Gemälde. Einige Regale sind so spezifisch gestaltet, dass sie nur bestimmte Dinge beherbergen konnten: zum Beispiel eine Brieftasche, eine Brille oder zusammengerollte Leinwände. Um sein Urheberrecht auszuweisen, ließ sich Grant Wood im Studio vor jedem seiner Gemälde fotografieren – so auch vor »Daughters of Revolution«, das später der Schauspieler Edward G. Robinson erwarb. An den unteren Außenwänden der »Bühne« installierte er zwei tagsüber versenkbare Betten für sich und seine Mutter, die abends bequem hervorgerollt werden konnten. Die Mutter, wie er sie auf dem Gemälde »Woman with Plants« 1929 portraitierte, zog nicht nur aus Gründen der Bequemlichkeit (das Essen!) ein, sondern auch auf Anraten von Woods Mentor und Vermieter Turner, der sich Sorgen um den guten Ruf machte. Wood malte oft bis spät in die Nacht, und Künstler, so dachte Turner – und mit ihm das ländliche Amerika – »sind eine wilde Horde von Playboys und Zuhältern«, da musste man aufpassen. Die Verwegenheit hielt sich jedoch in Grenzen. So stand Grant Wood unter anderem dem sogenannten »Garlic Club« vor, der sich regelmäßig zum Salatessen im *Travel Inn* traf. Das Ritual des Clubs bestand darin, dass der Maler als Meister eine hölzerne Salatschüssel feierlich am Tischende stehend mit Knoblauch einrieb, bevor er die Zutaten beigab und mischte.

Einmal, so erinnert sich Park Rinard, sein Assistent, erschien Grant still schmunzelnd zu einer Kostümparty als Engel mit Flügeln im rosa Nachtkleid aus Flanell und einem am Rücken befestigten Heiligenschein. »Er war sehr lustig. Mit ihm wurde das Leben interessant, weil er die kleinsten und einfachsten Dinge wie ein Picknick oder einen Ausflug als großartige Ereignisse zu feiern verstand.« Über seine Pariser Zeit erklärte Wood in einem Interview: »Ich lebte selbst mal in Paris und ließ mir einen spektakulären Bart stehen, der weder zu meinem Gesicht noch zu meinem Haar passte … und lernte, dass französische Kunst sehr schön ist für Franzosen, aber nicht notwendig für uns, und als ich herausfinden wollte, was ich wirklich gut kannte, fand ich heraus: Es ist Iowa.«

Manche Elemente des Studios finden sich auch auf seinen Gemälden wieder. So das Telefon an der Wand, für das er zwei Nischen baute, eine hohe für sich selbst und eine niedrigere für seine Mutter, in »Victorian Survival« (1931) oder das Element des Vorhangs in »Portrait of Nan« (1933). Aber der Aufenthalt in der hoch über der Straße gelegenen ehemaligen Heugaube mag auch Einfluss auf seine Perspektivik genommen haben: Bei vielen seiner unheimlichen Gemälde von »Midnight Ride of Paul Revere« (1931) bis zum sturmdrohenden »Death on the Ridge Road« (1935) ist der Standpunkt des Betrachters hoch über dem Dach oder den Bäumen, als sei das Ganze die Kamerafahrt eines anderen Künstlers aus dem Mittwesten, David Lynch, dessen konzentrierte Bildsprache oft an Wood erinnert.

»Is out o'Town« – Als Grant Wood 1935 einem Ruf als Professor für Kunst an die Universität von Iowa City folgt und dort Quartier nimmt, bezieht er zwar, so die Presse, »das schönste Haus Amerikas«, eine schmale Backsteinresidenz aus der Gründerzeit von 1858, den kompakten Charme seine Studios erreicht er dort jedoch nicht mehr, selbst wenn die eigens gestalteten Möbel wie der Grant Wood Lounge Chair noch an den Pioniergeist seiner Atelierjahre erinnern. Der Mann, der, so ein Nachruf, »die rollenden Hügel Iowas liebte, die verschlungenen Flüsse und die zufriedenen, rechtschaffenen, kläräugigen und respektvollen Menschen dieser Landschaft«, starb 1942. Das Studio wurde nach seinem Auszug nur noch zwei Mal vermietet. Der letzte Bewohner war David Carey, der Sohn eines der Schauspieler, die bei der Studiopremiere 1925 noch auf Woods Bühne standen. Der Associate Director des Cedar Rapids Theatre wohnte dort von 1990 bis 2002 mit seiner Frau. »Die Leute haben mich immer vorgestellt als ›der Typ, der in 5 Turner Alley wohnt‹.« Nachdem bereits 1984 der gesamte Gebäudekomplex in das

»National Register of Historic Places« aufgenommen worden war, wusste Carey von Anfang an, dass das Glück, in Woods Studio wohnen zu dürfen, eine zeitlich begrenzte Geschichte sein könnte: »Das Studio hat ein extrem gutes Karma, und wir waren sehr traurig, als wir auszogen, aber es ist wunderbar, dass Woods Atelier nun als Museum auch für die Öffentlichkeit zugänglich ist.« Ein fast unwirklich schöner, idealer, heller und guter Ort, von dem gelten könnte, was der Dichter Winfield Townley Scott in seinem Huldigungspoem über »Grant Wood's American Landscape« schreibt: »The men are sure and wise in their labor, they go/back/and forth too clean and sure: they are not real./There is too much sun. There is too much peace.«

Eisbär im kalten Polar

Unterwegs Richtung Norden und dann immer geradeaus tauchen sie irgendwann plötzlich aus der frostblau tiefen Grönlandsee auf wie gefrorene Vorboten einer besseren Welt: die gleißend weißen Eismajestäten von Spitzbergen. Als hätte man mitten in den schneeverwehten Meeresweiten der Arktis noch vor dem Nordpol ein erhabenes Naturtheater aufgezogen, das allein dazu dient, unser Auge mit einer Schönheit vertraut zu machen, die jenseits des gewohnten Horizonts verortet ist: Wer auf dem *Lufthavn* von Svalbard in Longyearbyen mit dem hochpoetischen Dreilettercode LYR landet, erreicht aber nicht nur den nördlichsten Zivilflughafen der Welt. Er betritt auch, und das bedeutet die steil aus dem Meer ragende Mondlandschaft aus Schneebergen unmissverständlich, ein Land, das einen selbst zum Abenteurer, Entdecker und Forscher macht.

»Willkommen in der Wildnis«, empfängt das Begrüßungsschreiben den Gast im ordentlich vorgeheizten Hotelzimmer, vor dessen Fenster die blaue Säule eines klassischen Thermometers so weit nach unten weist, dass man die tatsächlichen Minusgrade in den unteren Zwanzigern nur noch erahnen kann. Und auch die Feuchtigkeitscreme aus Sandbeere und Birke auf dem Nachttisch, die vor der Trockenheit der arktischen Wüste schützen soll, atmet Tundra und Verwegenheit. Der Atem überhaupt! Ein erster Spaziergang durch den Ort überzieht das Barthaar apart mit Raureif, und vor der Nase bildet sich eine Art privater Permafrost.

Longyearbyen selbst atmet auch weit über hundert Jahre

nach seiner Gründung durch den Amerikaner John Munroe Longyear, dem die Stadt ihren Namen verdankt, eine Atmosphäre von Goldrausch und Glückssuchertum. Longyear kam zwar, anders als seine Zeitgenossen in Alaska, nicht des Goldes wegen, sondern zum Abbau von Kohle nach Svalbard, aber die Stimmung muss ähnlich euphorisch wie im Wilden Westen gewesen sein. Auf der Einkaufstüte des lokalen Supermarkts *Svalbardbutikken* prangt auf blauem Grund ein weißer Bär. Und auch wenn es vielleicht nur dem mangelnden Platz auf der Tüte zu verdanken ist, dass dieser Eisbär gerade so noch auf die unter ihm schwimmende Scholle passt, auf der er steht, vermittelt das Bild doch eine gewisse Form von Dringlichkeit. Sie erzählt etwas von den existenziellen Nöten, in die das schöne Tier durch den Klimawandel geraten ist. Longyearbyen liegt, und das bemerkt die Einkaufstüte ebenfalls stolz, auf dem 78sten nördlichen Breitengrad, nur 12 Grad vom Nordpol entfernt, der von hier aus, wie eine Tafel am Flughafen zeigt, lediglich 300 Kilometer weiter entfernt ist als Tromsø und das norwegische Festland.

»Spidsbergen«, wie Willem Barentsz, Seefahrer des 16. Jahrhunderts aus Holland, die von ihm entdeckte Inselgruppe nannte, ist in vielerlei Hinsicht für den Artenschutz bedeutsam. War es doch ebenfalls Barentsz, der als einer der ersten Entdecker von den weithin im Nordmeer gesichteten Walen berichtete, deren unregulierter Fang damals begann und Jahrhunderte währte. Bis das lange überfällige Moratorium der Internationalen Walfangkommission (IWC) 1986 der tödlichen Jagd auf die intelligenten Riesensäugetiere weitgehend ein Ende setzte und Walfang seither nur noch Ausnahme ist und indigenen Völkern sowie der Wissenschaft vorbehalten. Beide, Eisbär und Wal, sind in ihrer ganzen glorreichen Schönheit auf die Gesundheit ihres natürlichen Habitats der Arktis angewiesen, und ihre Existenz gerät durch den Einfluss des Menschen zunehmend in Gefahr. Die Arktis macht uns den Klimawandel wie keine zweite Landschaft bildlich deutlich. In London bedeutet er für uns am Ende vielleicht nur einen tollen Sommer im T-Shirt. Im Norden aber bewirkt er die Transformation des einst soliden Packeises über dem Nordpol in eine an den Rändern ausfasernde Rieseninsel, die sich irgendwann, wenn wir nichts dagegen tun, zuletzt sogar von Grönland und dem arktischen Kanada lösen wird.

Als ob die Natur zur Begrüßung gleich ihre ganze Macht und Gewalt vor Augen führen wollte, zieht ein Schneesturm auf, der die Flocken waagerecht durch die Straßen fegt und alles in eine verwunschene Welt aus surrealen Eisskulpturen und meterhohen Verwehungen verwandelt. Das unheimliche Heulen des Blizzards flaut spät in der Nacht so jäh ab, wie es kam. Das passt, weil: Wir sind ja in Longyearbyen, um dem studierten Zoologen Alastair Fothergill zu den Eisbären zu folgen, die er in *Our Plane* so liebevoll porträtiert hat. »Es sind ganz einfach die besten Tiere, die man sich vorstellen kann«, so Fothergill zur Begrüßung, der lange bei der BBC für die Natural History Unit verantwortlich zeichnete. Dort lernte er einst auch den Gentleman der Tierfilmwelt, Sir David Attenborough, kennen, der selbst mit seinen 92 Lebensjahren noch als beeindruckende Stimme von *Our Planet* der Dramatik des Naturgeschehens auch für das Ohr die nötige Tiefenschärfe verleiht. Fothergill besitzt ein markant vorstehendes Kinn, als hätte der späte Max Beckmann ihn gezeichnet, und dazu das klassische Profil eines römischen Imperators. Seine ozeanblaugrauen Augen blitzen aus tief liegenden Höhlen, wenn er sich für etwas begeistert. Und davon gibt es hier in Svalbard sehr viel. »Eisbären sind ganz schwer zu filmen. Nicht nur, dass sie sich ständig in Bewegung befinden und unglaubliche Distanzen überwinden, sie sind auch dazu launisch und unberechenbar. Wenn sie in einen Schneesturm geraten, kann es sein, dass sie sich einfach einen Monat schlafen legen und darauf spontan beschließen, quer über den Pol nach Kanada hinüberzulaufen.« Was auch lange von Svalbard aus kein Problem war, das im Altnordischen in etwa so viel wie »Kaltküste« bedeutet, aber heute eines ist.

Höchste Zeit für etwas Feldforschung. Wie eine Expedition gleiten die Schneemobile in Kolonne mit gebührendem Abstand hintereinander her, und jeder hat ausgiebig Zeit, bei mäßigem Tempo die mit Hügelspitzen gesäumten Täler zu genießen: das unvergleichlich sanfte, von hohen Schleierwolken gezauberte arktische Winterlicht, das von milden Honigtönen bis ins Fahlrosa erblassender Pfirsichblüten changiert. Ein klassischer Hundeschlitten mit Huskys gleitet uns erhaben entgegen, der Lenker hält vornehm sein Knie angewinkelt, als müsse er mit dem Fuß immer wieder mal nachbeschleunigen. Beim ersten Halt im Freien werden mit geübten Handgriffen Thermoskanne, Kakaopulver und Trockennahrungstüten entpackt. Ich wähle das Reindeer Stew, das durch die heiße Schokolade als Getränk dazu fast in Gourmethöhe abhebt. Man gießt den Tüteninhalt einfach mit heißem Wasser auf, verschließt ihn wieder und knetet dann so lange herum, bis das Essen rehydriert und genießbar ist. Wir stehen am zugefrorenen Sassenfjord und stapfen in den schweren Schneeanzügen, die einen vom Gefühl her sofort in einen Astronauten verwandeln, an der Uferkante entlang, als eine junge Frau ganz aufgeregt auf uns zukommt: »Ein Eisbär, dahinten läuft ein Eisbär!« Mit der Behändigkeit des erfahrenen Forschers zückt Alastair sofort sein Zeiss-Fernglas und rückt so das majestätisch langsam über den großen Fjord schreitende Tier mit dem Objektiv in nahezu greifbare Nähe. »In der Sprache der Inuit ist der Eisbär gleichbedeutend mit ›Wanderer‹«, erklärt er und reicht den Feldstecher herum. In der Tat sind die Bewegungen des Bären so geschmeidig und fließend elegant, dass man gar nicht erkennen kann, wo ein Schritt in den nächsten übergeht. Die Zotteln des elfenbeinfarbenen Fells, mit dem er sich klar aus dem blendend hellen Weiß des Schnees abhebt, federn sanft seinem Lauf hinterher, in einer ebenmäßigen Wellenbewegung. Ab und zu hebt er den Kopf und schaut kurz in unsere Richtung, als wolle er sagen: »Meine Nase ist untrüglich, lange bevor ihr mich gesehen habt, habe ich euch schon längst gewittert.« Kurz bevor er hinter den Bergen, die zum Nordenskjöld-Gletscher führen, endgültig verschwindet, dreht er sich noch einmal um wie der Wolf am Gebirgsrand in Wes Andersons *Fantastic Mr. Fox* und grüßt, zwar nicht mit der Faust wie im Film, aber mit einem besonders langen Blick, damit wir ihn und sein Schicksal nicht vergessen.

Wer sieht, wie selbst im Winter durch die Erwärmung der Erde das Eis am Nordpol kaum mehr bis nach Spitzbergen reicht, weiß, dass damit der Lebensraum des Tieres dramatisch eingeschränkt ist. Wo er früher einfach über das Packeis in die arktischen Weiten aufbrechen konnte, muss er heute oft selbst im Winter in der Nähe der Menschen bleiben. 3000 Eisbären gibt es noch auf Svalbard, dennoch war unsere direkte Begegnung mit ihm ein seltenes Glück, wie Alastair betont. »Wir treffen den Eisbären sonst eher da, wo er auch auf Ringelrobbenjagd gehen kann, an den Eiskanten, wo sie auftauchen, um ihre Schneehöhlen zu bauen.« Und Alastair erzählt uns die Geschichte, wie er beim Filmen einmal selbst fast unter dem ewigen Eis gelandet wäre. Das Schneemobil, auf dem er mit den Kameramännern saß, sackte auf einmal ab, obwohl sie zuvor die nötige Schichtdicke von 30 Zentimetern festgestellt hatten. Und alle drei entkamen nur wie durch ein Wunder, Sekunden bevor das Fahrzeug mit einem gigantischen Blubb in den frostigen Tiefen versank, einschließlich der über 300.000 US-Dollar teuren Spezialkamera, die mit ausgefeilter Technik gegen Erschütterungen abgefedert ist, um auch dann noch brillante Bilder zu produzieren, wenn die Geschwindigkeit einer Karibuherde oder von Wildhunden gejagter Gnus in der Serengeti ein Filmen unmöglich machen würde. Was im Eis nach kurzer Zeit wieder an die Oberfläche ploppte, waren die Sitzpolster und Alastairs altgediente Billingham-Fototasche, die ihn auf all den Expeditionen seiner Karriere begleitet hatte.

Später am Abend, in seinem urigen, komplett aus Holz gezimmertem Lieblingsrestaurant, zeigt Fothergill uns zu Elchburger und Mack Lager aus der nördlichsten Brauerei der Welt die schöne alte Tasche. Sie steht da neben ihm in sandfarbenem Stoff mit abgewetzten Ledergriffen, als sei sie das Narrativ einer Zeit, in der Expeditionen noch ganz Erkundung waren und nicht notgedrungen Warnung vor den Folgen zerstörerischen Lebenswandels.

Roxy Munich

Um ein großes Wort gelassen auszusprechen: München leuchtete – mir ein. Von Anfang an. Das lag wiederum an einem Wort, besser gesagt, einem Schild, das im Novembernebel heimleuchtete und gelbe Strahlen in die Nachmittagsdämmerung trieb, und auf diesem Schild stand »Tabacco«. In jener holzgetäfelten Traditionsgaststätte am Promenadeplatz unterhielt ich mich gegen Ende des 20. Jahrhunderts mit einem Redakteur über meinen ersten Artikel für die *Süddeutsche Zeitung*. Um Ästhetik sollte es gehen, genauer gesagt um Buchumschläge und den gestalterischen Unfug, der mit diesen seit einiger Zeit getrieben wurde. Und was das nun genau für den Inhalt, der sich hinter den schrillbunten Papierbögen verbarg, zu bedeuten hatte.

Der Ort für dieses Gespräch über Form und Sinn hätte nicht besser gewählt sein können: Ein freundlicher Kellner erschien wohllivriert und mit perfekten Manieren am Tisch, um charmant die Bestellung aufzunehmen. Das Streichholzbriefchen, das er später zum Espresso auf einem Unterteller zündfertig aufgeklappt servierte, war in demselben Grünton wie sein Jackett gehalten, und mir wurde zum ersten Mal in meinem Leben klar, dass sich der gute Stil einer Stadt in den Aufenthaltsräumen des gastronomischen Alltags verrät. Wie es sich dort verhält, was die Kleiderordnung anbelangt, bei Gast und Wirt, und der Umgangston, den man miteinander pflegt, daran lässt sich ablesen, was es mit einer Stadt auf sich hat. Wie der Umschlag im Idealfall die schönste Visitenkarte eines Buches sein kann, so ist die Gaststätte ein Aushängeschild der Stadt und dafür zuständig, dem Gast etwas von Kultur und Stil ihrer Bewohner zu erzählen. Und Stil ist nichts anderes als Kultur, das muss man in Zeiten von allgegenwärtigen »Style-Blogs« immer wieder in Erinnerung rufen. Kultur in ihrer am feinsten ausgebildeten Form.

Der Stil einer Stadt zeigt sich zum Beispiel darin, wie sie rein äußerlich mit ihrer Vergangenheit umgeht. Der Odeonsplatz ist mir in seiner mattgelben Italianità immer als Traumbild einer städtischen Augenweide vorgekommen. Die Selbstverständlichkeit, mit der man hier die Tradition einfach stehen ließ und fast alles diesem nonchalanten Prinzip unterordnete, beeindruckte mich als gebürtigen Frankfurter sehr. Dort hatte, nach den Verwüstungen des Zweiten Weltkriegs, ein zerstörungslustiger Bürgermeister, auch »Dynamit-Rudi« genannt, noch den letzten Rest an halbwegs erhaltener Bausubstanz wegsprengen lassen. Deswegen ist das Sehensprinzip für mich ganz zentral bei der Auswahl meiner Wahlheimaten: Fassaden schauen, Promenaden ablaufen und dabei gelungene Proportionen bestaunen. In guten Städten ist jeder Spaziergang eine Schulungsstunde in Sachen Gestaltung.

Das lernte ich auch, als ich Jahre später nach München zog, um für den *Architectural Digest* zu arbeiten: Hier erfuhr ich die neue Stadt so, wie man sie bei dem Magazin idealiter verstand: als stilbildend. Sei es eine Ausstellung von Jürgen Teller im Stadtmuseum oder ein Empfang bei Nymphenburg, auf dem der Industriedesigner Konstantin Grcic seine neueste Kooperation mit der eleganten Porzellanmanufaktur vorstellte – immer ging es darum, wie sich die Neugier des gestalterischen Geistes auf dem Parkett der Geschichte entwickeln konnte und was dabei herauskam: Handwerk in wegweisender Form. München war gut zu mir, und es ging mir gut. Frühmorgens fuhr ich mit dem Fahrrad ins Müller'sche

Volksbad, um in dem noch leeren Jugendstil-Becken meine Bahnen zu ziehen und dabei der perfekten Überschrift für einen Artikel nachzusinnen. Mittags saß ich vor dem *Roxy* auf der Leopoldstraße, um mich für den Rest des Tages mit einem Espresso zu stärken. Und dass meine bevorzugte Textilreinigung *Klischee* hieß, ist mehr als bezeichnend.

Denn München, das war zwar auch der überkandidelte Barock seiner goldbehängten »Baby Schimmerlos«-Existenzen, der viel beschworenen Schickeria, aber mir kam das von Anfang an vor wie ein hängen gebliebener Film in der Endlosschleife. Eine Paralleldimension, die zwar existierte, aber dank des unaufgeregten Kleidungsstils der Menschen, die, genau wie beim Bauen, keine Berührungsängste mit der Tradition hatten, weitgehend unsichtbar blieb, zum Glück.

Mein München war geprägt vom einzigen ernst zu nehmenden Helmut-Lang-Laden der Welt (im *Bayerischen Hof*). Der Tabakauswahl bei *Pfeifen-Huber.* Mode von Ayzit Bostan. Cappuccino in der *Tagesbar.* Handschuhen von *Roeckl.* Sonntagnachmittagen im Deutschen Museum. Den durchtanzten Nächten in der *Registratur.* Prosa von Andreas Neumeister. Dem Gang mit den Hunden im Englischen Garten. Musik von Giorgio Moroder. Den Antiquariaten in der Schellingstraße. »Mode und Verzweiflung«. Thomas Manns Bogenhausen. Dem *SZ-Magazin.* Stefan Gabanyi. Den Alpen. Und und und. Die Reihenfolge ist beliebig, die Aussage klar: Als Tyler Brûlé von der Zeitschrift *Monocle* im Jahr 2010 München zur lebenswertesten Stadt der Welt kürte, zeichnete er nicht nur den angenehmsten Flughafen, den man sich denken kann, aus, er meinte auch: das Motorenwerk des Stils.

Jack Londons Ranch in Glen Ellen, CA

Auf der Rückseite meiner zerlesenen Kinderausgabe von *Der Ruf der Wildnis* aus dem Jahr 1975 wird Jack London unter seinem Portrait in schwarzer Öljacke noch als »Abenteurer und Schriftsteller« präsentiert. Zum Schriftsteller an erster Stelle wurde London aber erst, als er die exotischen Reisen zugunsten des vielleicht größten Abenteuers seines Lebens eintauschte und seine Ranch in Sonoma County aufzubauen begann. Wer heute Glen Ellen besucht, wo er von 1905 an seinen Traum von der *Beauty Ranch* oder, wie er sie manchmal poetisch und philosophisch benannte, der *Ranch of Good Intentions* zu verwirklichen begann, wird unfreiwillig an den legendären Wilden Westen erinnert, wie man ihn aus dem Kino kennt.

Die ganze Gegend steht noch wie unter Schock von den tödlichen Waldbränden, die seit mehreren Jahren hier jeden Sommer mit nie zuvor gesehener Gewalt wüten. Erst im November 2018 wurden Napa und Sonoma Valley wochenlang von den Rauchwolken des Camp Fire überschattet, das knapp hundert Kilometer nördlich ausgerechnet nahe der Stadt mit dem sprechenden Namen Paradise die schlimmsten Zerstörungen seit einem ganzen Jahrhundert anrichtete. Und nur ein Jahr zuvor breitete sich gleich nebenan in Calistoga ein Brand, angefacht von stürmisch heißen Bergwinden aus der Sierra Nevada, so rasend schnell aus, dass es zu einer Feuerwalze kam, die über die Hügel bis nach Santa Rosa zu einem regelrechten Inferno führte. Davon hat sich die Landschaft bis heute nicht erholt. Über 3000 Häuser verbrannten, Eigentum im Wert von über 10 Billionen Dollar wurde in einer Nacht vernichtet, und die Natur dort gleicht noch immer einem verwüsteten Kriegsschauplatz mit verkohlten Baumstümpfen und hoch aufragenden Astgerippen. Erst ein Drittel der Häuser ist wieder im Aufbau begriffen, und der berühmte »Milde Westen« des Vineland gleicht heute da, wo er am schlimmsten getroffen wurde, mit notdürftig aus hellem Holz gezimmerten Hausprojekten am ehesten der zivilisatorischen Wildnis, die er einmal war. Es riecht immer noch so frisch verkokelt, dass man verstört nach dem nächsten Saloon fragen will, um die Eindrücke schnell mit einem Schluck, wie es bei den Indianern zu Recht hieß, Feuerwasser herunterzuspülen.

Der Jack London State Historic Park ist zum Glück von den aktuellen Verwüstungen weitestgehend verschont geblieben, obwohl es ebenfalls ein Feuer war, das Jack Londons lange geplantes Traumhaus auf der Ranch, das »Wolf House«, in einer Augustnacht des Jahres 1913 dem Erdboden gleichmachte. Das architektonische Juwel aus Redwood und Stein, das er zusammen mit Albert Farr aus San Francisco entworfen hatte, wäre eines der Großwerke des frühen 20. Jahrhunderts in Kalifornien geworden. Eine Art rustikales Arts&Crafts-Schloss, mit integrierten Baumstämmen als tragenden Säulen, Licht spendendem Pool im Zentrum des offenen Atriums und einem erdbebensicheren Fundament, das selbst ein vierzigstöckiges Hochhaus getragen hätte. Nur an ein Feuer hatte London nicht gedacht bei seinem Haus aus »Luft, Sonnenschein und Gelächter«, das »ein ganzes Jahrtausend« hätte halten sollen. Obwohl es sein erster Instinkt war, das noch nicht fertiggestellte *Wolf House* wiederaufzubauen, kam das Projekt bis zu seinem frühen Tod drei Jahre später nicht weiter, weil man auf neue Redwood-Bäume warten musste und die Kosten zu hoch gerieten.

Heute ist das *House of Happy Walls*, das Londons Frau Charmian zum Andenken ihres Mannes 1919 aus Stein errichtete, ganz in seinem Sinn erfüllt von Licht und Lachen, es ist der Geburtstag von Jack London. Die Ranger-Dame, die uns führt, spricht von ihm, als käme er gleich um die Ecke: »Jack hat sich das so vorgestellt«, »Wenn Sie Jack dazu fragen würden …« und »Jack meint ja, man könnte das viel schlauer machen«. Ein Gutes hatten die verheerenden Feuer dann doch, wie sie verrät. Mit den vom Staat zur Verfügung gestellten Mitteln konnte das Museum umgestaltet werden. Es ist nun eine so charmante und anschauliche Einführung in sein Leben, dass man bald davon überzeugt ist, man sei eigentlich Gast bei ihm zu Hause. Nur habe er, um sich die vielen Worte zu sparen, einfach alles, was seine Person anbelangt, an den Wänden und in Vitrinen untergebracht. Eine alte Schreibmaschine lädt mit einem applizierten iPad dazu ein, seine eigene Geschichte aufzuschreiben und sie auf einem dünnen Papierschnipsel ausdrucken zu lassen. Das erzieht automatisch dazu, sich kurz zu fassen, und schärft den Sinn für literarische Ökonomie. Gepolsterte Fensternischen waren Jack Londons Lieblingsplätze zum Lesen. Wahrscheinlich, weil man so die schöne Natur bei der Lektüre nicht aus den Augen verliert und gleich mitbekommt, wenn etwas passiert; seine Bibliothek umfasste über 15.000 Bände. Die über 500 Hektar große Ranch konnte er sich nur deshalb leisten, weil er früh zu Weltruhm gelangte und viel Geld mit Geschichten verdiente, die seinen Pioniergeist auch in der Welt der Publikationen unter Beweis stellten.

Der Mann, der dem Goldrausch, wie bei Charlie Chaplin verewigt, nach Klondike in Alaska an den Yukon folgte und dort mit unzähligen anderen Glückssuchern kämpfte, litt und fieberte, wurde eigentlich erst in der populären

Magazinwelt wirklich fündig, wo man ihm seine eindrucksvoll zu short storys verdichteten Erlebnisse sprichwörtlich vergoldete. Um die *Beauty Ranch* auch über den Erwerb hinaus finanziell zu stemmen, legte sich Jack London eine eiserne Schreibroutine von tausend Wörtern pro Tag zu, die er diszipliniert einhielt. Auch weil er an der Ranch mit einer Liebe und Aufopferung arbeitete, die er sonst nur seiner Frau und den Büchern zuteilwerden ließ. Von seinen Reisen um die Welt brachte er aber nicht nur schöne Alltagsgegenstände wie das grün umrandete Porzellan von den Marquesa Islands, sondern auch eine veritable Kollektion von Südsee-Artefakten mit nach Hause. Er sprach von seinem selbst entworfenen Segelschiff, der *Snark*, die er mit seiner geliebten Charmian (sic!) über Hawaii, Tahiti, Bora Bora, Fidschi und die Solomon-Inseln bis nach Samoa zum Grab von Robert Louis Stevenson steuerte, auch gern als einem »auf See treibenden Museum«. Beeindruckend hier die in kleine Phiolen abgefüllte Bordapotheke: Kokain-Drops gegen Zahnweh, Opium für den Schmerz, Heroin bei Husten und Quecksilberchlorid, um offene Wunden zu heilen. War aber damals ganz konventionell, wie eine Schautafel gleich versichert.

Die fortschrittlichen Landwirtschafts-Methoden, mit denen er die Ranch betrieb, hatte sich London von Reisen als Reporter aus Korea und Japan mitgebracht: Das Terrassieren, die Rotation des Saatguts und natürlicher Dung halfen ihm dabei, den Anbau so nachhaltig wie möglich zu gestalten. Ein Frischwasser-See mit Damm gehörte ebenso zu seinem Konzept wie die Kooperation mit dem Pflanzenforscher Luther Burbank bei der Entwicklung einer stachellosen Kaktuspflanze, die als wasserarm angebautes Trockenfutter für die Rinder dienen sollte. Eine auf das Freiheitsbedürfnis der Tiere zugeschnittene Tränke ridikülisierte die Lokalpresse als »Palasthotel für Schweine«. Sein Wagemut stieß aber auch an natürliche Grenzen: So pflanzte er 80.000 Bäume einer besonders schnell wachsenden Eukalyptusart, um den Holzbedarf nach dem Erdbeben in San Francisco von 1906 zu decken, doch die Spezies erwies sich als nicht stark genug, um damit zu bauen.

Bevor er 1916 mit nur vierzig Jahren überraschend an den Spätfolgen jener Quecksilbertherapie in den Tropen starb, versöhnte ihn vor allem eines mit den vielen Rückschlägen, Krankheiten und Katastrophen: das Gefühl, auf seiner Ranch der guten Absichten im Valley of the Moon etwas gefunden zu haben, das er einmal wie folgt beschrieb: »Ich reite über meine schöne Ranch. Zwischen meinen Beinen ein schönes Pferd. Die Luft ist Wein. Die Trauben auf den Hügeln glühen in Rot mit der Flamme des Herbstes. Über Sonoma Mountain stehlen sich Fetzen von Seenebel davon. Die Nachmittagssonne schwelt im schläfrigen Himmel. Ich habe alles, was mich glücklich macht, am Leben zu sein.«

Seersucker

Wer auf seinem nächsten *Iran-Air*-Flug (deren Vielfliegerprogramm den sprechenden Namen »SkyGift« trägt) zum Dessert einen Kaffee bestellt, dem wird das seltene Vergnügen zuteil, in der Nachfrage der Stewardess die etymologische Herkunft eines aparten Baumwollgewebes verraten zu bekommen: »Shir u shakar?« Milch und Zucker – es sind diese persischen Worte, die, so geht die Legende, einem sprachbegabten Schneider im stets überhitzten New Orleans des Jahres 1907 einfielen, als es darum ging, einem gerade erfundenen, besonders leichten, kreppartigen Zwiefarb-Stoff seinen Namen zu geben: geboren war der Seersucker. Andere Quellen behaupten, dass die Inder bereits im 18. Jahrhundert derart gestreifte Gewebe persisch benannten und die Engländer das sorgsam gekrumpelte Tuch nur hilflos verangelsachselt haben. Als »Sirsucker« wurden denn auch prompt subalterne Inder von ihren Landsleuten verspottet.

Wie dem auch sei, die blauweißen Anzüge erfreuten sich in den Sommermonaten unter Mississippi-Senatoren bald großer Beliebtheit, was später sogar in einem Parlamentsbrauch kulminierte: Am »Seersucker Thursday« sollte es nach dem Südstaaten-Senator Trent Lott darum gehen, an einem warmen Junitag dem Volk zu zeigen, dass Politiker mehr sein können als nur trübe Tassen in dunklen Anzügen, das war mitten in den Neunzigerjahren. Wie man sieht, ist es nie zu spät, auch einfach mal eine ganze Tradition neu zu erfinden. Beim Tragen von Saisonkonfektion kommt es natürlich nicht zuletzt auf das Timing an. So gilt als ungeschriebenes Gesetz, dass der Seersucker-Anzug vom Osterwochenende an bis zum Labor Day (also dem ersten Montag im September) getragen werden kann. Wer es an *smartness* mit Seersucker-Patron Gregory Peck in *Wer die Nachtigall stört* aufnehmen will, muss in Mitteleuropa indes ein altes Wort von Lord Byron bedenken, der unsere Jahreszeiten wie folgt terminierte: »Der Winter hört hier im Allgemeinen Ende Juli auf, um dann Anfang August zurückzukehren.«

Die Clarks aus Street, Somerset

Joseph und seine Brüder hatten es nicht leicht. Ihr Vater hatte sich, sobald es ging, aus dem Tagesgeschäft der Schaffarm in Street, Somerset zurückgezogen, um sich ganz der »Society of Friends« zu widmen. Der offizielle Name jener religiösen Gemeinde, die wegen des fast ekstatischen Zitterns während ihrer Andachten als »Quaker« (Zitterer) verspottet wurden, war Programm: Der Mensch auf Erden solle allen helfen, so gut es ging, und mit den anderen Menschen umgehen, wie Freunde es eben tun: rechtschaffen. Das innere Licht, das durch Gott in jedem Menschen brennt, leuchtet ihnen den Weg dabei, es braucht keinen Priester oder Sakramente, um Gott zu erfahren. Er ist in jeder Tat, die uns hilft, das Dasein zu meistern. Ein weiteres Prinzip besteht darin, nicht viel Worte über sein Tun zu verlieren. Die Welt ist schließlich eitel genug.

Während Vater Joseph I. also auf Reisen ging, um die stille und friedvolle Sache der Quaker zu verhandeln, blieben seine Söhne zu Hause und versuchten ihr Glück. Joseph II. hatte als Ältester keine andere Wahl, er übernahm den Betrieb. Seine jüngeren Brüder Cyrus und James aber hatten Ambitionen. Cyrus, der im väterlichen Gut gelernt hatte, den Schafen das Fell über die Ohren zu ziehen und die Wolle verarbeitungsfähig zu machen, blickte mit tief liegenden Augen auf seine tägliche Arbeit und sah eines Tages mehr darin als nur die Gewährleistung der Körperwärme in einer viel zu kalten Welt. Der Geschäftsmann mit markanten Zügen im Gesicht, einem großen Mund samt entschlossenem Kinn, beließ die

Wolle einfach auf der Fellhaut, färbte das Leder, schnitt das Stück apart zurecht und schuf so einen nützlichen und schönen Schafwollteppich. Der wärmte die Füße im Winter und sah noch dazu gut aus. Und, noch besser: Die weicheren Reststücke konnten zu Chamois-Ledern verarbeitet werden, andere zu Wischmopps oder Handschuhen.

Als der zehn Jahre jüngere James aus der Schule kam, konnte er in der bereits ordentlich etablierten Manufaktur von Cyrus seine Lehre antreten. Auf besonderen und eindringlichen Wunsch, denn der strenge Vater Joseph I. sah ihn bereits als Apotheker in Bath. »Ich bat ihn so eindringlich, mich nicht dazu zu zwingen, meine Heimat zu verlassen … Ich konnte die Idee, in einer Stadt gefangen zu sein, nicht ertragen, wo ich doch all mein schönes Leben hier auf dem Land hatte.« James, mit weicheren Zügen ausgestattet, lernte schnell, wurde aber hart rangenommen: Es wurde vertraglich besiegelt, dass er während der fünf Jahre nicht nur nicht heiraten durfte, sondern auch auf Kartenspiel und sonstige Umtriebe verzichten musste. Selbst das Salär war eher bescheiden. Also bat James eines Tages seinen Bruder, ihn doch außerhalb der geregelten Arbeitszeit etwas ausprobieren zu lassen. Cyrus willigte, zunächst etwas missmutig, ein, und James begann, in den Abendstunden aus Reststücken, deren Wolle nicht genug für einen Teppich hergab, eine Art Schlüpfschuh zu fabrizieren, den man damals als Socke bezeichnete: jene innere Haut des Schuhs, die den Fuß vor dem direkten Kontakt mit der Sohle schützt. Gewiss, James hatte dabei nicht etwa den Schuh erfunden, wohl aber die erste Auskleidung eines Schuhs mit weichem gefüttertem Schafleder. Und er bereicherte die Firma seines Bruders mit einem neuen Segment: dem der Schuhmacherei.

Als seine fünf Jahre als Geselle abgelaufen waren, nahm Cyrus seinen Bruder als gleichgestellten Partner auf, und der Landflecken Street bekam 1833 mit C. & J. Clark eine Firma, die das Leben der Bürger verändern sollte. Von außen betrachtet waren die Clarks eine sonderbare Sippe. Auf einem schmalen, fast naiv anmutenden Ölgemälde aus dem Jahr 1845 sieht man das Clark-Imperium in seiner ganzen Blüte: links das niedrige Steinhaus von James, rechts das von Cyrus, mit Portal und gelb verputzt, beide von Efeu bewachsen, und in der Mitte ihr Werk, die Fabrik. Auf der Straße davor promenieren Bürger in Gehröcken und Zylinderhut auf und ab und zeigen stolz mit ihren Stöcken auf den Firmensitz, nur der Fluss im Vordergrund entspiegelt die ganze fröhliche Somerset-Welt etwas düster ins Moos. Gegenüber lauert Gefahr, die Welt, das Dunkel. Jimmy Godfrey, der sein *Beer and Cider House*, heute *The Bear Inn*, direkt gegenüber der Fabrik aufmachte, um den Angestellten eine Möglichkeit zu geben, ihren Lohn in einen 1A-Rausch umzusetzen, wurde nach wachsenden Exzessen kurzerhand von der Clark-Familie aufgekauft, die dort dann ohne ihn das *Bear Café and Teahouse* eröffnete, ganz ohne Alkohol also, um die »moralische Unterstützung und Wohlfahrt der Arbeiter« zu gewährleisten.

Die Schmucklosigkeit ihres Lebens, die Reduktion auf das Wesentliche im Befolgen der wenigen Anweisungen, welche die Lehre der Quaker bereitstellt, ließen immer wieder absurde Situationen entstehen. Sicher, man betrieb ein gut gehendes Unternehmen, aber nicht alle konnten den exzentrischen Winkelzügen der erfolgreichen Familie folgen. So sah man zum Beispiel oft die vielen Clark-Kinder wild und barfuß durch das Dorf rennen. Als die ersten Streeter jedoch anfingen, Witze darüber zu machen, dass sich ausgerechnet die Schuhmacher wohl keine Schuhe für ihre Kinder leisten könnten, belehrte man sie scharf: Erstens (laut, nicht unfreundlich) würden die Kinder ausgesprochen gerne barfuß laufen und zweitens (hinter vorgehaltener Hand, eher verschwörerisch) sollten Kinder gerade in der Entwicklungsphase Schuhe nur dann tragen, wenn es unbedingt notwendig ist, also im Winter oder mit Wunden. Später folgte James' Sohn William diesem Credo der Natürlichkeit mit seiner sogenannten »Hygienic Line«, einer Schuhfamilie, die ganz extrem der natürlichen Form des Fußes angepasst ist. Auf der »Showcard« von 1883 verkündete man stolz: »Diese Schuhe deformieren weder Ihre Füße, noch verursachen sie Blasen oder Hühneraugen. Sie sind komfortabel zu tragen und machen das Gehen zu einem reinen Vergnügen.« Das bezog sich ganz klar auf das Innenleben, den Tragekomfort. Aber auch die äußere Form folgte dem Gesetz der Distanzierung vom allgemeinen Schuhmarkt. Darauf bezieht sich der zweite Teil der Anzeige: »Gleichzeitig ist aber auch die Gestalt der Schuhe nicht überbetont, sie sind dadurch weder verdächtig noch unattraktiv.« Ein Urteil, das absolut nahtlos auch für einen ganz besonderen Schuh gilt, mit dem sich die Firma Clark endgültig und unauslöschlich in die Geschichte des Gehens eingeschrieben hat: den Desert Boot.

Als Nathan Clark, Schuhmacher und Ururenkel der Gebrüder Clark, mit der Westafrika-Brigade Englands in Burma stationiert war, erhielt er eine Nachricht aus Street, Somerset: Er möge sich doch bitte einmal, wenn Zeit dazu sei, umschauen, ob es nicht dort, in der Fremde, irgendwelche nützliche Schuhe gäbe, deren Form interessant sein könnte. Nathan zögerte nicht lange und schickte zwei Entwürfe, die er in Indien und Burma gesehen hatte und deren Muster er handfertig aus Zeitungspapier erstellte: die einfache Chupplee-Männersandale aus Nordwestindien und den Desert Boot nach einem Modell, das Soldaten der Achten Armee, die in Burma vorbeikamen, sich auf dem Basar in Kairo hatten schustern lassen, freilich wiederum entlehnt von einem Wüstenschuh der Südafrika-Division, die ihn ihrerseits von im Sand siedelnden Holländern abgeschaut hatte: ein rauer Wildlederschuh mit Kreppsohle.

Der Entwurf kam zunächst nur postalisch gesehen an, denn es dauerte eine Weile, bis er überhaupt umgesetzt wurde. Nathan Clark war inzwischen wieder in Street, und Bill Tuxill, ein obstinater Perfektionist, der für die Muster zuständig war, hatte seine Zeitungsmodelle auf dem Arbeitstisch liegen, ganz oben, wie er betonte. Jedesmal, wenn Nathan bei ihm vorbeischaute, sagte er: »Ja, Herr Nathan, gewiss, Ihre Entwürfe sind gleich als Nächstes dran.« Dem Ururenkel wurde klar, warum die Quaker es tunlichst vermieden, in Geschäftssachen ein einfaches »yes« zu sagen, sie sagten einfach nur: »Hope so« (in der Hoffnung, vom Heiligen Geist geführt zu sein). Ehrlich und einfach wie der Schuh sollte auch die Antwort sein.

Also machte sich Nathan selbst daran. Vor dem Firmenkomitee, das über das Schicksal jedes Schuhs entscheidet, bevor er in Serie geht, erntete er für sein Meisterstück jedoch nur Kopfschütteln. »DER verkauft sich NIE«, so hieß es bass erstaunt. Und: »Das ist der unattraktivste Schuh seit Langem.« Die Firma Clark war, besonders durch ihre erfolgreichen Kinderschuhe, inzwischen in eine Dimension gewachsen, die einfache Entscheidungen für ein neues Produkt enorm erschwerten. Nathan gab jedoch nicht auf und nahm den Prototyp mit auf eine Geschäftsreise nach Amerika. Auf der Schuhmesse in Chicago 1949 zeigte er ihn unter anderem auch einem Mann namens Oskar Schoefler, der damals als Fashion Editor für *Esquire* arbeitete und deren Stand betreute. Als Schoefler den Schuh sah, ließ er alles liegen und stehen und begann, ihn zu preisen: »Herr Clark, das ist er. Das ist er jetzt, der Schuh. Wie heißt er? Desert Boot? Ganz ausgezeichnet. Lassen Sie ihn mir da, bitte.«

1950 folgte eine große Geschichte im *Esquire* mit vielen Fotos, die dem neuen »Casual Footwear« zu seinen ersten Erfolgen verhalf.

In den Sechzigerjahren brachte der einfache Schuh in Sand, Braun und Schwarz die geistige Revolte in Gang und wurde, wie eine Anzeige verrät, »the off-beat casual for up-beat intellectuals«. Glenn Gould trug ihn am Strand von Nassau auf den Bahamas, die Mods in den Straßen von London und Brighton. Und alle, die ihn trugen, wurden zu Bannerträgern, denn sie trugen ihn vor allem: im Herzen. Über 11,5 Millionen Paare wurden bis heute verkauft. Das liegt daran, wie die Quäker sagen würden, zu denen übrigens auch James Dean, Joan Baez und Richard Nixon gehören, dass der Schuh nie mehr sein wollte, als er ist. Und dass er sich nie verändert hat. Auch wenn das Modell mit Kreppsohle aus Malaysia und Bronto-Wildleder aus England dieser Tage in Vietnam gefertigt wird, das innere Leuchten, das von ihm ausgeht, ist ungebrochen. Das liegt an seiner schlichten Gestalt, dem einfachen, schmucklosen Prinzip und der Unaufgeregtheit seiner Erscheinung. Und dem sozialen Aspekt des brüderlichen Teilens. In den neuesten Kollektionen wird sogar weiße Baumwolle von getragenen Herrenhemden statt des Wildleders verwendet. *Faith and Hope and Charity.* Ein Quaker-Schuh par excellence.

Nathan Clark lebt noch heute, wie sein Bruder Lance, der in den Sechzigerjahren mit dem schlichten Mokassin »Wallabee« den zweiten kanonischen Clarks-Schuh erfunden hat. Wer nach Street in Somerset fährt, kann im nahezu unveränderten Firmengebäude der Sekretärin von Nathan, einer alten Dame im rosa Twinset mit Perlenkette, bei der Erledigung der Post zusehen. Und im firmeneigenen Schuhmuseum die Entwicklung des Schusterimperiums zurückverfolgen. In einer Vitrine steht dort auch ein Modell aus dem Jahr 1964, das noch auf seinen Platz im Alltag wartet: Wer schon immer von einem Desert Boot als Halbschuh mit Ledersohle geträumt hat, findet diesen dort im historischen »Desert Royal Derby« bereits verwirklicht. Das olivfarbene seidige Wildleder auf der mattbraunen schmalen Ledersohle lässt jeden italienischen Schmeichlerschuh verblassen. Und wäre das hier jetzt der *Esquire* 1950 in Amerika und mein Name wäre Schoefler, ich würde – aber das ist eine andere Geschichte.

Mysophobia

Wie jede Angststörung von Format hat es auch die Mysophobie, jene panische Furcht vor Kontakt mit Viren, Bakterien oder Schmutz überhaupt, irgendwann zwangsläufig nach Hollywood geschafft. Gleich zu Beginn von Martin Scorceses Meisterwerk *Aviator* aus dem Jahr 2004 (also im Jahr zwei nach SARS) zeigt er uns den jungen Howard Hughes im Bad, wie er von seiner Mutter sorgfältig eingeseift wird und dabei wiederholt das schwierige Wort Q-U-A-R-A-N-T-Ä-N-E buchstabieren muss. Sie fragt ihn sozusagen das Alphabet der Infektionskrankheiten und ihrer Umstände ab: der kleine Junge weiß Bescheid über die Cholera, wie die Häuser gekennzeichnet sind, wo sie wütet, über den Typhus etcetera. Und am Ende steht der entscheidende Satz, die Warnung für sein ganzes Leben: »YOU'RE NOT SAFE!«

Was macht das mit einem Menschen, wenn er von klein auf mit eindringlichem Blick von der eigenen Mutter darauf hingewiesen wird, dass es, anders als im Kinderspiel beim Fangen, auf der Welt kein Hola gibt, also einen geschützten Ort, an den jeder zurückkehren kann, um durchzuatmen, weil man sich dort in Sicherheit wähnen darf? *Aviator* erzählt elegant von Besessenheit und Waschzwang anhand eines ästhetischen Objekts: jener silbernen Dose mit dunkelgrünem Seifenstück aus der Hand der Mutter, die Leonardo DiCaprio während des gesamten Films wie eine Waffe gegen die dreckige Welt um ihn herum in der Hosentasche trägt. Es gibt sicher keinen besseren Lehrer für die ausführliche Handwäsche in Zeiten der Corona-Pandemie (zwanzig Sekunden plus): Wie er den

Waschraum eines Restaurants betritt und sich mit fanatischem Eifer die Hände in wahnsinnigem Tempo einseift, einen Finger nach dem anderen, um sie irgendwann so hart aneinanderzureiben, dass die Handflächen zu bluten beginnen.

Nun ist Reisen schon immer eine virologische Herausforderung an den eigenen Körper gewesen und jeder, der einmal in der Fremde laxer als nötig mit den eisernen Regeln wie »wash it, peel it, cook it, boil it or forget it« umgegangen ist, weiß ein Lied davon zu singen, was man sich gemeinhin unter Delhi-Belly, Montezumas Rache oder Pharao Melitta vorzustellen hat. Meistens half dann auch der obligatorische tiefe Schluck Justerini & Brooks (Duty Free) aus dem Flachmann vor dem Einschlafen nicht mehr, sondern schlimmstenfalls nur noch Luvos Heilerde aus dem heimatlichen Reformhaus. Aber selbst die furchtbarsten Folgen waren meistens bald vergessen, und gesunder Wagemut kehrte ins exotische Reiseabenteuer zurück. Leider muss man dank Corona kaum noch vor die Haustür, um sich mit hochinfektiösen Viren anzustecken. Als im Jahr 1879 der britische Arzt Dr. William Alexander Hammond den Begriff der Mysophobie prägte, konnte er kaum ahnen, dass die Symptome seines Waschzwang-Patienten knapp 150 Jahre später gespenstisch den Maßnahmen ähneln würden, die verzweifelte Regierungen auf der ganzen Welt gegen die Corona-Pandemie verordnen: obstinates Händewaschen, begründete Berührungsangst vor kontaminierten Oberflächen und strenge Vermeidung sozialer Kontakte aller Art. Dafür erscheint Reisen, wenn sämtliche Erdenbürger mit den letzten Heimkehrerflügen in ihr Land zurückgekehrt und alle Grenzen geschlossen sind, auf einmal wieder fast so exklusiv wie ganz zu Beginn des Tourismus: ein primär geistiger Akt der Entgrenzung in fremde Sphären, der uns nur mithilfe der Imagination gelingt, *travelling without moving* oder: die Welt als Wille und Vorstellung.

Richtung Norden

Wenn es doch einfach nur ein neuer Stern im Großen Bären wäre, der selbst die Nächte unerträglich windstill und heiß hält. Der verantwortlich zeichnete für eine Affenhitze, die metallene Fensterbänke in glühende Bügeleisen verwandelt, an denen man sich die Finger verbrennt, Ratten aus der Kanalisation an die Oberfläche treibt und den Asphalt aufweicht, sodass geschmolzener Teer an den Schuhsohlen kleben bleibt, und Reifen platzen lässt, während Propheten in weißem Gewand mit irrem Blick an der Straßenecke das Strafgericht und mit ihm das Ende aller Tage verkünden. Während es Tim und Struppi im gleichnamigen Abenteuer nur mit einem »Geheimnisvollen Stern« zu tun haben, der dort wie ein gigantischer Feuerball auf unsere Erde zurast, als wär's ein melancholischer Film von Lars von Trier, gehen wir, seit die Sommer immer unerträglicher werden, in Gedanken gern auf Reisen in die Kälte. Und folgen dabei Tim im Comic, der mit einer internationalen Forschungsexpedition in die Arktis nördlich von Grönland aufbricht, um den eingeschlagenen Meteoriten jenes Feuersterns zu suchen.

Denn die große Sehnsucht, die entsteht, wenn Temperaturrekorde in tödliche Fiebernähe rücken, ist zwar lediglich eine Himmelsrichtung. Aber sie ist inzwischen emotional extrem aufgeladen: der Norden. Das liegt vor allem daran, dass selbst das geographische Einnorden nicht mehr automatisch die gewünschte Abkühlung bringt: weil sogar dort das Eis in nie zuvor gekannter Geschwindigkeit schmilzt.

Nicht einmal im tiefsten Winter bedeckt das Packeis ungeteilt die gesamte Arktis und schließt, wie in der Vergangenheit üblich, als grenzenlose Fläche Grönland mit Russland und Kanada kurz. Die Krone aus gleißendem Weiß, die so entstand und dem Nordpol seine königliche Würde verlieh, ist verschwunden, und mit ihr ein Gebiet kartographierter Kälte, das keine politischen Grenzen kannte. Die unendlichen Wanderwege des Eisbären, der vormals als König von Thule von Kontinent zu Kontinent pilgerte, gleichen heute eher konzentrischen Kreisen auf vereinzelten Eisschollen.

Aber die Idee des Nordens, wie der kanadische Meisterpianist Glenn Gould sie in seiner berühmt gewordenen Radiodokumentation *The Idea of North* präsentierte, lebt fort. Das einmalige Stück Hörgeschichte von 1967 versammelt Stimmen von Reisenden, die unter anderem im *Muskeg-Express* von Winnipeg nach Churchill/Manitoba an der Hudson Bay unterwegs sind, und befragt sie nach ihren Vorstellungen vom Norden. Der Medienvirtuose Gould verwendet dabei ihre Stimmen wie einzelne Musikinstrumente, die er übereinander lagert und so eine Form von, wie er es selbst nannte, »kontrapunktalem Radio« kreiert. Das klingt so, als ob man durch einen sehr langen Zug laufen würde und immer wieder faszinierende Gesprächsfetzen von Mitreisenden aufschnappte, aus denen sich am Ende eine moderne Hymne an jene Himmelsrichtung im Kopf zusammensetzt, die nicht umsonst den Auftakt von Goulds *Trilogie der Einsamkeit* darstellt. Seine Nordsehnsucht manifestierte sich auf dem Scheitelpunkt des Ruhms, da er abrupt beschloss, seine Laufbahn als weltweit gefeierter Konzertpianist für immer zu beenden und von da an nur noch Studioaufnahmen zu realisieren, die ihm absolute Kontrolle über sein Werk erlaubten. Also stieg er, nachdem er alle zukünftigen Verpflichtungen abgesagt hatte, alleine in den Zug in Richtung der endlosen

Ebenen, deren erhabene arktische Natur wir zumeist nur von ganz weit oben aus dem Flugzeugfenster sehen. Ein Blick, der Charlotte Gainsbourg zu ihrer im Takt eines Metronoms vorbeiziehenden Reiseminiatur *AF 607 105* inspirierte, in der sie diesen entscheidenden Satz singt: »My heart is breaking somewhere over Saskatchewan.« Kein Wunder: Wer die unendlichen Weiten der Tundra und Taiga (nach der auch ein für erdnahe Erkundungen der ungezähmten Natur ausgerüstetes Sondermodell des Lada Niva benannt ist, neben dem alten Volvo Polar das einzige Vehikel, dessen Besitz sich noch lohnt) von oben sieht, bekommt eine Ahnung von der Wildnis an sich und wird die absolute Schönheit der arktischen Weiten begreifen. Selbst die vormals so unspektakulär scheinende und nie mit fürsorglichem Blick betrachtete Klimazone des Permafrosts, weltumspannender Schutzreif zwischen milderen Regionen und dem ewigen Eis, bekommt durch die globale Erwärmung den Charakter eines gefährdeten Biotops mit metaphorischer Tiefenschärfe: Die Aufweichung der Erde zieht den Bewohnern buchstäblich den Boden unter den Füßen weg, die Stelzenhäuser verlieren mit der verlässlichen Kälte ihres Grundes lebensnotwendige Stabilität und geraten erst ins Wanken, um dann, wie mit schwach gewordenen Beinen, einzustürzen oder im aufgeweichten Schlamm zu versinken.

Der Norden spielt aber nicht nur wie ein großer Weltkühlschrank die entscheidende Rolle für den klimatischen Haushalt der Welt, weil er mit seinen weißen Flächen das Sonnenlicht zurück ins All reflektiert und so lange Zeit dank der weiträumigen Ausdehnung des Eises elementarer Garant der Wohltemperiertheit war. Er kann auch für die Befindlichkeit des Menschen auf Reisen eine geradezu medizinische Wirkung haben, und das, wiederum symbolisch, auf das Gleichgewichtsorgan. Wen die Reisekrankheit befällt, der sucht einen Platz in Schiff, Flugzeug, Bahn oder Bus, der es ihm erlaubt, den Horizont zu sehen, um so seine Bewegungsstörung, die *motion sickness*, zu lindern und zu heilen. Wem nicht wohl ist, ob zu Hause oder unterwegs, kann außerdem die Augen schließen und an Schnee und Eis denken. Die visuelle Ruhe und Stille, die von weiß strahlenden Landschaften ausgeht, kühlt das Gemüt und heilt so bald auch die Störung des Befindens, weil der Blick wie auf See nahezu mathematisch gegen Unendlich geht. Was gleichzeitig die Seele des Menschen befriedet, von der Goethe befand, sie gleiche dem Wasser. Die magnetische Anziehungskraft, die vom Norden ausgeht und jede Kompassnadel unwiderstehlich in seine Richtung austariert, hilft wie der Blick auf den nächtlichen Sternenhimmel auf der Suche nach dem am hellsten leuchtenden Punkt im Kleinen Wagen, dem Polarstern, um sich unterwegs wieder einzuordnen, wenn man auf Reisen die Orientierung verloren hat. »Richtung Norden, und dann immer geradeaus!«, so verwies eine Werbung in den Siebzigerjahren auf die Qualitäten des Klaren, auch wenn es in diesem Fall nur um den später Liedgut gewordenen eisgekühlten Bommerlunder ging.

Der Norden riecht aber auch besser als der Süden: Im Zweifelsfall mischen sich die Nadelholzaromen mit See-Sanddorn und Fjell-Birke wie bei der Moisturizing Cream von *Arctic Pure*, die in der *Funken Lodge* auf Spitzbergen als Gabe für den Gast zum Schutz vor der Trockenheit des Klimas gereicht wird. Die Stadt Longyearbyen wirbt um am Zuzug Interessierte mit einem wunderbaren Bildband ihrer sympathischen Einwohner und dem durch die norwegischen Kings of Convenience (»Quiet Is the New Loud)« inspirierten Titel: *The Cold is the new Hot.* Auf einer Reise durch Skandinavien kann der aufmerksame Beobachter, je weiter er nordwärts gerät, mit etwas Glück am Straßenrand Werbung für ein ebenfalls vielbezügliches Objekt entdecken, eine Art Hygge-Hütte, die mit unserer Sehnsucht nach Auskühlung zu tun hat: Polarkammaren. Als ich das Wort zum ersten Mal las, stellte ich mir dabei die südliche Entsprechung einer Sauna vor. Wer in der Hitze wohnt, stellt sich eben eine Polarkammer in den Garten, in der man gemeinsam friert, um sich von den mitteleuropäischen Rekordsommern draußen vor der Tür mental und physisch zu erholen. Schon in der Kindheit lernten wir im Fernsehen durch *Wickie*, wie tief Einfallsreichtum und Wagemut in den Herzen der Nordmeerfahrer verankert sind. Heute zeigt uns die im Internet gestreamte Serie *The Terror*, wie die Suche nach der Nordwest-Passage im 19. Jahrhundert Seefahrer auf ihre härteste Probe stellte, weil die Hybris der eroberungssüchtigen Europäer sie in lebensfeindliche Regionen führte, in denen das Überleben nur den Ureinwohnern, den *Inuit*, gelang, weil sie sich stets nach der Natur richteten, anstatt sie bezwingen zu wollen. *The Terror* zeigt aber auch, wie kolossal unheimlich ein Gewitter in der Winternacht am Polarkreis aussieht und mit welcher Gleichgültigkeit die Leuchtfarben der Northern Lights über die Tragik sich auftürmender Eisschollen dahinziehen, an denen wie bei Caspar David Friedrich im Gemälde Schiffe zerschellen.

Grönland lässt sich eben nicht kaufen, es ist mit seinen Eisbergen die letzte Bastion der gefrorenen Schönheit, wie sie die amerikanische Fotografin Lynn Davis seit den Achtzigerjahren in einer beeindruckenden Serie in und um die berühmte Disko Bay für eine Nachwelt festhält, die vielleicht einst ohne diese bizarren Monumente wird leben müssen. Ihre Eisberge sind zerbrechliche Lebewesen, die in jedem zerklüfteten Frostabbruch von ihrer existenziellen Bedrohung erzählen. In Thomas Bernhards erstem Roman *Frost* erhält ein Student der Medizin den Auftrag, einen Künstler zu beobachten, den Maler Strauch, der weltverlassen in der Wildnis lebt und am Ende verschwindet. Bernhard bekam für *Frost* den Bremer Literaturpreis. In der Dankesrede skizziert Bernhard seine Zukunftsvision: »Mit der Klarheit nimmt die Kälte zu. Diese Klarheit und diese Kälte werden von jetzt an herrschen. Die Wissenschaft von der Natur wird uns eine höhere Klarheit und eine viel grimmigere Kälte sein, als wir uns vorstellen können. Wir werden in Zukunft den Eindruck von einem immer klaren und immer kalten Tag haben.«

Eine Träne namens Sri Lanka

Obwohl der Schriftsteller Manès Sperber nie vor Ort war, liegt die Insel Sri Lanka »wie eine Träne im Ozean«. Das trifft auf Form wie Inhalt zu. Denn kaum einer, der hierherkommt, will je wieder weg, und wenn, dann wird er gewiss mehr als die eine große Krokodilsträne vergießen. Der alte Name für Sri Lanka lautet nämlich mit Fug und Recht Serendib. Als Horace Walpole im 18. Jahrhundert das Wort »Serendipity« erfand, entlehnte er es einem persischen Märchen, dessen Helden, die Prinzen von Serendip, glückhaft zufällige Entdeckungen machen. Die Araber wiederum hatten es den Indern abgelauscht. *Serendipity* beschreibt jenen glücklichen Zufall, der dazu führt, etwas Überraschendes zu finden, was man vorher gar nicht gesucht hat. Und vielleicht liegt darin schon das Geheimnis der Verzauberung, die einen auf der Insel ergreift. Im Sanskrit lautete ihr Name noch Siṃhaladvīpa, was exotische Abenteuer verheißt und in etwa »Haus-der-Löwen-Insel« bedeutet. Bis heute ist der goldene Löwe der Tapferkeit auf der Nationalflagge zu sehen, umgeben von den buddhistischen Tugenden Güte, Mitgefühl, Mitfreude und Gleichmut.

Rein geographisch tropft die Träne aus dem erhabenen Gesicht des Subkontinents über ihr direkt in den Indischen Ozean. Und transportiert wie ein Gefäß viele Gewürze, Farben und Gebräuche Indiens, aber in hoch konzentrierter Form. Ein Bürgerkrieg zwischen Hindus im Norden, Tamil Tigers genannt, und den buddhistischen Singhalesen im Rest der Insel konnte zum Glück im Jahr 2009 befriedet werden.

Kann es ein Zufall sein, dass ausgerechnet der Zahn Buddhas, von dem viele Gläubige überzeugt sind, dass er – wenngleich minimal – wächst, in einem eigens für ihn errichteten Tempel im Landesinneren in der alten Königshauptstadt Kandy aufbewahrt wird? Gilt doch der linke Eckzahn demjenigen, in dessen Obhut er sich befindet, als göttliches Pfand, das umgebende Land regieren zu dürfen. Wer aber, am besten altmodisch mit dem Zug, zum Zahn nach Kandy in die tiefgrün leuchtende Hochebene reist, findet dort nicht nur tropische Regenwälder und die durch den Ceylon-Tee berühmten Plantagen vor, sondern auch die entspannteren Reste britischen Kolonialwesens. Neben Linksverkehr und prähistorischen Land Rover Defender-Modellen stimmt auch die Gin-Tonic-Rezeptur zum obligatorischen High Tea in der Regel euphorisch.

Aber vollends dem Rest der Welt abhanden kommt man an den feinen Sandstränden im Süden der Insel, wo eine alte holländische Pflanzervilla auf den Hügeln der Stadt Galle zu einem Refugium des Glücks mit Pool, hauseigener Bibliothek und ultrabequemen Lesesofas umgebaut wurde. Wer auf den weiß lackierten Holzplanken des *Sun House* unter den Ventilatoren steht, zur Begrüßung die eisgekühlte Limetten-Ingwer-Limonade trinkt und dann vielleicht zum ersten Mal in der Dämmerung seinen Blick vom alten Holzschreibtisch der Dumas-Suite aus den weit geöffneten Läden über den Palmdschungel schweifen lässt, wird nie mehr von hier wegwollen. Wäre ich doch nur beim ersten Besuch der Insel bereits mit dem schicksalhaften Wesen der *serendipity* vertraut gewesen, dann hätte ich das im Gepäcknetz vergessene Rückflugticket schon damals als Wink verstanden, für immer hierzubleiben.

Bergen

Ich mag den Regen. Ich meine, warum auch nicht? Wenn es regnet, bleibt immer ein Funken Hoffnung übrig. Hoffnung auf besseres Wetter, wenn Sie wissen, was ich meine. Davon gibt es in Bergen viel, von dieser Hoffnung, auf diesen flehentlich herbeigesehnten Moment, wenn im Westen, über der Nordsee, sich ein fahler Streifen Gelb zeigt und das Ende des Regens ankündigt. Dann wird es meistens kalt, denn nur hinter einer Kaltfront klart es auf. Und das ist gut so. Kälte, das bedeutet Einkehr, Türen zu und Schluss. Endlich ein Ende der Ablenkung, der Versuchung, das Haus zu verlassen und die Zeit mit einem Spaziergang zur bunten Holzhäuserfront in Bryggen zu vertrödeln. Denn, so weiß man hier seit den großen Zeiten der Hanse, Zeit ist Geld, und daher kostbar. Nur so ist es auch zu verstehen, dass Bergen eine Kulturstadt ist. Hier wird gearbeitet mangels Ablenkung. Und so sind sie wohl entstanden, die großen Werke der norwegischen Künstler. Das Licht – hier muss es in der Polarnachtzeit, wenn es spät kommt und auch bald wieder geht, herbeigeschrieben werden. Mit Noten, Farben, Buchstaben. Koste es, was es wolle. Und Bergen hat Stil. Gewiss, ohne die großen Tage der Hanse, als die Stadt eine der wesentlichen Handelsmetropolen war, wären sie heute nicht präsent, das Flair, die Grandezza der Bourgeoisie, die einen überall hier umweht. Der Prunk der skandinavischen Salons, die davon zeugen, dass es nicht immer Oslo war, wo man in Norwegen das Land in den Zügeln hielt, sondern das deutsch klingende Städtchen Bergen. Bergen wie Bergen-Enkheim, meine Heimatstadt bei Frankfurt. Wo ich schon früh lernte, dass es nicht nur ein Bergen gab, aus den Erzählungen meines Großonkels von dem mythischen Ort, wo es immer regnet. Er war dort gewesen und hatte sich sozusagen in dieses andere, sein zweites Bergen verliebt. Verliebt in eine wunderhübsche Norwegerin namens Lynn. Es gibt noch ein Bild der beiden, auf dem sie, in einer kurzen, schicken, gezackt gemusterten Wolljacke zu hoch taillierten Schlittschuhhosen auf dem zugefrorenen Wasser eines Fjordes steht und meinen Großonkel Heini mit seinem schmucken dunkelblonden kurzen Lockenkopf von der Seite ansieht. Als ob die Weite des Himmels besonders klar in seinen Augen zu finden wäre.

Mein Großonkel, der Kulturgroßonkel, der meine Mutter immer groß in die Oper ausführte und selbst ein talentierter Geiger war, starb zu früh. Er vererbte mir ein silbernes Zigarettenetui, auf dessen Deckel eine Landkarte von Norwegen eingraviert ist. Sie zeigt die Küste bis weit hinauf, nicht ganz bis Trondheim. Aber Bergen, das ist darauf die nördlichste aller Städte, und so denke ich sie mir auch. Die Stadt, in der das Polarlicht im Winter sanft, aber bestimmt die nächtliche Straßenbeleuchtung ergänzt. Wenn endlich der Schnee kommt, der nirgendwo auf der Welt so traurig fällt wie hier, direkt an der See. Wenn die dunklen nebelgrauen Wolken über den Schären und dem Meer auftauchen und die ersten Flocken zu rieseln beginnen. Der Schnee erinnert mich an eine Musik, die ich in meiner Jugendzeit besonders oft gehört habe. Es war die *Sonata* von Edvard Grieg, in einer Einspielung von Glenn Gould. Das kanadische Klaviergenie war auf der Plattenhülle abgebildet, in einer sonnigen Winterlandschaft, im Profil, eingemummelt mit Schal und Batschkapp in die Ferne starrend. Als ich die Platte daher einmal zu aufkommendem Schneefall gehört hatte, durchzuckten mich Schauer der Begeisterung. »Schneemusik, es ist Schneemusik«, so murmelte ich vor mich hin, während ich den Baumkuchen aus der *Confiserie Schneider* zu Kaffee und einem Niepoorts Vintage Port aus meinem Geburtsjahr 1966 Gabel um Gabel verspeiste. Immer den Blick auf das Schneegetaumel vor meinem Fenster gerichtet, stellte ich meine Mutmaßungen darüber an, wo dieses sensationelle Stück Musik wohl entstanden sein könnte. Im *Riemann Musiklexikon* schlug ich den Lebensort des Komponisten nach. Er hatte natürlich sein Hauptwerk in Bergen komponiert. Bis dahin hatte ich bei Grieg immer nur an den Herbstregen gedacht. Diese Melancholie, die aus allen seinen Stücken dröhnt, sintflutgleich. Die Töne, die perlen wie rinnender Regen vorm schauergepeitschten Fenster. Regen am Meer, das kam hin. Aus dem Wasser steigt der Dampf auf, kondensiert und geht als Regen wieder nieder. Wie sinnlos aber ist Schneefall über dem Meer! Wenn die ganze weiße Pracht in das Nass hineinsinkt und die Restwärme des Golfstroms weit draußen vor der Küste auch in der Stadt das Geriesel allzu rasch wieder schmelzen lässt. Als ob es einer Erinnerung daran bedürfte, dass das Wesen dieser Stadt der Regen ist, das Nass aller Jahreszeiten.

Juist Kids

Die Magie eines Ortes verdankt sich oft der extrem beschwerlichen Anreise, die zu ihm führt. Nur wer die harte Prüfung des Weges besteht, wird, wie im Märchen, dafür mit der zauberhaften Umgebung des Ziels belohnt. So gesehen war mein erster Besuch der ostfriesischen Nordseeinsel Juist in den Siebzigerjahren der Inbegriff einer mehr als strapaziös anhebenden Ferien-Odyssee. Das tägliche Wechselspiel der Gezeiten an der Küste brachte es mit sich, dass wir Frankfurt bereits mitten in der Nacht verlassen mussten, um die einzige Fähre des Tages am Vormittag noch erreichen zu können.

Der D-Zug kam von weit her, irgendwo aus Südeuropa, was im Nu meine kindliche Reisephantasie beflügelte. Aber die fremdartigen Gerüche und Geräusche, die beim Einsteigen aus den Abteilen auf den Flur drangen, erfüllten mich auch mit dem Schauer des Unbekannten. Natürlich waren unsere reservierten Plätze von quer durch das Abteil ausgestreckten Mitreisenden im Tiefschlaf besetzt. Und mein überhöflicher Vater war mit der Aufgabe, unsere Plätze zu erobern, völlig überfordert. Er schob leise die Tür auf und räusperte sich wiederholt, um auf uns aufmerksam zu machen. Aber lediglich drei Worte bekamen wir zur Begrüßung zu hören, diese aber dann auch obstinat wiederholt, immer wieder, gleich einem Mantra: »Wo ist Köln?« Ich weiß nicht, was mich nachhaltiger beeindruckt hat: die säuerliche Ausdünstung der Socken, akustisch gefährlich untermalt von den Trommelbremsen des metallisch schwitzenden Nachtzugs. Oder das schmerzverzerrte Gesicht meines Vaters, der die ganze Nacht am Rhein entlang versuchte, die Füße des schnarchenden Sockenträgers von seiner Armlehne Richtung Boden zu balancieren, ohne ihn dabei aufzuwecken. Nach Köln, die Sonne war inzwischen aufgegangen, hatten wir das Abteil dann für uns und schliefen umgehend so tief ein, dass wir fast das Umsteigen in Oberhausen verpasst hätten.

Aber danach wurde alles bald sehr gut. Der Schnellzug nach Norddeich Mole dieselte immer schneller auf der schnurgeraden Strecke durch die immer flacher werdende friesische Tiefebene, der Himmel weitete sich zusehends. Ein Bahnhof trug den sprechenden Namen »Leer«, es ging sogar irgendwann durch den »Norden« selbst, und schon standen wir an der Reling der Fähre *Frisia* und sahen das Festland langsam hinter uns schwinden. Am Anleger der Insel wartete ein launiger Fotograf mit Kapitänsmütze auf dem Kopf und buhlte um Aufmerksamkeit: »Inselfoto, Inselfoto!« Welch perfide Geschäftsidee sich dahinter verbarg, erfuhr ich erst ein paar Tage später. Man durfte im Schaufenster des Fotoladens wie auf einem Suchbild die Aufnahme seiner selbst finden und dann käuflich erwerben. Ein detektivisches Kindervergnügen, das sich kaum eine Familie entgehen ließ. Überhaupt schien alles auf der Insel spielerisch auf die Seele des jungen Menschen zugeschnitten zu sein: Die Inselbahn war ein kleiner blaugrau angestrichener Schienenbus, der summend über einen wackeligen Steg vom Anleger in den Kurort ruckelte. Gefühlt war das gerade mal eine Nummer größer als Märklin Null. Auf meiner Lieblingspostkarte von damals fuhr die Inselbahn mitten durch eine Sturmflut, deren Wellen beidseitig über dem Damm schlugen.

In Juist angekommen, stiegen wir ein letztes Mal um, in das malerischste Verkehrsmittel der Reise: den Pferdebus zum westlichen Ortsteil Loog, wo die Frühstückspension lag, in der wir Quartier nahmen. Die nochmalige und endgültige Verlangsamung unseres Reisetempos, verbunden mit dem strengen Aroma frischer Pferdeäpfel, das vor dem Planwagen aufstieg, in dem wir seitwärts wie in einem ostfriesischen Western saßen und schaukelten, tat ein Übriges, um mein kindliches Gemüt vollends zu überwältigen. Es gab keinen Zweifel: Wir waren nicht nur in einer anderen Zeit, sondern auch in einer neuen Welt angekommen. Das prächtige alte Backsteinhaus, direkt am Deich zur Wattseite hin gelegen, glühte rot in der Mittagshitze, als wir unsere Zimmer bezogen. Die Hausherrin war eine braun gebrannte nordische Schönheit und trug, was mich besonders beeindruckte, stets ein elegant gefaltetes Kopftuch. Im maritim dekorierten Flur duftete es nach Holzmöbeln, Sonnenmilch und frischer Seife.

Unser herrliches Inseldomizil mit dem schönen Namen *Landhaus Bant* prägt noch heute meine Vorstellung einer idealen Herberge in der Fremde. Es gab einen Wintergarten mit Blick auf die Weite des Watts, der morgens als Frühstücksraum genutzt wurde. Der mit Friesenporzellan eingedeckte Tisch wartete bereits mit einem Korb voller frischer Inselbrötchen, weichen Schrippen, deren Teiginneres ich auslöste, bevor ich sie mit Butter und köstlicher Erdbeermarmelade bestrich, dazu gab es Tee. Weitere Nahrungsmittel konnte man in einer Speisekammer nebenan unterbringen, deren Fächer für die jeweiligen Zimmer mit Fliegengitter gesichert waren. Von heute aus kommt mir das morgendliche Ritual mit den anderen Hausgästen vor wie ein spätes Echo des Speisesaals in Thomas Manns *Zauberberg*. Da war die exzentrische Oberstudienrätin aus Kassel, die sofort, wenn jemand es wagte, ein Fenster zu öffnen, mit operntauglicher Kopfstimme markerschütternd aufheulte:

»Aber nein, bitte, die Zugluft! Mein Trigeminus! Bitte schließen!« Weil ich hin und wieder meinen Eltern gereimte Postkarten an die Verwandten vortrug und die empfindsame Lehrerdame wusste, dass wir aus Frankfurt am Main kamen, nannte sie mich fortan »der kleine Goethe«. Am anderen Nachbartisch war der fünfjährige Sohn eines Atomforschers aus der damaligen Hauptstadt Bonn auf meine LED-Uhr mit roten Ziffern neidisch und wollte unbedingt auch eine haben. Kurzerhand ergriff der erfinderische Wissenschaftler eine Tomate vom Teller, legte sie über seine eigene Armbanduhr und sagte: »Schau, jetzt haben wir auch eine rote Uhr!«

Da war er, der Zeitgeist, der sich auch in einem weiteren Fixstern des damaligem Urlaubssommers manifestierte: dem gerade auf dem Markt erschienen YPS-Heft (mit Gimmick). Besonders litt darunter meine Großmutter, die zu Hause verzweifelt das Wachstum meiner Urzeitkrebse in einer Glaskanne zu überwachen hatte. Täglich pilgerte ich zu der gelben Telefonzelle am Ortseingang, um mich nach dem Befinden der kleinen Tiere zu erkundigen. Danach folgte in der Regel ein Besuch beim Tante-Emma-Laden Koopmann Loog, wo es angenehm kühl nach Obst und Linoleum roch wie in jedem guten Kolonialwarenladen. Natürlich, wie überall an der See, versetzt mit einem Hauch Delial- (bräunt ideal) oder Piz-Buin-Sonnencreme. Dort gab es neben dem YPS auch Donald Ducks *Lustige Taschenbücher* und die glänzenden Granny-Smith-Äpfel, die ich damals liebte. Wie groß war aber erst die Freude, als wir zum ersten Mal durch die Dünen den Strand erreichten. Der Sand, in den wir barfuß versanken, war so fein und weich, wie ich ihn nie zuvor gefühlt hatte. Noch dazu dehnte sich der breite, nahezu menschenleere Streifen zwischen Dünen und dem Meer anscheinend bis ins Unendliche des weißlich flimmernden

Horizonts, als wäre das hier eine Wüste und der Rest eine Fata Morgana. Kein Zufall also, dass sich auf das Wort Juist fast nur wüst reimt.

Das erste Brandungsbad war berauschend. Nicht nur, dass die Wellen dank der vielen Sandbänke gleich mehrmals hintereinander brachen. Man konnte auch als Kind problemlos bis weit hinaus noch stehen, obwohl die Brecher oft so stark waren, dass es einem selbst im Stehen manchmal den Boden unter der Füßen wegriss. So erzählt auch das Wappen der Insel eine subtil chiffrierte Geschichte der Naturgewalten, die hier herrschen: zwei weiße Sterne leuchten im blauen Himmel über drei gelben Dünen und vier Wellen, fast schon ein numerischer Abzählreim, in dem nur die Zahl Eins fehlt: Eins für die Nummer der schönsten und längsten ostfriesischen Insel. 17 lange Kilometer, die man von Ost nach West und umgekehrt mit dem Fahrrad auf der manchmal nur 500 Meter breiten Insel erkunden kann. Vom Naturschutzgebiet Kalfamer an der Ostspitze, wo sogar Zugvögel aus Sibirien brüten, bis zur *Domäne Bill*, einem traditionellen Ausflugsort im Westen, der mit hausgemachter Linsen- oder Erbsensuppe aufwartet. Danach gab es den köstlichsten Nachtisch: Dickmilch mit eingemachten Erdbeeren. Oder frisch gebackenen Rosinenstuten mit Butterklumpen zum Ostfriesentee.

Das Ritual des Tees, der in der Tasse auf einen Kluntje, also Kandiszucker, gegossen wird, was einen anmutig hellen Splitterklang bewirkt, bekommt vor allem durch den Klacks Sahne, der mit einem winzigen Schöpflöffel serviert wird, seine magische Qualität, die mich bereits als Kind faszinierte: Ich konnte nicht genug davon bekommen, der explodierenden Verfärbung des bernsteinfarbenen Tees durch das sogenannte »Wölkche«, das die Sahne im Tee bewirkt, zuzusehen. Es war, als beobachte man ein sommerliches

Wettergeschehen von weit oben aus dem All im Zeitraffer: Gewitterwolken, deren ausfasernde Ambossköpfe mit atemberaubender Geschwindigkeit in die Höhe emporschießen. Auch das eine Spielzeugwelt par excellence. Sogar ein kleines Wäldchen gab es auf der Insel, direkt am Hammersee, einem Süßwasserbiotop, das von einer früheren Sturmflut übrig geblieben war. Ein Naturschutzgebiet wie auch das Billriff im Westen und die Vogelbrutplätze im Osten der Insel.

Dazu, dass ich mich als Kind sofort unsterblich in die Insel verliebte, trug aber nicht nur die archaische Anmut von »Deutschlands schönster Sandbank«, wie Juist oft genannt wird, bei. Es waren auch die drei hochgewachsenen Töchter des Landhauses, die friesische oder altgriechische Vornamen wie Insa oder Theta trugen und in meiner Erinnerung wie Giacometti-Silhouetten vor wilden Pferden im Watt standen und mir lieblich zulächelten, aber nie mit mir sprachen. Was von den vielen magischen heißen Sommern auf Juist und seinen wunderbar stillen wie endlosen Mittagsstunden blieb, war ein verwaschenes weißes T-Shirt mit dem Wappen in Gelb und Blau, das ich kurz ansah, bevor ich meine Erinnerung einer Nachprüfung im seltsamsten aller Sommer des Jahres 2020 unterzog.

Und siehe da, es ist (fast) noch alles so, wie es damals war. Juist ist zwar ohne Inselbahn und Inselfoto, aber weiter autofrei mit der einzigen Pferdemüllabfuhr des Landes. Die Tageszeitungen gibt es immer noch bei *Poppinga* auf der Wilhelmstraße, die Häuser tragen stolz ihre alten Schriftzüge, sodass sich auf der Billstraße zum Loog zwischen Frohsinn und Ludwigslust auch heute Inselfriede einstellt. Das *Landhaus Bant* steht wie einst am Deich, empfängt nur nicht wie früher Gäste als Pension. Die Brötchen von *Remmers* sind so gut wie damals, der Flughafen mit dem wunderbaren

Kürzel JUI ein Grasidyll wie eh und je, nur eines habe ich nicht mehr gefunden: Dickmilch mit Erdbeeren. Das mag aber auch an einem alten ostfriesischen Spruch und seinen sprichwörtlichen Folgen liegen, der sich einen weiteren existierenden Reim auf das Wort Juist macht: Up Juist sünd alle Kojen güst. In etwa: Auf Juist sind alle Kühe unfruchtbar. Wie formulierte es die Werbung noch? Die Milch macht's.

Reiseschuhe

Der aufrechte Gang, diese verdienstvolle Gabe der kultivierten Menschheit, ist alles andere als selbstverständlich. Er benötigt als Fundament die richtigen Schuhe. Wer dieser Tage aufmerksam die Menschen beim Gehen beobachtet, wird bemerken, dass kaum einer in der Lage ist, sich ordentlich zu Fuß fortzubewegen. Ein einziges Drängeln, Schlurfen, Rempeln, Trotten, von der Körperhaltung einmal ganz abgesehen. Ein Blick auf die Schuhe genügt, um den Grund für diesen Missstand herauszufinden: Bequemtreter, Luftturnschuhe, Sandaletten, Flip-Flops und Schlimmeres mehr trampeln auf derart vorgeformten Pfaden vor sich hin und verleihen ihren Trägern die unangenehme Aura von Neuankömmlingen im gelobten Land der Zivilisation, die gerade noch auf allen vieren Richtung Grenze unterwegs waren. Es liegt nahe, dass die Kultur des Gehens oft mit der des Denkens verglichen wird. Wer einen Gedankengang verfolgt, begibt sich auf einen ausgedehnten Spaziergang im kunstvoll angelegten Irrgarten des Gehirns. Wer denken will, braucht, wie der beste Freund des Menschen, Auslauf. Und muss für diesen Auslauf perfekt gerüstet sein.

Das Feuer der Imagination entzündet sich in der Bewegung, und wer einmal eine Fußreflexzonenmassage hinter sich gebracht hat, muss feststellen, dass ein Großteil unseres Wohlbefindens von ganz unten kommt, was den Körper anbelangt. Der zweitbeste Freund des Menschen nach dem Hund sollten also seine Schuhe sein. Ähnlich lange wie ein gesunder Hund und manchmal auch länger bleibt dem

Mann auch sein Paar Schuhe erhalten, wenn er, anstatt an der falschen Stelle, seiner Achillesferse, zu sparen, sofort zur Maßanfertigung geht; am Ende einfach nur, um nie darüber Auskunft geben zu müssen, wo denn nun der Schuh drücke. Schuhe dürfen, wie Hunde auch, riechen, und der Duft des vom jahrelangen Tragen gegerbten Leders zählt neben dem alter Bücher und schwerer Holzmöbel zu den großen Errungenschaften der urenglischen Idee des Clubs. Die enge Beziehung, die ein Mann zu seinem Maßschuh entwickelt, führt zwangsläufig zum Entwickeln von Spleens. So pflegt der sogenannte Swann-Club, der dem Andenken von Prousts Held aus der *Recherche* gewidmet ist, in Paris bei seinem jährlichen Treffen in einem Restaurant die hohe Kunst der Champagner-Politur. Mit einem Jahrgangscuvée von Dom Perignon.

Ein guter Freund behauptete neulich, Champagner sei ein einziger Fehler, nur Jahrgangs-Armagnac würde schließlich die entscheidende Leuchtkraft bringen; er trank, während er dies sagte, jedoch einen großen Schluck Brandy Alexander. Maßschuhe verlangen Aufmerksamkeit und enorme Mengen an Geduld und Spucke, und das ist wörtlich zu nehmen. So schwört Stil-Guru David Blieswood: »Das größte Geheimnis: Ihre eigene Spucke!« Nicht nur Schuster, sondern alle Männer sollten also stets bei ihren Leisten bleiben, diesen Fußabdrücken aus Holz, die Grundlage eines jeden Meisterstücks sind und auf denen das Leder geformt wird. Rahmengenähte Schuhe stellen ein kleines zeitaufwendiges Kunstwerk dar. Und so sollten sie auch behandelt werden. Ihre Herstellung geschieht idealiter mit chirurgischer Präzision, selbst Skalpell und dünnste Nadeln finden Verwendung, bevor beispielsweise ein Berluti-Schuh dem Träger angepasst wird. Über dreißig Stunden sitzt ein guter Schuhmacher an einem Modell. Die Korkschicht unter der Lederbrandsohle sorgt dafür, dass sich der Maßschuh dem Fuß seines Trägers anpasst.

Auch wenn Traditionalisten stets ihrem Pferdeleder treu bleiben und unverbesserliche Exzentriker neuerdings zu Alligator- oder Straußenleder greifen, bleibt Kalbsleder die erste Wahl und heilige Kuh der Schuhe. Ein neues Paar sollte zunächst nur bei trockenem Hochdruckwetter getragen werden. Wer nach dem Eintragen einmal mit seinen besten Stücken zu lange im Regen steht, braucht bei der Ankunft zu Hause genug Zeitungspapier zum Ausstopfen. Gewissenhafte Träger besitzen ein überschaubares Instrumentarium, das sie auch auf Reisen mit sich führen: Schuhlöffel, Schuhspanner (Zedernholz verbreitet angenehmen Duft) und eine ausgezeichnete Schuhcreme. Der Schuhlöffel (Hotelmodelle rufen schöne Erinnerungen wach) schont Knöchel und Leder zugleich, der Spanner dient dem Erhalt der Form und nach der Creme (ein olfaktorischer Faktor wie beispielsweise der metallische Geruch von frisch ausgepackten Elektronika wie dem iPod), deren Einsatz regelmäßig noch durch Wachs und Fett ergänzt wird, dürstet jeder trockene Schuh. Das obligatorische Entfernen von etwaigem Schmutz nach dem Tragen wird begleitet von einer Tragepause. Nie sollte ein Paar zwei Tage hintereinander getragen werden, das entspricht auch dem Abwechslungsgebot der Garderobe.

Diese Pausen sollte man zur Pflege nutzen. Der Reinigung mit einer großen Bürste (mit Halter) darf auch schon mal die Feinreinigung mit einer Markenzahnbürste folgen. Die Löcher in Brogues eignen sich zum Einsatz von Q-Tips. Dann folgt die Creme. Eduard Meier in München hat gerade eine neue Formel entwickelt, deren souveräner Geruch des Vertrauens beim Auftragen versunken geglaubte Welten von gut geschmierten Dampflokomotiven vor das innere Auge zaubert. Immer etwas dunkler als die Schuhfarbe, verschafft die Creme dem Schuh die viel beschworene Patina, und auch die Seiten der Sohle sind nicht traurig, wenn sie ab und an ihr Fett abbekommen. Und beim Finish ist selbst der dezent anrüchige Gebrauch von Nylons erlaubt. Das Polieren zählt zu den größten Vergnügungen. Nichts gleicht der Freude des obstinaten Wienerns mit einem Ledertuch, der Vorfreude auf den Augenblick, wenn die Schuhe dann, ordentlich aufgereiht, in der späten Nachmittagssonne glänzen und auf ihren nächsten Einsatz warten.

Es gibt keine Entschuldigung für schlecht gepflegte Schuhe; Risse und Narben jedoch, die beweisen, dass der Träger eine Geschichte hat, sind höchst willkommen. Seit das Schlagwort »Vintage« auch in der Schuhmode aufleuchtet wie ein Glas Port aus der Flasche eines Niepoorts 1966, gilt für Brogues, Oxfords und Loafer gleichermaßen das Postulat der fast schon aus dem Bewusstsein verschwundenen guten alten Barbour-Jacke: Die Falten und Flecken zeugen von der Vita des Besitzers, jeder Abrieb erzählt eine Begebenheit. So kann das eine Paar Maßschuhe, das jeder Mann mindestens besitzen sollte, auch als Gedächtnisstütze dienen und der Erinnerung auf den Sprung helfen. Denn alles, was uns ausmacht, ist im Erinnern aufgehoben, die kostbaren Momente, die kleinen Details, von denen uns der Schuh erzählt. Einen Ersatz wird man nie finden.

Mein ältestes Paar Schuhe, es sind dunkelbraune Brogues von Burberry, bekam ich vor 16 Jahren von einem guten Freund namens Jakob geschenkt, der sie nur einmal getragen hatte und feststellen musste, dass ihn etwas an dem Muster irritierte, weil es an das Teeservice seiner ungeliebten Großtante erinnerte. Als ich neulich mit jenem Paar Vintage-Brogues in London bei Burberry's in der Bond Street stand und mich nach Schuhen umsah, eilte ein junger Verkäufer auf mich zu und sprach mich an. Während er auf meine

Brogues sah, sprach er mit wehmütiger Stimme: »So sorry that we don't do things like this anymore, it's a pity.« Das Paar im Regal an der Wand sah farblos aus und hatte nichts mehr mit dem an meinen Füßen gemein.

Der Bann mit der Maske

Im ersten Moment meines Lebens, an dem ich ernsthaft über Masken nachzudenken begann, war es fast schon zu spät. Ich saß an einem eisigen Wintervormittag in einem Jumbolino von Zürich nach Frankfurt und trank ein Glas Sekt. Nach eher unangenehmen Turbulenzen auf Reiseflughöhe zog der Pilot die Maschine noch einmal spürbar höher in den klaren blauen Himmel, da geschah es. Ich hörte noch ein kurzes, aber lautes Plopp, dann waren meine Ohren zu, und es wurde schlagartig kalt im Fußraum. Einen Augenblick später fielen auch schon Sauerstoffmasken aus der Decke, und die Maschine begann einen langsamen Sinkflug. Ich weiß heute nicht mehr, wie ich alles, was ich in den nächsten Sekunden und Minuten nahezu gleichzeitig getan haben muss, bewerkstelligte, aber nach dem ordnungsgemäßen Anlegen der Sauerstoffmaske erledigte ich in strenger Disziplin folgende wichtige Dinge: 1. Ich zog aus der Wand vor mir eine Luftlinien-Postkarte und schrieb meinem Sohn James, dass ich ihn über alles liebe und ihm gerne noch viel von der Welt gezeigt hätte und dass er nie aufgeben soll, an das Schöne, Wahre und Gute im Leben zu glauben. 2. Danach lüftete ich die Maske kurz, um den Rest meines Sekts in einem Schluck auszutrinken. Als Drittes und Letztes nahm ich mit meinem iPhone ein verwackeltes Selbstportrait mit Maske auf, das so aussah, als habe es jemand anderes fotografiert, weil unheimlicherweise beide Hände darauf zu sehen waren, was ich natürlich erst im Nachhinein bemerkte. Dass es nur fast zu spät war für alles, verdankt sich einem meisterhaften

Piloten, der die Maschine sicher auf 9000 Fuß hinab navigierte, wo wir die Masken wieder abnehmen durften, um dann eine tadellose Sicherheitslandung auf dem Frankfurter Rhein-Main-Flughafen hinzulegen Die Postkarte konnte ich erleichtert selbst überreichen, das Foto geistert noch durch meine Festplatten, und der Sekt blieb bis heute meine Lieblingsmarke. An genau diesen Moment musste ich denken, als ich Jahre später in Amerika an einem Text über Masken saß und dummerweise genau einen Tag vor meinem Rückflug nach Deutschland meinen Reisepass verloren hatte. Ich war mir sicher, dass es kein Zufall war, sondern vielmehr ein Zeichen dafür, dass ich den Reisepass in meine Gedanken zur Maske einzuschließen hatte. Enthielt er doch, wie mir bald auffiel, neben Größe, Alter und Augenfarbe und seinem Charme als erweitertes Notizbuch mit hübschen Visamarken und exotischen Stempeln auch ein Passfoto: seit jeher das Paradebeispiel einer persönlichen Maske. Der Musiker David Byrne bemerkte einst sogar, nur Passfotos würden zeigen, wie Menschen wirklich aussehen. Er muss es wissen, der Name seiner Band war schließlich *Talking Heads*.

»Ich bin nicht Stiller«, behauptet die Titelfigur im Roman von Max Frisch und wehrt sich damit gegen eine Welt, in der sich Menschen ein Bild voneinander machen wie eine Kamera, die ihr Foto produziert, noch bevor es belichtet wurde. Es gehört zu den Gepflogenheiten unseres chronisch überforderten Alltags, Personen, die wir sehen, ohne sie wirklich kennen zu können, alsbald in ein Muster zu zwingen, ob es zu ihnen passt oder nicht. Diese fortlaufende Einordnung, auch sie Zeichen des viel gerühmten Strukturhungers, den wir nie stillen können, setzt sich aber auch in dem Moment fort, da wir sie näher kennenlernen. Dagegen lehnte sich der Held des Romans auf: Ich bin nicht der, für den ihr mich haltet.

Zugegeben, es war schon etwas spät. Dabei dachte ich über erste Sätze nach und machte einen Versuch: »Ich interessiere mich nicht mehr für mich. Das liegt daran, dass ich mich schon zu lange kenne. Leute, die mich nicht kennen, schauen vielleicht in mein Gesicht und fragen sich zunächst: Kennen wir uns? Wenn ja, woher? Soll ich, muss ich ihn grüßen? Oder: einfach nicht ignorieren? Ohne es zu wollen, konfrontiere ich fortlaufend fremde Menschen mit dem gleichen Bild, das ich jeden Morgen von mir im Spiegel sehe. Es ist doch seltsam, wie wir unser Leben lang nichts als diese ständig in Veränderung begriffene Struktur sehen, die aus so wenigen Elementen besteht: Hals, Kinn, Mund, Nase, Augen, Stirn und die Ohren. Wie wichtig sie zur Einschätzung sind, merkt man erst dann, wenn auf einmal zwei oder drei Elemente plötzlich fehlen, weil sie durch eine Maske verdeckt werden.« Der erste Gedanke: wohin mit dem Ich? Dem Ich ohne Reisepass. Zur Botschaft. Gut, aber niemand auf der Botschaft kennt mich. Was kann ich zeigen, um meine Identität zu beweisen? Kreditkarte? Gilt nicht. Ich brauchte ein offizielles Dokument mit Foto. Irgendwo hatte ich gehört, dass der Führerschein in Deutschland als Identitätsnachweis gilt. Wo war das nächste Konsulat? Ich war in Detroit, Hauptstadt der Autoindustrie in Amerika, und der Honorarkonsul war im DaimlerChrysler-Komplex zu finden. Sein Name war Fred Hoffman. Es war spät in der Nacht, also schickte ich ihm eine E-Mail, damit er mich gleich am nächsten Morgen kontaktieren konnte.

Wer entscheidet, wer ich bin? Die Menschen, die ich kenne. Was passiert, wenn sie mich nicht mehr erkennen? Ich werde zu jemand anderem. Eine Figur in einem weiteren Roman von Max Frisch sagt, sie probiere Geschichten an wie Kleider. Wie sehe ich aus? Nach was sehe ich aus? Ab wann bin ich nicht mehr zu erkennen? Wenn mein Lächeln erstirbt, weil die Maske nicht nur den Mund verbirgt, sondern auch die hübschen Falten, die sich nur an der Seite bilden, wenn wir freundlich zueinander sind? Es ist allein die Bewegung im Mienenspiel, die Fröhlichkeit vermittelt, sie wird hinter der Maske nur noch durch das Strahlen der Augen und die Äußerung der Stimme erkennbar. Und was geschieht mit uns, wenn das Lächeln selbst zu einer Maske wird, wie im Fall von Anonymus? Warum irritiert das so? Weil das zur Pose erstarrte und gefrorene Gesicht eine verstörend lautlose Sprache spricht und dabei unheimlich still wird, in der schreienden Hysterie einer Geste?

Ein anderer Effekt der Maske ist es, dass Haare jedweder Frisur bald wie ein Toupet aussehen. Wer sie trägt, verleiht seiner Kleidung schnell den Charakter eines Kostüms oder verwandelt sich in eine erstarrte Schaufensterpuppe. Die Maske selbst wird zum Vehikel einer Traumvorstellung, weil wir uns auszumalen haben, was dahinter geschieht: Signifikant eines Wunschbilds. Kleidung macht den Mann, so heißt es in einer Geschichte – aber macht sie den Menschen auch als Individuum erkennbar? Nur, wenn das Individuum auch daran gearbeitet hat, erkannt werden zu können, mit der Kleidung als Uniform seiner selbst. So erkannte man den Mann der Kleidung schlechthin, Helmut Lang, an dem T-Shirt, der Jeans und der Sportjacke – aber nur in Verbindung mit seinem dunklen langen glatten Haar. Ansonsten hätte es genauso gut Tom Ford zu seiner Zeit bei Gucci sein können oder vielleicht Leonardo DiCaprio.

Es war wirklich schon spät geworden. Als die Gesichter von DiCaprio, Tom Ford und Helmut Lang vor meinen erschöpften Augen verschwammen und miteinander zu einer Art Tyler Brûlé verschmolzen, fiel ich in einen tiefen Schlaf. Am nächsten Morgen erwachte ich schweißgebadet. In meinem Traum war ich im Dschungel gewesen. Ich ritt auf einem Elefanten, in der Dämmerung und wir überquerten zögernd einen Fluss. Aber wir sanken immer tiefer ein, und der Elefant löste sich plötzlich unter mir auf, als meine Ellbogen die Wasseroberfläche berührten. Ich begann verzweifelt, zurück an Land zu paddeln. Als ich aufblickte und um Atem rang, bemerkte ich, dass die Sandbank voll von maskierten Eingeborenen war. Aber zum archaischen Gesichtsschutz trugen sie makellose Tropenkonfektion. Trommeln im Hintergrund deuteten unmissverständlich auf ein martialisches Geschehen, dem die Teetassen und Meerschaumpfeifen in den Händen des Stammes aber entschieden widersprachen: eine koloniale Dinnerparty auf dem Kriegspfad. Von diesem Bild überwältigt, erwachte ich. Immer noch ziemlich benommen, musste ich mir eingestehen, dass meine Arbeit am Text endlich ihren Weg in mein Unterbewusstsein gefunden hatte. Noch im Pyjama formulierte ich sofort einen neuen ersten Absatz: »Es gibt nichts Unheimlicheres oder Entstellenderes als eine Maske. Der Blick in das Gesicht eines Individuums, das vor uns steht, ist ein ursprünglicher Reflex, den die Menschen seit ihren Jäger- und Sammlertagen in sich tragen. Wegen der Unsicherheit, die bei unerwarteten Begegnungen in der Wildnis herrscht, war es entscheidend, im Gesicht des Gegenübers zu lesen, ob es sich um Freund oder Feind handelte. Weisen die Mundwinkel nach oben oder unten? Wenn das wegen der Maske nicht mehr zu erkennen ist, werden sämtliche Instinkte in Alarmbereitschaft versetzt.«

War das jetzt besser als Anfang? Keine Antwort. Dafür ertönte das vertraute Bing meines E-Mail-Programms. Es war der Honorarkonsul: »Es tut mir leid, dass ich nicht in der Lage bin, besonders hilfreich zu sein. Als Honorarkonsul beschäftige ich mich nicht mit Visa- oder Passfragen. Ich schlage daher vor, dass Sie sich am nächsten Werktag direkt an das nächstgelegene deutsche Konsulat wenden: es ist in Chicago, wo die Pass-Expertin Katja Pierson Sie betreut und unter (312) 6060–842 erreicht werden kann. Viel Glück, Fred.« Zumindest war das eine Antwort. Aber das Dilemma, wie ich ohne Pass von Detroit über New York nach Europa kommen sollte, war damit nicht gelöst. Ein Anruf bei *Spirit Air* brachte Erleichterung: Man versicherte mir, dass ich für den Flug vom Wayne County Airport nach New York beim Check-in tatsächlich mit meinem deutschen Führerschein durchkäme. Überraschend genug. Und da Flug NK325 um 15.59 Uhr in La Guardia landen sollte, hatte ich sogar fünf Stunden vor meinem Nachtflug mit *American Airlines* von JFK aus Zeit, um mit viel Glück einen vorläufigen Pass von der deutschen Botschaft zu bekommen. Die Frau am Telefon betonte erwartungsgemäß, das Visabüro sei nur bis Mittag besetzt. Aber nachdem ich ihr meine Lage kurz beschrieben hatte, veränderte sich die gesichtslose Stimme plötzlich ins Freundliche, und die imaginäre Telefonschnur hing durch wie das Lächeln der Zeichentrickfigur La Linea von Osvaldo. »Unter außergewöhnlichen Umständen, vielleicht Herr K.? Bitte halten Sie die Leitung doch für einen Moment … möglicherweise könnte der Portier …« ein Klicken … metallische Stille … dann auf einmal eine sonore Stimme, männlich und offiziell, aber mit der verbindlichen Solidarität der Diplomatie, von Mann zu Mann: »Wir werden es klären. Aber bitte beeilen Sie sich. Es wäre gut, wenn Sie vor fünf Uhr hier sein könnten. Es ist nicht so weit von La Guardia aus. Wissen Sie, wo Sie uns finden können? Kein Problem: direkt gegenüber dem Gebäude der Vereinten Nationen. Bis später.« Ich sah mich bereits in der entscheidenden Szene von *North by Northwest* als Cary Grant ins Gebäude stürmen, auf der Suche nach George Kaplan.

Der Flug war nur halb voll und das Wetter großartig. Der

gefrorene Eriesee verschwand langsam ins Nichts tief unter uns und reflektierte die Sonne, bis wir irgendwann Richtung Osten abdrehten. Bald hatte die kleine Fokker 100 schon ihren Sinkflug nach New York begonnen. Wer bei guter Sicht und leichtem Wind nach La Guardia einschwebt, nähert sich Manhattan erhaben von Süden. Die Skyline der Stadt war in der Nachmittagssonne deutlich sichtbar, der Central Park lag bereits fast vollständig im Schatten. Ich erinnerte mich an ein Buch des Schweizer Kunstphilosophen Gygax, der bekanntlich in der Silhouette Manhattans nichts weniger als den Körper und das Gesicht der Hure Babylon sah.

Nur im Dschungel der Stadt übernimmt die Maske oft ihre bedrohlichste Funktion als Verkleidung, um Verbrechen zu begehen. Sie verspricht den armen Seelen zu Unrecht das vollständige Verschwinden ihrer Existenz, wenn jede Möglichkeit, erkannt zu werden, wie verräterische Spuren beseitigt werden muss. Die Brutalität in Stanley Kubricks *Clockwork Orange* erhält ihr unheimliches Gesicht von der maskenhaften Kleidung der Droogs. Und die skandalösen Umtriebe der exklusiven Festgemeinde in *Eyes Wide Shut*, einer späten Adaption von Arthur Schnitzlers *Traumnovelle*, sind ohne Masken nicht vorstellbar. Im Film ermöglicht die Maske, was Hollywoodstars wie Nicole Kidman und Tom Cruise im wirklichen Leben mit maskenähnlichen Elementen amerikanischen Alltags wie Baseballkappe oder Sonnenbrille erreichen: Nicht erkannt werden, sich in die Menge einfügen, erfolgreich vor Presse und Öffentlichkeit fliehen. Warum ist die Maske, dieses scheinbar so archaische Relikt des Karnevals, zur allgemeinen Metapher unserer Zeit geworden? Es ist eine Qualität des Einfrierens, fest zu werden. Wenn die plastische Chirurgie das Lächeln auf dem Gesicht einer alternden Diva in ein verzweifeltes, dauerhaftes Grinsen verwandelt, spiegelt dies paradoxerweise den Wunsch, die

Zeit anzuhalten und ewig jung zu bleiben. Aber wer darüber nachdenkt, was für ein Moment das eigentlich ist, in dem die Zeit auf einmal stillsteht, kommt schnell auf die Antwort: der Tod. Im Gesichtsausdruck eingefrorene Formen bedeuten das alltägliche Rollenspiel, in dem wir gefangen sind. In der Hinsicht hat Lachen, das oft als »befreiend« bezeichnet wird, eine überraschende Funktion, insbesondere wenn wir völlig Fremden begegnen: Es schützt uns, ein Instinkt, der dazu dient, potenziell gewalttätige Begegnungen zu entschärfen. Diese Dinge sind eng miteinander verbunden: Wer lacht, entblößt die Zähne, bleckt sie sozusagen.

Wir landeten. Hier, irgendwo an einem Flugsteig in La Guardia, hatte ich ihn zuletzt gezeigt, kurz vor dem Einsteigen: meinen Reisepass. Aber auch diese aufleuchtende Idee erwies sich als Sackgasse: Die einzigen bei Lost & Found angebotenen Pässe kamen aus Kanada und der Schweiz. Der Taxifahrer war aus Bangladesch und lächelte, während er seinen Hindi-Pop besonders laut aufdrehte. Als wir vor der Botschaft ankamen, stand am Eingang ein japanisches Filmteam. Der langhaarige Reporter schwang ein extrem großes Mikrofon mit einem Pelzüberzug in Richtung eines sichtbar erschrockenen Mädchens auf Plateauschuhen in einer Art Weltraumanzug.

Herr K. erwies sich als grauer Mann Ende vierzig mit Schnurrbart und Brille. Er beantwortete sich die Frage nach zwei besseren Passfotos als denen vom Visabüro am Flughafen Kathmandu (»Die sehen Ihnen ja gar nicht ähnlich«) gleich selbst, nahm meinen Führerschein, und verschwand so schnell mit den Fotos und einem ausgefüllten Formular (»Wir haben bereits mit München gesprochen«), wie er erschienen war. Während ich auf seine Rückkehr wartete, fiel mir ein, dass zwei der größten Helden meiner Kindheit Masken getragen hatten: Fantômas und Phantomias, Donald

Ducks Version des eleganten Supermanns aus Paris. Nur mit Maske wurde der liebenswerte Verlierer zum strahlenden Gewinner mit übermenschlichen Fähigkeiten als fliegender Held. Den gegenteiligen Effekt zeigt die Geschichte von Dr. Jekyll, der seinem animalischen Drang nur unter dem Deckmantel der Maskenfigur Mr Hyde freien Lauf lassen kann. Als Herr K. mit meinem Reisepass zurückkam (»Guten Flug und vergessen Sie nicht, den Verlust des Originals zu melden, sobald Sie in Deutschland sind!«), konnte ich die Schönheit des Dokuments kaum fassen: es war dunkelgrün, in Papier gebunden und roch brandneu.

Später, in der Luft, unternahm ich den letzten Versuch, meinem Text einen anständigen Beginn zu verleihen. Das Leselicht brannte schon lange über Sitz 16A, und während wir durch die unheimliche atlantische Nacht rasten, heftig erschüttert von aufheulenden Jetstream-Winden irgendwo über Gander, wurde mir klar, dass der Text da enden musste, wo ich meine neue Identität ihrem ersten Härtetest unterzogen hatte: bei der Sicherheitskontrolle auf dem Flughafen JFK. Als ich die Schuhe wieder zuband, reichte ich der Beamtin fröhlich meinen neuen Gold-auf-Grün-Pass zusammen mit dem Ticket, woraufhin sie mich noch fröhlicher zur Super-Sicherheitskontrolle winkte. Dort wurde ich von einem Mann bis auf die Socken durchsucht, der sich vor Lachen kaum halten konnte. Als ich mich endlich traute, nach dem Grund für seine Heiterkeit zu fragen, winkte uns seine Kollegin, die für die Untersuchung der Frauen verantwortlich war, zunächst hysterisch lachend zu, drehte sich dann aber gleich kichernd um, weil sie die nächste Passagierin zu untersuchen hatte. Er erzählte mir schließlich, was passiert war. Die Beamtin war das Opfer der perfekten Verkörperung einer Maske geworden. Ihre vorletzte Passagierin, eine besonders gut aussehende Frau aus der Karibik, wie beide übereinstimmten, war stark figurbetont und nur mit einem spärlichen grünen Oberteil bekleidet, zu dem sie eine ausgestellte knallgelbe Hose und hochhackige Pumps kombinierte. Beim Abtasten erfühlte die Hand der Beamtin dann plötzlich etwas sehr Männliches im Schritt. Mit anderen Worten, sie war auf die perfekte Maskierung eines Transvestiten hereingefallen. Sie erwähnte nicht, warum er in die Super-Sicherheitskontrolle geraten war. Aber sie gab mir einen Tipp: Es gibt auf der ganzen Welt nur eine Art von Reisepass, die noch verdächtiger ist als ein halb zerfetztes Relikt mit sich auflösender Bindung voller exotischer Stempel: ein brandneues Exemplar, das noch nach Druckerfarbe riecht und nur sieben Monate gültig ist.

Saale per Pedale

Naumburg/Orgel

Das richtige Tempo, den passenden Antritt für eine entspannte Radtour lernt man am besten in der Stadt: Schrittgeschwindigkeit. Sie erfordert vornehme Zurückhaltung als Elementartugend; wer auf Fußgänger achtet, sieht automatisch mehr. Nicht nur von ihren Gesichtern, sondern auch von dem, was sie umgibt: die malerischen Naumburger Altstadt-Fassaden.

Auch das Gehör wird geschult. War das nicht eine Orgelmelodie da gerade? Neugierig darauf, wo sie herkommt, lässt sich das gekonnte Absteigen mit leichtem Schwung üben. Im Halbkreis mit gestrecktem Bein, wie aus dem Pferdesattel. Nicht umsonst wird das Rad ja auch Drahtesel genannt. In der Kirche St. Wenzel steht die Hildebrandt-Orgel. Die Einzige, die noch so klingt wie anno 1746, als Bach sie persönlich geprüft und für gut befunden hatte. In Sonnengold, Wolkenelfenbein und Himmelblau streckt sie sich bis hoch zur Decke hin. Von da her tönt auch die Moll-Fuge, über die der Organist ätherisch improvisiert.

Bürstengeschäft

Passanten lassen sich treiben, ich lasse mich rollen. Mit Pflasterstein als Bremsersatz. Der Beobachter ist im Bild: Schaufenster spiegeln einen Radfahrer, unterwegs in Zeitlupe. Das bin ja ich! Überall der Wunsch: anhalten, ist interessant. Ein historisches schwarzes Metallschild erregt Aufmerksamkeit: »Kurt Steinbrück, Pinsel- & Bürstenmacher« steht über der Tür, und ich trete ein.

Ein Parfum aus Stroh und Linoleum. Ich bin im Handwerkshimmel gelandet, dem Antiquariat der Dinge: In Holzvitrinen hinter Glas liegen Hornkämme, Rasierpinsel und Besenköpfe. Eine alte Dame im blauen Arbeitskittel tritt milde lächelnd aus dem Hinterzimmer, hier wird noch ausgebildet: »Womit kann ich dienen?« Mit allem, seit 1885. Vom Paraguay-Rosshaarbesen bis zum Zeichenhandfeger aus mongolischem Ziegenhaar, um Radiergummireste vom Malpapier zu entfernen. Ich wähle dann die Bartbürste aus Rotbuche mit Wildschweinborsten aus Russland. Auf dem Tisch liegt eine Bürste, deren Borsten »Danke« sagen.

Schönburg

Wieder im Sattel, im, wie Mahler es formulierte, »Tempo eines gemächlichen Ländlers«. Denn es geht: aus der Stadt hinaus. Als Nahziel lockt, passend zur schönen Uta im Dom, die »Schönburg« an der Saale, erstmals erwähnt 1137. Hier gründete Friedrich Nietzsche mit 16 Jahren die Künstlervereinigung »Germania«, das war 1860. Heute gibt es im Burghof ein Insektenhotel und die Gaststätte *Forsthaus*. Die Wochenkarte bietet Königsberger Klopse für 5 Euro, köstlich.

Ich lese dazu im *Zarathustra*: »Einen höheren Leib sollst Du schaffen, eine erste Bewegung, ein aus sich rollendes Rad – einen Schaffenden sollst Du schaffen.« Das Rad als ein Perpetuum mobile, Beschleunigung, die sich, nicht nur abwärts, gerne auch mal selbst beschleunigt. Weiter geht's.

Weingut

Die Traube heißt Bacchus. Und wächst, der Name ist Programm, in der sonnigen Hanglage »Naumburger Paradies«. Direkt am Radweg informiert eine Schautafel, dass der Winzer 17 Mal im Jahr seinen Rebstock umrundet haben muss, damit der Jahrgang gelingt. Der Renner 2016 heißt, *pardon the pun*, »Weißer Hey« und ist ein mit Silvaner versetzter Riesling vom Weingut Hey. Mit Zitrusaromen und würzigem Duft von grüner Banane. Am Rebstock steht ein Holzregal: »Heidis Wein(+)Lese Ecke«. Heute gibt es zum »nach Hause mitnehmen und dort zu Ende lesen« einen Vampirroman von Adolf Muschg. Blaublütige Weintrauben am Hang laden zum Mundraub ein. Lecker. Könnte »Götterstoff« werden.

Kloster Pforta

Die Saale-Unstrut-Radacht, so der Name der Endlosschleife für Radler, schlängelt sich entlang der Flüsse. Mal links, mal rechts gesäumt von Rebenhängen. Doch hie und da auch durch den kühlen Schatten flirrend grüner Wälder. Kurz vor dem Kloster Pforta fließt, gekrönt vom Konterfei des Dichters in Obernkirchner Sandstein, die Klopstock-Quelle. Hier entstanden Oden. Das Kloster selbst stammt aus dem Jahr 1138. Heute ist es Internat und Landesweingut. Musikschüler huschen durch die alten Zisterzienser-Gänge, um vor der Stunde schnell noch eine Passacaglia auf der Kirchenorgel zu üben. Ein Lernidyll. Für Schüler Nietzsche galt noch: 4 Uhr Wecken, 6 Uhr Unterricht. Er schreibt: »Hoffen ist unser Himmelreich.« Da kommt Heimweh auf.

Nietzsche-Haus

Wer zu Nietzsche nach Hause will, muss ordentlich in die Pedale treten. Hoch nach Naumburg, zurück auf den Hügel. Zum Weingarten biegt man gleich beim Holzmarkt ab. Da steht ein Schiebegrill auf Rädern: Preisgekrönte Thüringer Rostbratwurst für 1,90 Euro, das schmeckt. Im Haus der Mutter weilte Nietzsche meist nur kurz und auf Besuch. Als sie es kaufte, zog er ins Kloster Pforta. Doch es blieb wichtig, auch später, als Ruhepol unzähliger Reisen, um der Krankheit zu entfliehen: Basel, Nizza, Sils Maria und Turin. Nun ist das Haus Museum seines Lebens, auf Landkarten verfolgt. Fotografien in Naturholzrahmen vor grauem Passepartout. Weltlich bescheiden, geistig erhaben. Wie er selbst. Dielen knarren, Honigpolitur. Zwei Damen flüstern im Gespräch. »Die Lou hat er geliebt.« In den Vitrinen Briefe und Gedichte: »Die Welt ist tief, und tiefer als der Tag gedacht.« Das Rad scheint plötzlich schwerer, und ich schiebe es zum Hotel.

Hotel

Um die Kraft der sich selbst erfüllenden Prophezeiung weiß man in Naumburg seit 1853. Da öffnete das Hotel *Zufriedenheit.* Sogar die Räume selbst sind animiert: »Freundliche Zimmer, Gute Betten« steht auf der Außenwand, wie alte Fotos zeigen. Das ist bis heute so. Alles andere aber strahlt im Gasthof völlig neu. Steinfußböden, helle Holzpaneele und gedämpftes Licht, das von den weißen Wänden durch den Raum geleitet wird. Schon beim Frühstück fühle ich mich dank Esspagoden wie beim High Tea im *Savoy.* Und abends sinke ich erschöpft in weiche Federn. Strapazierte Radlerwaden sind nach einer Regenbrause wie verjüngt. Dank eleganter Leinensofas wirkt der Hofgarten wie eine Lobby unter freiem Himmel. Man ist und isst zufrieden. Das gilt auch für das Personal. Als Apéro darf der Gast ein neues Gin-Rezept probieren: Tanqueray No. 10 mit Rosmarinzweig und Limette. Gekocht wird niedriggarig, bio und aus der Region mit Luftkartoffel, Mangold, Saibling, Quitte. Mit Nietzsche durch die Nacht: »Zufriedenheit, die Mutter des Mutes, die Großmutter des Freisinns und des Übermutes.« Wie wahr.

Die Tropen

»Ich verabscheue Reisen.« So steht es gleich zu Beginn eines Buches mit dem zutiefst poetischen Titel *Traurige Tropen*. Denn das, was der strukturale Anthropologe Claude Lévi-Strauss in seinem 1955 erschienen Memoir an Erkenntnissen über die Natur des Menschen zutage förderte, war eigentlich eine Äquatortaufe der Melancholie: Das absolut Fremde, die profunde Einfachheit der Urvölker, die er bei den Indianern im Regenwald des Amazonas zu studieren suchte, löste sich nämlich ausgerechnet in dem Moment auf, da die moderne Zivilisation in Gestalt des staunenden Forschungsreisenden aus dem fernen São Paulo mit ihnen erstmalig in Kontakt kam. Er betrat in diesem Augenblick aber auch einen Allgemeinplatz des Reisens zu den tropischen Breitengraden an sich: geschuldet dem Umstand, dass die Schönheit der üppig wuchernden Dschungellandschaften uns zwar unwiderstehlich mit ihren schrillen Vogellauten und kreischbunten Blütenkelchen ästhetisch mit der Verheißung nie gekannter Abenteuer in ihren Bann zieht, aber jede noch so harmlose Expedition durch die schweißtreibende Luftfeuchte vor sich hin pulsierender Palmen und ganz langsam sich zuziehender Schlingpflanzen zielsicher in schwarze Verwesung mündet, das Herz der Finsternis.

Nicht umsonst gibt es an jeder ordentlichen Universität ein Tropeninstitut, wo Patienten mit den erschreckendsten Krankheitsbildern nach ihrer Rückkehr aus den *tristes tropiques* unweigerlich eingeliefert werden. Aber egal, man fährt trotzdem immer wieder hin und wappnet sich gegen die Unbilden des Urwalds dann eben mit einem veritablen Impfkatalog. Und dem an der Minibar erfundenen *afternoon alcoholism*. Wenn dann noch die chemische Keule aus der Reiseapotheke zum Einsatz kommt, von Malaria- über Dengue- bis zu Billharziose-Prophylaxe, kann ein ganz normaler frühmorgendlicher Flughafenshuttle zum Dschungelairport von Banda Neira auf Lariam mit nichts als Schwarzkaffee im Magen unfreiwillig zum Hardfloor-Trip (bekannt als Szene aus dem Film zum Buch namens *The Beach*) geraten, der einen die Molukkeninseln in völlig neuem Licht sehen lässt.

Ach, Prä-Corona! Wie sehnt man sich heute nach solch raren Euphorica zurück. Nach der schimärenhaften Sicherheit, in die einen bei Einbruch der Tropennacht auf einem Holzbalkon unter nervös flatternden Ventilatoren das medizinische Chinin aus dem Schweppes Tonic Water zum eiswürfelklirrenden Bombay Sapphire Gin wiegte, während sich bereits das erste Bataillon an fiesen Moskitos über den Aufschlag der weißen Baumwollhosen hermachte. Und flinke Geckos dazu wie Flugameisen über die mit Rissen durchsetzte Zimmerwand huschten. Auf dem Bambustisch eine Erstausgabe von William Somerset Maughams *Ah King*. Geschichten von der angenehmsten Form des Wahnsinns: dem behelmten Tropenkoller. Bis es endlich wieder so weit ist, dürfen wir uns hier zu Hause mit Tropen beschäftigen, die zwar ungleich harmloser sind als ihre aufregenden Verwandten in der Fremde, aber trotzdem für Freude sorgen: Mittelchen des Stils – von Metapher bis Metonymie.

Lévi-Strauss sah damals in den Tropen die große Chance für den Menschen, »diesseits des Denkens und jenseits der Gesellschaft« gar sein ureigenstes Wesen zu erfassen: »Bei der Betrachtung eines Minerals, das schöner ist als alle unsere Werke; im Duft einer Lilie, der weiser ist als unsere Bücher.«

Un Saluto da TRIESTE.
LAMU. FROM "SPICA" 24.2.1973.
107. - LISIEUX. - L'Hôtel des Postes

Reisepostkarten an Doktor Buck

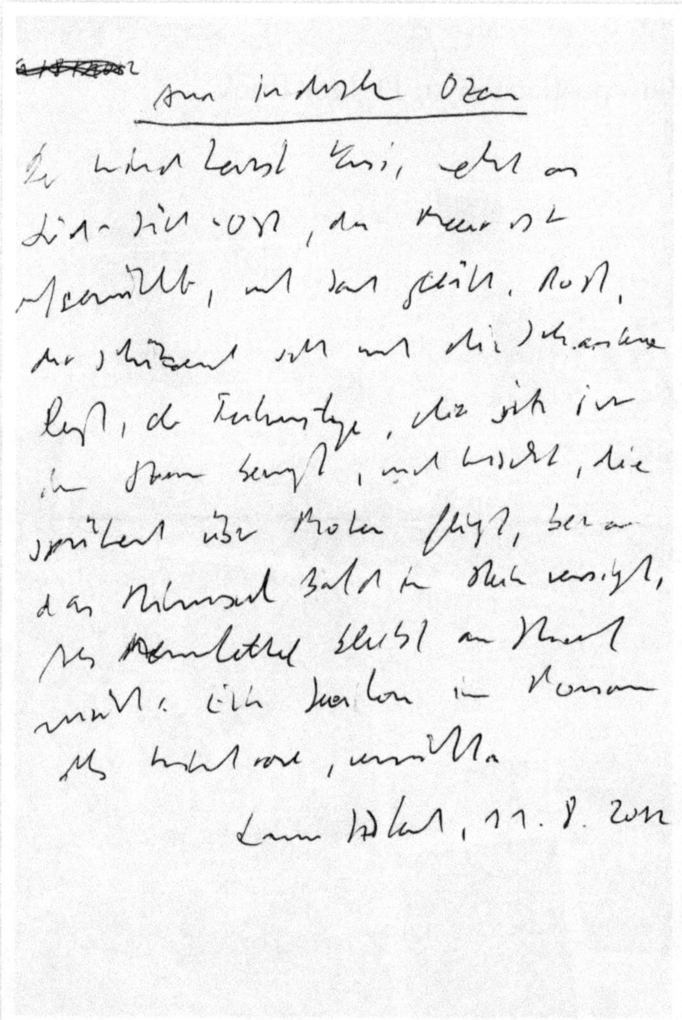
Am Indischen Ozean
11. 8. 2012

Am Indischen Ozean

Der Wind heißt Kusi, weht aus Süd-Süd-Ost,
Das Meer ist aufgewühlt, und Sand glüht, Rost,
Der schützend sich um die Scharniere legt,
Der Fahnenstange, die sich irr im Sturm bewegt.

Und Gischt, die sprühend über Molen fliegt,
Bevor das Rinnsal bald im Sand versiegt.
Als Menetekel bleibt am Strand zurück:
Ein Seestern, Form der Windrose, verrückt.

Lamu, 11.8.2012

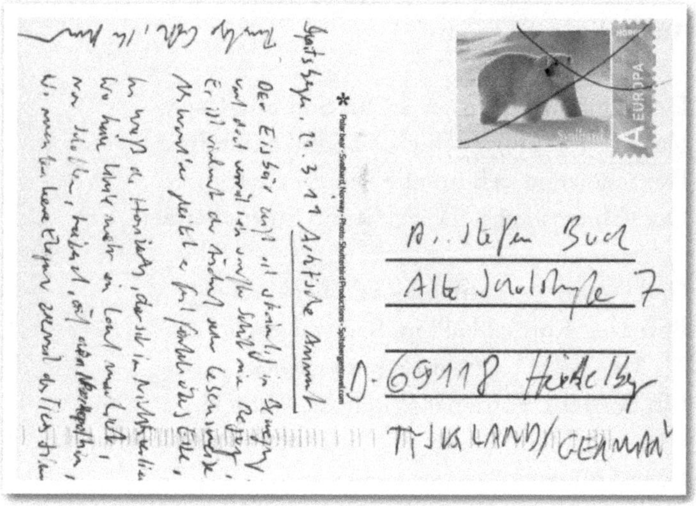

Arktische Anmut

Der Eisbär zeigt sich ständig in Bewegung,
Und doch verrät sein sanfter Schritt nie Regung,
Er ist vielmehr der Ausdruck seiner Lebensweise,
Als Wand'rer gleitet er fast förmlich übers Eise,

Ins Weiß des Horizonts, der sich im Nichts verliert,
Wo keine Linie mehr ein Land markiert,
Nur Schollen, treibend, auf den Nordpol hin,
Wo menschenleere Eleganz verrät des Tieres Sinn.

Spitsbergen, 20.3.2019

Revisione Antica

»Der Name ist Programm, im Wort ist alles schon gesagt«,
So murmelt in den Nachmittag ein alter Mann hinein,
Die Mimik seiner Gesten stammt von Statuen, betagt,
Und Falten zeugen tief von lebenslangem Sonnenschein.

Wenn niemand einen Laut vernimmt, hört er Sirenen,
Wo keiner Tiere sieht, ahnt er den Leopard,
Der, müde seiner Tritte, niedersinkt, ein Gähnen,
Und mit den sanften Krallen still im Sande scharrt.

Denn wie die Blutorange sich nicht gleich von außen zeigt,
Erst wenn die Schale Schnitt um Schnitt die reife Frucht freigibt,
Wo rote Kapillaren in Orangenglut verzweigt,
Die sanguinische Natur sich in ihr Bild verliebt.

So ist ein Labyrinth im Namen dieser Stadt versteckt,
Die mir der alte Mann dereinst im Anagramm entdeckt:
Taormina – Minotaur.

Taormina, 31.3.2016

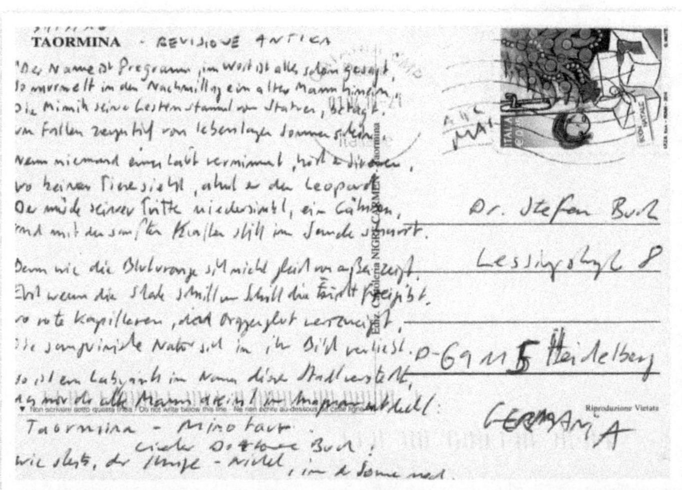

Transitoire

Es sind die Städte an des Weges Rand,
Die wir zu oft nur lediglich passieren,
Gesten: alles. Und doch: nichts bekannt.
So kommt es, dass wir ihre Gunst verlieren.

Die Offenheit, mit der sie uns durchmessen ließen,
War Geste dazu, dass wir sie entdecken.
Und da es nicht so kam: ein Tor. Sie schließen.
Wo niemand ist, braucht sich auch keiner zu verstecken.

Lisieux, im Juli 2020

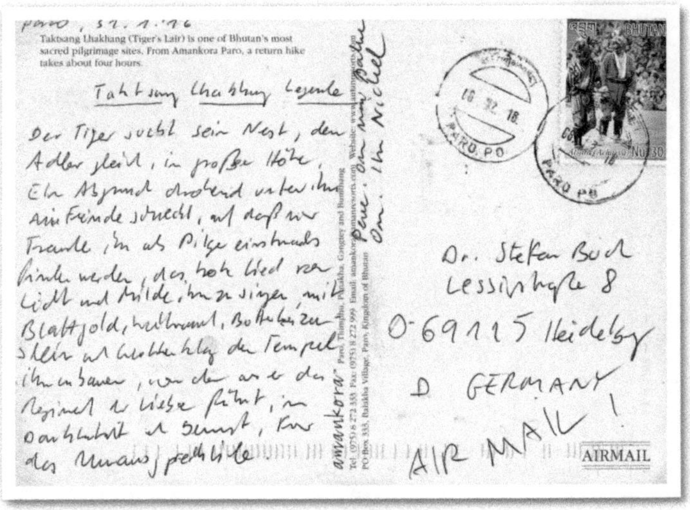

Taktsang Lahakgang Legende

Der Tiger sucht sein Nest, dem Adler gleich, in großer Höhe,
Ein Abgrund drohend unter ihm die Feinde schreckt,
Auf dass nur Freunde ihn als Pilger einstmals finden werden,
Das hohe Lied von Licht und Milde ihm zu singen.

Mit Blattgold, Weihrauch, Butterkerzenschein
Und Glockenklang den Tempel ihm zu bauen,
Von dem aus er das Regiment der Liebe führt,
In Dankbarkeit und Demut für das Unaussprechliche.

Paro/Bhutan, 31.1.2016

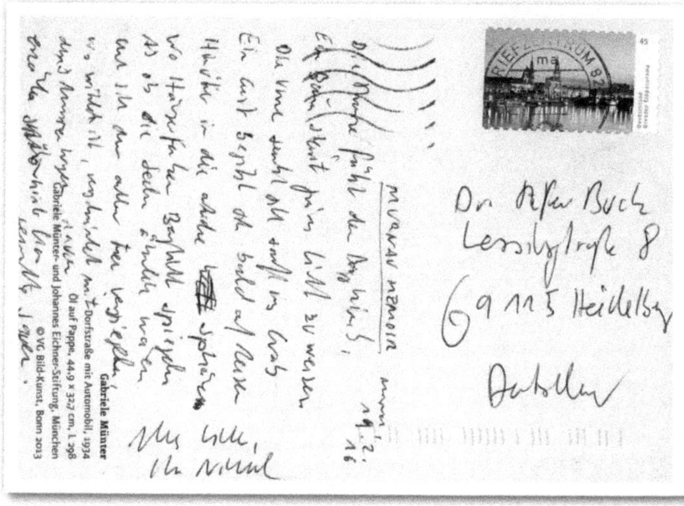

Murnau Memoir

Die Straße führt den Berg hinab,
Ein Baum scheint grünes Licht zu weisen.
Die Urne senkt sich sanft ins Grab.
Ein Geist begibt sich bald auf Reisen,

Hinüber in die anderen Sphären,
Wo Häuserfarben Berglicht spiegeln,
Als ob die Seelen ähnlich wären
Und sich dem andern treu versiegeln,

Was wirklich ist, verschwindet mit dem schwarzen Wagen
Erzählen später hinter Glas gemalte Sagen.

Murnau, 19.2.2016

Selbst, verständlich

Und dass vor allem Schreiben Lesen steht,
Weiß er genau, herab von oben
Schätzt er kühn das Versmaß ein
Und zieht die Konsequenz daraus,

Das Fehlen jeden Reims, was er nur
Mit verschränkten Armen tolerieren kann,
Ein Zug noch, dann verglimmt die Zigarette,
Ist das Schachspiel vor dem Aus.

Die Denkaufgabe bleibt gestellt:
Ein Ende sich zu überlegen.

Lissabon, 24.2.2020

Marcello und Anita (Fontana di Vita Brevis)

Und als das Wasser jäh aufhört zu fließen,
Schon fast im Morgengrauen, da
Breitet sich auf einmal eine große Stille aus,

Der Marmor scheint am Boden eines Sees,
Ganz in Türkis, obwohl das Bild nur
Farblos in Schwarz-Weiß erstarrt,

Riecht man das Chlor der Brunnenstrahlen
Leuchten, und das Bewusstsein der
Verfehlung einer sündenschweren Nacht

Zieht ihre kleidernassen Körper auf die Straße,
Wo ihre Schmerzensspur sich bald verliert.

Rom, 8.7.2016

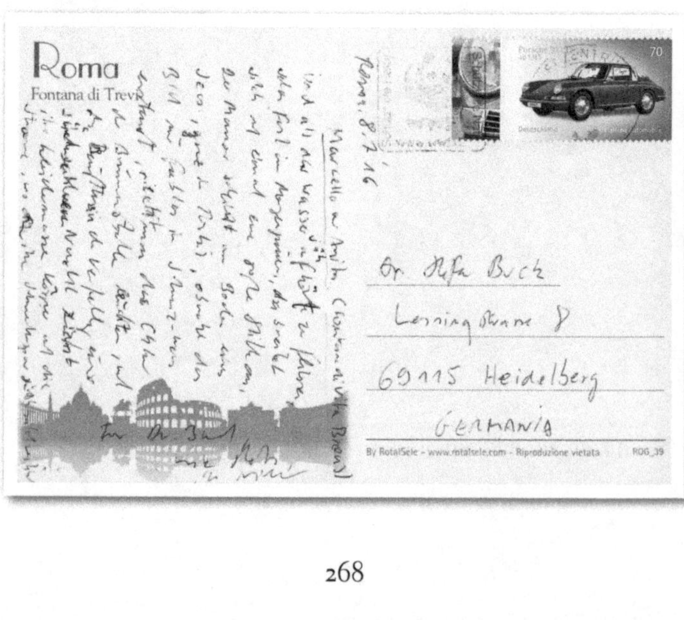

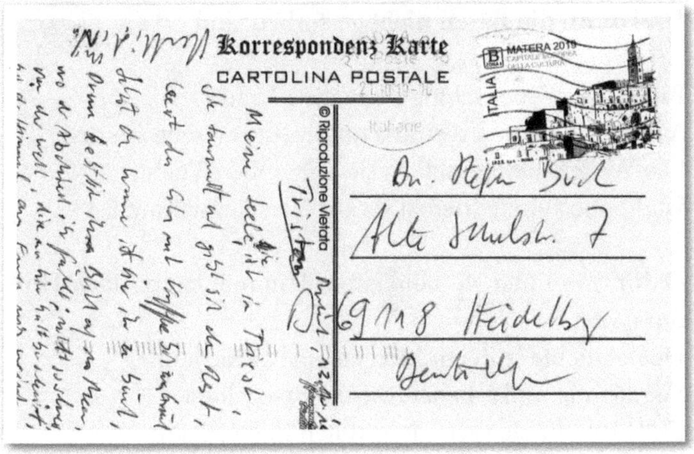

Tristan

Meine Seele, sie ist in Triest,
Sie taumelt und gibt sich den Rest,
Sie leert das Glas mit Kaffee bis zum Grund,
Und selbst das Wasser ist ihr hier zu bunt.

Drum hebt ihr Blick sich auf das Meer,
Wo ihr der Abschied fällt: nicht schwer.
Von einer Welt, die nur hier haltbar scheint,
Bis selbst der Himmel noch am Ende weint.

Triest, 13.10.2019

Und wenn die Bären nicht gestorben sind

Ein großes Feuer schlug sie in die Flucht,
Auf dass die Bären seewärts um ihr Leben schwammen,
Die Wellentäler peitschten sie mit großer Wucht,
Und hohe Winde trieben sie zur Nacht zusammen,

Dahin, wo unter sternenklarem Himmel kaum noch Hoffnung war,
Doch tauchte früh am Morgen eine Düne auf,
So mächtig und erhaben wie ein Spiegelbild
Der Luft, die sie verweht, verraten und verkauft.

Doch Sand war es, wie Land am Meer, am Ende,
Sie schliefen glücklich traumlos ein, ganz die Legende

Sleeping Bear Dunes, Lake Michigan, im August 2010

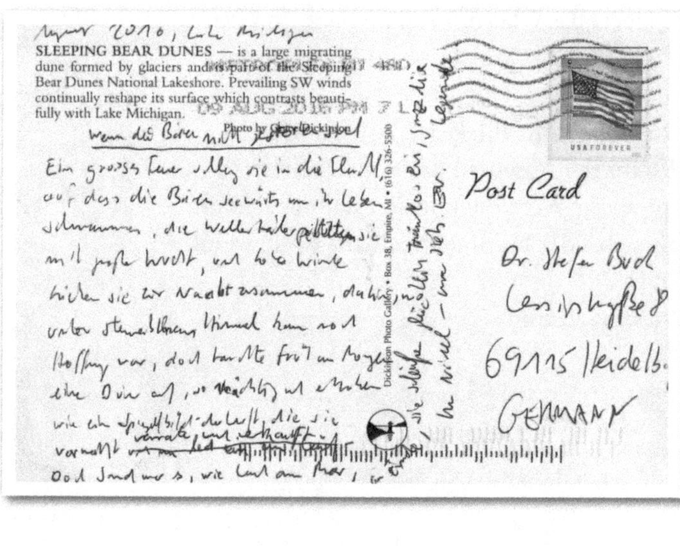

Zuozogne

Der Sennenhund liegt träge vor der Rezeption,
Die Turmuhr von Sankt Luzi schlägt zur Viere schon,
Der Rodelschlitten braust zu Tal, metallen Ton,
Die Wirtshaustochter lächelt und sagt »Gottes Sohn«,
Der letzte Gast erhebt sich und bezahlt die Fron,
Die Türe schließt mit Quietschen, im Gedächtnis: Mohn.

Zuoz, 26.12.2018

Landes Ende

Von hier aus kommt nichts mehr, nur
Dunkles Wasser bis zum Horizont,
Die Felsen schichten sich noch mal
Ganz schön zum Abschied auf,

Und Dünengras sucht zitternd
Halt im mürben Sandesgrund.
Die Heiderosen halten duftend
Ihm den Rücken frei.

Zerzauste Nadelbäume zeigen
Mit den Ästen ins Unendliche.
Was bleibt uns anderes übrig
Als im Staunen zu verstummen:

Dass ab hier kein Wort mehr taugt.

Pointe du Grouin, 17.7.2018

Storia dell' Arte

Florenz hat seinen Ruhm natürlich nicht umsonst erlangt,
»Faema« steht schon stolz auf der Kaffeemaschine.
Wo Giotto einst um die Meriten des Cimabue gebangt.
Zieht sich bis heute eine feine Schmerzenslinie –

Der Gunst und Fron, die man, den Zehnten, zahlt,
Mit Zinseszins wird alles auf den Gönner umgeschrieben.
Davon hat Botticelli Bild um Bild gemalt.
Die Schönheit, auf den Leib geschneidert, große Lieben,

Die enden, wenn die Schulden endlich abgegolten.
Zu preisen die Natur, die ewig unbezahlbar bleibt –
Was Künstler eigentlich mit ihren Werken wollten,
Hat sich, vom Zahn der Zeit zerfressen, stets entleibt,

Wer sich verzehrt im Dienst der Schöpfergeste,
Verdient, dass er im Arno still verweste:
Ein blinder Spiegel alter Schule präsentiert
Das Geld der Medici, das sich im Hintergrund verliert.

Florenz, 12.4.2016

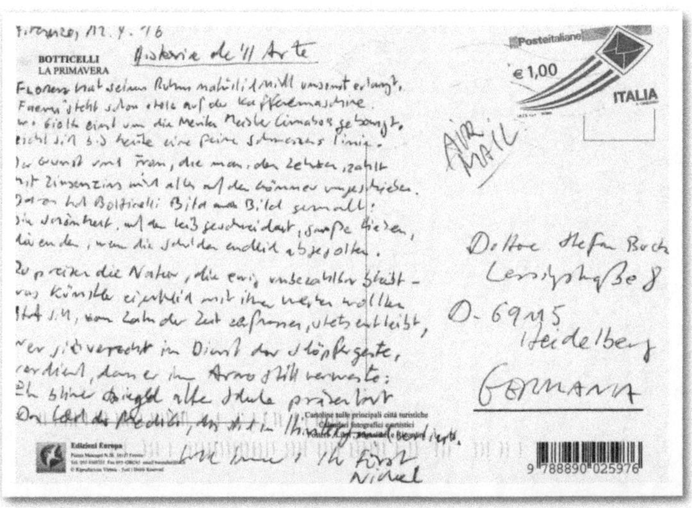

Intra Muros

Eingemauert, ausgebaut, die Grenzen
Klar von kluger Hand gezeichnet, im
Plan ein Zirkelschlag rundum, mehr
Festung geht nicht, wehrhaft

Außenposten, innen stehen
Wachen hinter Türmen, gehen
Zinnen ab, die Stadt aus Stein
Hat ein gerader Geist in Viertel

Gründlich aufgeteilt, ein Traumgerüst
Des Schutzes aufzustellen, doch
Vor wem, wenn nicht am Ende
Vor sich selbst, den Schatten

Gleich, die abends langsam
Immer länger werden, bevor die
Nacht sie irgendwann auf einmal
ganz schnell vollends schluckt.

Saint-Malo, 8.8.2017

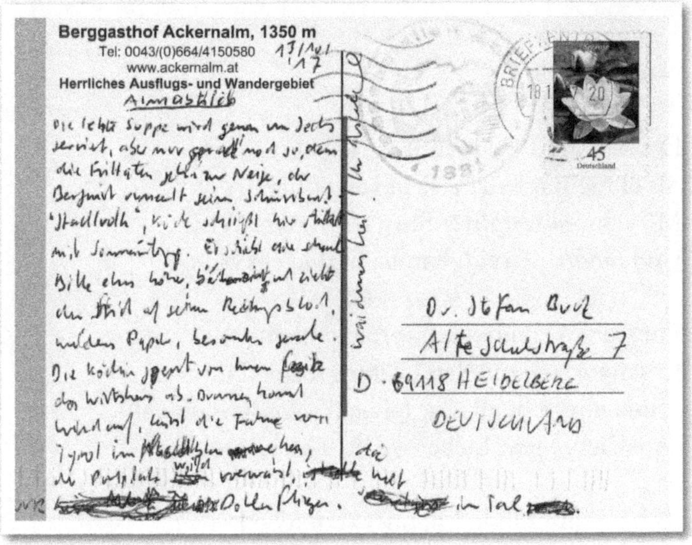

Almabtrieb

Die letzte Suppe wird genau um sechs serviert,
Aber nur grad noch so, denn die Frittaten gehen zur Neige.
Der Bergwirt runzelt seinen Schnurrbart: »Stadtvolk«
Küche schließt hier strikt mit Sonnenuntergang.

Er schiebt die schmale Brille etwas höher, bilanziert
Und zieht den Strich auf seinem Rechnungsblock,
Weiches Papier, besonders gerade.
Die Köchin sperrt von innen fest das Wirtshaus ab.

Draußen kommt Wind auf, lässt die Fahne
Von Tirol im Nachtblau klirrend wehen.
Der Parkplatz wild verwaist, die Welt im Tal.
Nur schwarze Dohlen bergwärts fliegen.

Ackernalm, 13.10.2017

Nachtlokal

Der Mann ist Ende fünfzig, leicht verwirrt,
Als er die Bar betritt, sieht keiner hin,
Mit schweißerstarrter Stirn ruft er den Wirt,
Und ordert »Zwei Johanna, weil ich es bin«,

Für wen die andere ist, verrät er nicht,
Er schaut sich mit den Gläsern fragend um –
Trinkt eins schnell aus, verzieht sein Blassgesicht.
»Auf dich, mein Lieber!« Alle Gäste stumm

Sich zu ihm hindrehn, quer verrenkte Leiber,
»Euch mein ich nicht«, denn »ihr seid alle Weiber.«

Greifswald, 11.7.2019

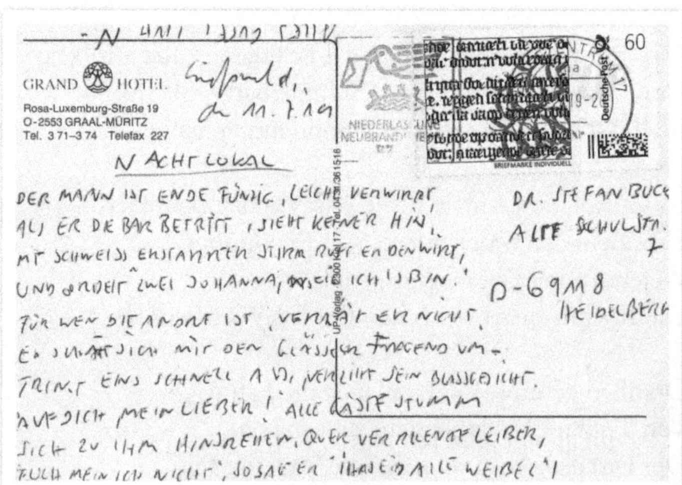

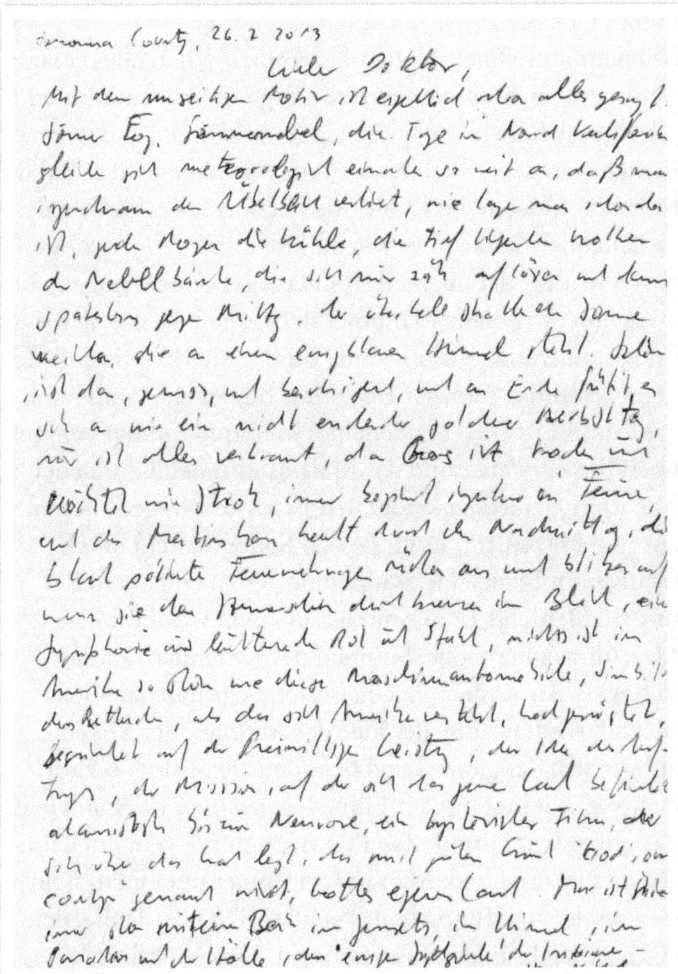
Sonoma County, 26. 2. 2013

Lieber Doktor,

mit dem umseitigen Foto ist eigentlich schon alles gesagt. Schöner Eng. Sommernebel, die Tage in Nord-Kalifornien gleichen sich meteorologisch einander so weit an, daß man irgendwann den Überblick verliert, wie lange man schon da ist, jeden Morgen die Kühle, die tief hängenden Wolken, die Nebelbänke, die sich nur zögernd auflösen und kaum spätestens gegen Mittag. Die überhelle strahlende Sonne meistens, die an einem ewig blauen Himmel steht. Schön ist das, genuss, und beruhigend, und im [illegible] fühlt es sich an wie ein nicht endender goldener Herbsttag, nur ist alles verbrannt, das Gras ist trocken und wächst wie Stroh, immer [illegible] irgendwo ein Feuer, und die [illegible] hält durch den Nachmittag, die [illegible] polierte Feuerwehrwagen rücken aus und blitzen auf, wenn sie den Sonnenschein durchkreuzen den Blick, eine Symphonie aus leuchtendem Rot und Stahl, nichts ist in Amerika so schön wie diese Maschinenautomobile, die [illegible], als das [illegible] Amerika verkörpert, hochpoliert, [illegible] auf die freiwillige Leistung, der Idee der Auf-[illegible], die Mission, auf der sich das ganze Land befindet, [illegible] ein Nervöse, ein hysterischer Film, der sich über das Land legt, das nicht ohne Grund 'God's own country' genannt wird, Gottes eigenes Land. Hier ist [illegible] immer schon mit einem Bein im Jenseits, im Himmel, im Paradies und der Hölle, den 'ewigen Jagdgründen' der Indianer –

Kali Vorn

Lieber Doktor,
Mit dem umseitigen Motiv ist eigentlich schon alles gesagt: Summer Fog, Sommernebel, die Tage in Nordkalifornien gleichen sich meteorologisch einander so weit an, dass man irgendwann den Überblick verliert, wie lange man schon da ist, jeden Morgen die Kühle, die tief liegenden Wolken der Nebelbänke, die sich nur zäh auflösen und dann, spätestens gegen Mittag, der überhell strahlenden Sonne weichen, die an einem ewig blauen Himmel steht; schön ist das, gewiss, und beruhigend, und am Ende fühlt es sich an wie ein nicht endender goldener Herbsttag, nur ist alles verbrannt, das Gras ist trocken und leuchtet wie Stroh, immer beginnt irgendwo ein Feuer und das Martinshorn heult durch den Nachmittag, die blank polierten Feuerwehrwagen rücken aus und blitzen auf, wenn sie den Sonnenschein durchkreuzen im Blick, eine Symphonie aus leuchtendem Rot und Stahl, nichts ist in Amerika so schön wie diese Maschinenautomobile, Sinnbild des Rettenden, als das sich Amerika versteht, hochgerüstet, begründet auf der freiwilligen Leistung, der Idee des Auftrags, der Mission, auf der sich das ganze Land befindet, altruistisch bis zur Neurose, ein hysterischer Film, der sich über das Land legt, das mit gutem Grund »God's own country« genannt wird, Gottes eigenes Land. Man ist hier immer mit einem Bein im Jenseits, im Himmel, im Paradies UND der Hölle, den »ewigen Jagdgründen« der Indianer – Ihr Nickel.

Sonoma County, 26.7.2013

Nachwort von Stefan Buck

Eckhart Nickel begegnete mir zum ersten Mal 1988 in einem von mir veranstalteten Seminar über E. T. A. Hoffmann an der Ruprecht-Karls-Universität in Heidelberg. Zunächst fiel er mir sofort durch sein elegantes Erscheinungsbild und seine dazu passende aufrechte Körperhaltung auf. Hoch aufgeschossen in einem beigen leichten Anzug saß er inmitten meist schlecht gekleideter, eher bodenständig wirkender und meist aus dem schwäbischen Sprachraum stammender Studenten. Bald schon bemerkte ich eine ebenso elegante Geisteshaltung des jungen Mannes. Scharfsinnige Beobachtungen und der bemerkenswerte Stand seiner literarhistorischen Kenntnisse entgingen auch einem Teil seiner Kommilitonen durchaus nicht. Misstrauisch, ja eifersüchtig beobachtete das Gros der anwesenden Germanistikstudenten mein offenkundiges Interesse an Herrn Nickel. Bisweilen waren es Dialoge, die wir über E. T. A. Hoffmann und die europäische Literatur des 19. Jahrhunderts führten.

Mit einer gewissen Nervosität erwartete ich sein Referat über den *Rat Krespel*, eine Künstler-Novelle Hoffmanns. Denn nun sollte er beweisen, dass ich ihn zu Recht erwählt hatte. Die Sorge war grundlos, denn Nickel referierte glänzend über den Zwiespalt zwischen Kunst und Wirklichkeit, über Musik und Architektur, eben über die Schönheit. Erst im Laufe der Jahre erfuhr ich, dass eben diese Elixiere Nickels Leben bestimmten. Später folgte er mir noch in ein Stefan-George-Seminar und eines über die Dramatik des Expressionismus. Fast zwangsläufig wurde aus unserer akademischen Beziehung auch eine freundschaftliche. Wir trafen uns in gewissen Abständen zum Kaffee oder auch Stärkerem. Bei diesen Séancen begann Nickel auch von seinen Reisen zu erzählen. Diese Reiselust, man könnte sie auch als Reisesucht bezeichnen, resultiert wohl aus der ständigen Unruhe, die einen auffälligen Wesenszug Nickels darstellt. Ihm nicht so gesonnene Personen sprechen von unerträglicher Hektik, ja Manie, die seinem Handeln eigen sind. Auch für mich war es nicht immer leicht, stets Contenance zu wahren, wenn Eckhart Nickel mich mit seiner Sprunghaftigkeit in unangenehme Zustände von Nervosität versetzte.

Als ich ihn vor einigen Jahren zum wiederholten Male bei seinen Eltern in Frankfurt besuchte, saß ich mit einem offenbar etwas verdrossenen Gesichtsausdruck ob der gesteigerten Fahrigkeit meines Freundes an einem Spätsommernachmittag im elterlichen Garten. Da trat mit leisem Schritt sein reizender Vater, ein großer Doderer-Leser, an mich heran und sprach die unvergesslichen und so treffenden Worte aus: »Ja, ja, Eckhart ist ein unruhiger Geist!«

Welch andere Möglichkeit als die des Reisens hätte ihn von dieser Last zumindest vorübergehend befreien können?

Aus diesem – wenn man so will, therapeutischen – Umstand erklärt sich auch, dass wir uns dann monatelang nicht sahen. Bald verschwand Herr Nickel für längere Zeit nach Kathmandu, wo er mit einem gewissen Herrn Kracht die berüchtigte Zeitschrift *DER FREUND* herausgab. Jetzt all die Länder aufzuzeichnen, die der Autor erkundete, wäre müßig. Er ist ein Weit- und Weltreisender, ein Kosmopolit, wie ihn mustergültig Valéry Larbaud im A. O. *Barnabooth* beschreibt. Doch Nickel kehrte letztlich immer wieder zurück. Zu sehr war er in seiner Frankfurter Heimat, in Bergen bei seinen Eltern und manchen Freunden, verwurzelt.

Nicht zu vergessen seine Frankfurter Ankunftsstationen, *Wacker's Kaffee Geschäft* und das *Gemalte Haus*.

Und so kam auch ich in den Genuss, den inzwischen nicht mehr ganz so jungen Mann von seinen Reisen berichten zu hören. Aber die Aufbruchsstimmung und der Wunsch nach dem Unbekannten, dem noch nicht bereisten Land, bleibt in Nickel ungestillt. Mit seiner amerikanischen Ehefrau Susan, die er in Kathmandu – wo sonst – kennengelernt hatte, zog er für mehrere Jahre nach Kalifornien. Ob er dort ruhiger geworden war? Ich konnte es nicht überprüfen, da es trotz zweier Einladungen nicht zu meiner ersten Übersee-Reise gekommen war. Mein Widerwillen gegen einen Massenflug war zu groß, und auf meinen Vorschlag hin, es mit einer Schiffsreise durch den Panamakanal zu versuchen, erklärte mich der Reiseschriftsteller Nickel wohl erstmals für verrückt. Aber es kam trotzdem zu einer ersten gemeinsamen Reise – hoffentlich nicht die letzte! Der Zufall (?) fügte es, dass an meinem Geburtstag die Dissertation Nickels über Thomas Bernhard im Manutius-Verlag zu Heidelberg erschien. Aus diesem Anlass bestiegen wir auffällig beschwingt meinen ziemlich verrosteten Alfa Romeo (übrigens eine weiße Giulia Super) und fuhren nach Baden-Baden, die Gunst der Stunde ausnutzend, in die dortige Spielbank. Und in der Tat, alles auf Zahl setzend gewannen wir einen stattlichen Betrag, der nach unserer Rückkehr nach Heidelberg sofort in Champagner, Bücher und Musik (in dieser Reihenfolge) investiert wurde. Dies war nicht nur eine Reise, sondern auch ein Beispiel für die sogenannte »Streichmacherei« i. S. Adalbert Stifters. Herr Nickel kreierte als Redakteur der *Süddeutschen Zeitung* eine Kolumne mit dem schönen Titel *Die Bibliothek des guten Geschmacks*. Mit der Ausführung wurde ich betreut. Und so präsentierte ich in dieser Bibliothek u. a. das Feuilleton Stifters über die genannten Streichmacher. Diesen ging es in erster Linie um eine Form des »acte gratuit«, also einer im philosophischen Verständnis von jeder Sinngebung befreiten Tat. Der Leser wird auch in *Von unterwegs* bei genauer Lektüre Beispiele jenes absurden Handelns finden. Und wenn wir nun bei literarischen Kronzeugen angelangt sind, dürfen freilich auch nicht mögliche Vorbilder für den Reiseschriftsteller Nickel fehlen. Sinnlos wäre es, die nicht mehr zu überschauenden literarischen Zeugnisse der Reisenden zu benennen. Und so wähle ich lediglich drei Beispiele aus, die für den Schriftsteller Nickel von gänzlich unterschiedlicher Bedeutung sind. Zunächst nenne ich *The Call of the Wild* (1903) von Jack London. Dieses Buch erhielt Nickel als junger Pennäler von seinem Vater zum Geschenk. Sicherlich ein Abenteuerroman, aber auch die Geschichte über Rastlosigkeit und die Bewegung zwischen zwei extremen Polen: Kalifornien und Alaska, bemerkenswert natürlich auch der Zufall (?), dass der Protagonist ein Hund namens Buck ist, eine Mischung aus Bernhardiner und schottischem Hütehund.

Das zweite mögliche Vorbild ist ein völlig anders gearteter Autor: der längst vergessene Eugen Gottlob Winkler (1912–1936). Auch er ein reisender Erzähler, Dichter und Essayist, wie es Eckhart Nickel ist. Zitiert seien hier nur Winklers *Gedenken an Trinakria* und *Legenden einer Reise*, darüber hinaus führte er in München bis zu seinem tragischen Tod das Leben eines eleganten Dandys, wohl in dieser Lebenshaltung ebenfalls ein Vorbild für Nickel, der übrigens einen äußerst lesenswerten, leider nie publizierten Essay über Winkler verfasste.

Das dritte und letzte Beispiel mag vielleicht überraschend wirken, aber auch dafür gibt es eine – amüsante – Erklärung. Die Streichmacher Nickel und Buck hatten sich einst auf dem *Bierhelder Hof,* einem Ausflugslokal nahe Heidelberg und gerühmt für seinen äußerst derben Most, zu einem »Wandergespräch« getroffen, das im *Wandering* erschien und zehn Jahre später in der FAZ von mittlerweile gealterten Wanderern fortgesetzt wurde. In diesem Gespräch fiel auch der Name Johann Gottfried Seume, und der Titel seines Meisterwerks *Der Spaziergang nach Syrakus im Jahre 1802* gab Anlass genug, Nickel von der Vorbildlichkeit zu überzeugen. So konnte der schlichte Wandersmann Buck in diesem Falle dem Großreisenden Nickel von einem Großwanderer berichten. Die schon mehrfach beschriebene Rastlosigkeit, die ständige Bereitschaft zum Aufbruch führen den reisenden Beobachter Nickel zum Eskapismus, einer Daseinsform, wie sie v. a. im ausgehenden 19. Jahrhundert der französischen Literatur beschrieben wurde. In gewissem Sinne erscheint dem Leser das Buch *Von unterwegs* auch als ein »Buch der Unruhe«, gleich dem Titel Fernando Pessoas. Digressionen sind offensichtlich ein Kennzeichen dieses Nachwortes, so eine weitere: Pessoa verfasste nicht nur das gerühmte *Buch der Unruhe*, sondern auch eine Ode an seine Heimatstadt Lissabon, Nickel schrieb vor Jahren einen seither stets wieder aufgelegten Reiseführer zu Portugal ...

Die Assoziationskette reißt nicht ab.

Von all diesen Reisen in die Ferne berichtete Eckhart Nickel gerne mündlich beim Wiedersehen, aber irgendwann – es war wohl Anfang 2000 – begann er auch, Karten an mich aus den mir so fremden Ländern zu schreiben. Zu Beginn waren es kleine Skizzen – »Petits poèmes en prose« –, später dann ausschließlich Gedichtkarten, d. h. niemals erhielt ich von ihm eine der üblichen Ansichtskarten mit einem kurzen Bericht über Wetter, Hotel und Speisekarte. Zwar ist es auch ein Gruß an den Daheimgebliebenen, in erster Linie aber eher literarisches Zeugnis. Die gebundene Form des Gedichts betont den geschlossenen

Zirkel und zugleich die bleibende Distanz zwischen Absender und Adressaten. Persönliches wird ausgespart, die Textkarten erheben einen allgemeingültigen Anspruch, der über den jeweiligen Adressaten hinausgeht und zum literarischen Dokument wird.

Unter dieser Voraussetzung entstand die Möglichkeit, eine Auswahl jener Gedichtkarten hier im vorliegenden Buch abzudrucken. Weit entfernt von jeder privaten Mitteilung können sich so diese lyrischen Reisenotizen an jeden Leser von *Von unterwegs* richten. Weit entfernt ist auch die Poststelle, von der eine jede jener Karten abgesandt wurde, die persönliche Distanz bleibt somit gewahrt.

Die Gedichte auf den Karten sind auch eine eingeschriebene Bestätigung der Reiseskizzen selbst. Hinter der Fassade des steten und ironischen Beobachters, dem letztlich doch fremd bleibenden Passanten, lauern allerdings existenzielle Erfahrungen. Dieser Flaneur zwischen den Kontinenten zeigt sich in den Gedichten offensichtlicher als in den Reisefeuilletons als Getroffener. *Am Indischen Ozean* zeugt von der viel zitierten Ruhelosigkeit, *Arktische Anmut* ist ein Zeichen der unstillbaren Sehnsucht, in *Revisione Antica* werden Tomasi di Lampedusa und Rilke bestimmt nicht ohne Grund versteckt zitiert. So wie auch Trakl in *Zuozogne* (in alpiner Mundart zu lesen) als Kronzeuge bemüht wird. Dementsprechend lauten die Koordinaten dieses Reisenden: Verzweiflung, Einsamkeit und Scheitern. Doch möchte ich nicht brutal mit dem Begriff der Auslöschung (*Tristan*) enden, sondern mit dem melancholischen Blick auf die Vergänglichkeit: *Storia dell' Arte.*

Danksagung

Ich danke Stefan Buck für sein Lektorat und Nachwort.

Manche der versammelten Texte sind bereits in der hier vorliegenden oder veränderten Form in Zeitungen und Magazinen erschienen, vor allem im Reiseteil der *Frankfurter Allgemeinen Sonntagszeitung*, aber auch *Architectural Digest*, *Frankfurter Hefte*, die *Zeit*, u. a.

Qualiflyer
SR 143 428 036
Dr. Eckhart H. Nickel
Carte d'accès à bord
Boarding pass
NICKEL
NON SMOKING CABIN
CHARLES DE G 2 D
PORTO
AF1212 Y 05AUG 19H20
18H55 11A
BUFFET
Sanchaya Kosh Bhawan
219 - Tridevimarg, Kathmandu
Nepal.
KATHMANDU
FIRE AND ICE
Pizzeria and Ice Cream Parlour
Phone: 4250210
fireandice@mail.com.np
Priority Baggage

SRI LANKA
OMAN